往事非煙

雷雯
——
著

雷雯 (1927~2003)

1952年25歲在瀋陽留影，同年出版第一本詩集《牛車》

1955年28歲在哈爾濱留影，同年被打成胡風反革命集團一般分子

1956年29歲在哈爾濱留影

1957年30歲在哈爾濱留影，兩個月後被開除公職，強送勞改農場勞動教養四年半

目次

真正的詩人真正的詩
——代序

邵燕祥

　　冬至前夕，天寒地凍。捧讀已故詩人雷雯留下的詩文，不是為了所謂藝術欣賞，純是為了一種不能忘卻的懷念。

　　雷雯是湖北黃岡人，卻終老於黑龍江，在那裡度過多年風雪載途的日子。

　　他寫詩寫了一輩子，到晚年才涉足散文，散文多是記述走過的人生道路。把詩文參看，詩就有了「本事」，更加深了對詩的瞭解。讀詩讀到詩的背後，這符合中國古代「知人論世」一派的主張。

　　他的詩能給我感性上和理性上的觸動，而他借散文所作的自述，則填補了一般詩中省略的敘事成份。在斗室中，我聽到了他的傾訴。

　　雷雯生於1927年12月，此刻正是他七十八歲誕辰，但他已逝世兩年了。

　　他逝世前一年多，在病中整理寫定了五六萬字的回憶散文，題為《往事非煙》。他1999年寫的「前言」裡這樣說：

　　　　我記述的這些往事，是草民的呼吸與掙扎。它沒有轟轟烈烈的氣貫長虹，它不是響徹雲霄的洪鐘大呂，一滴滴，一絲絲，那祇是生命的律動。一條小蟲痛苦的呻吟，一隻小獸飢餓的哀嚎，不也是大悲大劫中同等的淒愴麼？誰能想像到，那些沒有了

「自己」的生靈，是在怎樣睜著血紅的眼睛咬嚙著自己的靈魂？誰知道生死僅隔一層紙的生命的聲音，是怎樣的絕望恐怖驚人魂魄，是怎樣撕心裂膽的顫慄？不是從沙粒看世界，不是對明月想未來，就是這樣一群卑微的生命所遭遇的種種，也是撼鬼神的傷心血淚！一群群被扭下了人格的生靈，像一堆被倒在污水裏的蛆蟲，找不著天，找不著地，在渾濁的黑暗中無法保護自己，一個臭水坑也會成為無邊的苦海！

這些遙遠遙遠的往事，一直沒有成為飄散的煙，它是一層厚厚的帶雨的雲，橫在我的心上，擋著我的陽光。

他在2002年初春寫的後記裡，把已經度過的七十五年人生，比作人生途中翻過的七十五座山，他說：

第三十座山，它應是人生旅途中一座春天的山，一座多彩的山！它能讓歡樂是百靈鳥的歌聲在長空飄蕩，它能讓痛苦是山間泉水穿過嶙峋的怪石流出深山。

而我的第三十座山啊，那裡是我人生真正的起點！我在那裡真正懂得了風，懂得了雨，懂得在茫茫大霧中去尋覓深藏的光源。在那裡我明白了美不用裝飾，也明白了善不用宣傳。

這兩段激情的告白，是讀雷雯這些散記的鑰匙，也是讀他所有詩文的鑰匙。

雷雯的「第三十座山」，指的是他三十歲前後。早在1955年，他從部隊轉業到黑龍江省出版社當編輯不久，反胡風的風暴來了。由於跟詩人牛漢見過面，談過詩，牛漢被當作胡風分子公開點名，他也就變成審查重點。他跟胡風毫無瓜葛，胡風的詩文也沒大讀過，但大會小會，軟硬兼施，誘迫他承認是帶著胡風集團的密令到哈爾濱佔領文藝陣地來的。他交代不出這荒誕的罪狀，便繼之以抄家、關押。奇怪的是不論單位負責人還是省委派來的專人，警告他時都說如果怎樣怎樣「你要負法

律責任」，「你要負一切法律責任」，云云，好像他們倒是維護法律尊嚴、真正依法辦事的。雷雯覺得自己像一隻老鼠，被兩隻惡貓抓來抓去，連魂都是破碎的。「我想：『這樣活著幹什麼？』又想：『這太混賬了，還是要看個究竟！』想到要看究竟，心裡不但不害怕，反而有一種輕鬆的坦然，許許多多的問題如大夢初醒，也如酒醒了想到醉時的荒唐。」

最後，定為「胡風反革命集團一般分子」，說是免予刑事處分，但撤銷編輯職務，降級降薪。他依法提出申訴，被指為翻案，1958年春節前夕，被開除公職，拿來一紙「勞動教養通知書」要他簽名，上面寫的身份和罪名是：「對黨不滿，胡風分子」。出版社領導對他說去「學習」一段時間，他想：「去學習還有用刺刀押送的嗎？」於是他懂得了，「在這黑白顛倒的時候，是不許含冤之人憤怒的。」

他突然成熟了，在生死掙扎之際成熟了。

在電網密佈的勞改農場，他經歷了以前想像不到的另一種人生。

> 深山裏要修一條森林公路，把任務交給了右派隊，說山裏沒有院牆和電網，右派隊的人不會逃跑，再說，這艱苦的勞動也正是讓他們脫胎換骨的好機會。場長親自來動員，要每個右派都豁出半條命來獲得新生，要用無限地忠誠、拼命地苦幹來重新得到黨的信任；並正式宣佈右派隊改名為「左訓班」，隊伍明明是向右轉，也要喊「向左轉」。

看到這裡啼笑皆非，原來生活中的荒誕並不是從「文革」才開始的。

雷雯絕望了。「我完全絕望了。這怎麼辦？像掉進見不到一絲光亮的黑洞裡。喊天不應，叫地不靈，整天和那些小偷、強盜、流氓關在一起，精疲力竭地勞動，沒完沒了的批鬥……每當那些小偷被打得殺豬般嚎叫的時候，我就顫慄，這怎麼辦？這怎麼能活下去？」在絕望中求生的本能使他想到了年輕時在部隊的軍級、師級老領導，就給他們寫了求救的信。在痛苦的等待中，祇收到樓部長——樓適夷一封回信，勸他

好好勞動，不要厭惡身邊那些人，還說高爾基就是在下層人群中積累了寶貴的生活素材，寫出了那麼多不朽的作品。他勸雷雯好好生活，認真觀察，為將來的創作做準備，不要把暫時的痛苦看得太重。今天的局外人，也許會覺得樓適夷的話說得有點「隔」，但當時對雷雯卻是對症下藥。適夷是老作家，他知道雷雯熱愛文學，就從這方面鼓勵他。雷雯在絕望中拿到這封信：「天啊！這哪是一封信，分明就是丹柯手上的那顆心。我感到黑洞的四面有光了，我感到眼前祇不過是一道深溝，跨過去就是路了。我完全從痛苦中鑽出來了，站在痛苦之上，冷靜地觀看這特殊環境裡的芸芸眾生。」

說冷靜，他也難免動感情。比如有個大學裡的化學系講師老戴，浙江人，腰伸不直，原來他有一葉肺切除了，至今背後留下長長的刀痕。他喜歡中國古典詩詞，有一回兩人一起背誦清人顧貞觀的《金縷曲》（這兩闋詞我卻背不下來，我想讀者中還會有一些沒讀過的，特找出抄在這裡）：

金縷曲二首

寄吳漢槎寧古塔，以詞代書，丙辰冬寓京師千佛寺冰雪中作。

季子平安否？便歸來，平生萬事，那堪回首？行路悠悠誰慰藉？母老家貧子幼。記不起、從前杯酒。魑魅搏人應見慣，總輸他覆雨翻雲手。冰與雪，周旋久。淚痕莫滴牛衣透。數天涯、依然骨肉，幾家能彀？比似紅顏多命薄，更不如今還有。祇絕塞苦寒難受。廿載包胥承一諾，盼烏頭馬角終相救。置此札，君懷袖。

我亦飄零久。十年來，深恩負盡，死生師友。宿昔齊名非忝竊，試看杜陵消瘦。曾不減、夜郎僝僽。薄命長辭知己別，問人生到此淒涼否？千萬恨，從君剖。兄生辛未吾丁丑。共些時、冰霜摧

折，早衰蒲柳。詞賦從今須少作，留取心魂相守。但願得河清人壽。歸日急翻行戍稿，把空名料理傳身後。言不盡，觀頓首。

　　兩人都背得眼淚汪汪，老戴說：「算了吧，還是背點輕鬆的。」他們談詩，總有那種由衷的陶醉，談到江南風物，又有無限依戀的哀傷。他說他這種身體如何能出得去，說的時候那樣平靜，好像在說別人。有一天大休，他把自己用了二十多年的一方石章磨平，用這塊石料刻上雷雯的名字，說：「我用不上了，你身體好，能出去，留個紀念吧！」這一對患難之交就是這樣相濡以沫的。一天晚點名，少了老戴，誰都知道他不會逃跑，他也逃不了。大家心情很沉重。第三天黃昏他居然回來了，雷雯悄悄告訴他，大家都斷定他碰上了狼，他低著頭說：「我還真希望能碰上狼！」他竟是寧膏狼吻，絕望於這樣無可奈何的生存了。

　　雷雯從他，也從其他人的身上參透了生死。

　　日久天長，雷雯又在患難中結交了一些右派同案以外的朋友。搬運工人曹文水，膀大腰圓高個子，連鬢鬍子橫長著，活像李逵，不識字，半月一次的思想小結都由雷雯代寫。他怎麼來的？原來搬運隊聽說長春的搬運工加了工資，哈爾濱沒動靜，大家說「長春解放了，哈爾濱還沒解放。」想起毛主席最愛咱們工人，於是決定推代表進京。選來選去，都發怵，曹文水說：「×你奶奶的，我去！」大家囑咐他：「你笨嘴笨舌，啥也說不明白，話說多了不好，就說『長春解放俺沒解放』就行。」曹文水到北京，進了國務院，對接待人員就說：「長春解放俺沒解放。」那人好不容易弄明白了，就勸他回哈爾濱，叫他放心，一定負責跟黑龍江聯繫。第二天走出哈爾濱站，兩個人，一輛車，就把他關起來。他說，工友們手頭都挺緊的，剩下的車費得還給別人，要求把賬算清再關他，都沒批准。

　　還有一個小學五年級的孩子，送進來，罪名是「思想反動」。原來他打彈弓本領非凡，他家週圍幾乎沒家雀，都叫他打淨了。有一天在教室裡炫耀，一個同學說，「你打這麼準，你總不敢打那像的眼睛」，說著一指黑板上方的領袖像。他說：「我敢！」那同學說：「你不敢！」

「我敢！」「你不敢！」「我敢！」「你不敢！」爭了三個回合，他就一彈弓飛去。晚飯後，他正在家做作業，派出所來了三個人，他承認事實簽了字，就銬到了收容所，三天後送到農場來。「這孩子扁扁臉兒，寬寬的前額下一雙不懂事的細長眼睛。幹起活來，一點不藏奸，常常一頭一臉汗，把外衣一脫，露出一道紅一道綠的花背心。他長得不漂亮，卻引人疼愛，我有時真想抱抱他、親一親他說：『傻兒子，你為什麼幹這樣的傻事啊！』」

講師老戴和搬運工曹文水，都在隨後的大饑荒中死去。這個可憐孩子最後的命運，雷雯沒有說。

雷雯有幾篇寫到那「三年困難時期」的飢餓難熬，人人都祇剩下皮包著骨，還要苦撐著完成勞動定額。餓一天脊樑骨都疼。連他這樣的斯文人也跟著抓蛤蟆吃。但他不肯偷，他也不會偷。可是當有人把冒險弄來的一包碎肉、一個冰凍的水蘿蔔偷偷塞給他的時候，他感到了人性的閃光。

有一天，雷雯扙一根粗木棍，從工地一步一步挪回家，病腿落地一下，渾身就炸疼一回。突然，聽到後面有急促的馬蹄聲。他沒回頭，慌忙往旁邊讓路。「嘚嘚嘚」的馬蹄聲變成了「嘚……嘚……」這時：

> 一套三匹馬的大車裝滿了剛割下的高粱在我身邊停下了。我以為車老闆停車是要罵我擋了道，我抬頭一望，一位被風霜刻了一臉深溝的老農也正瞅著我，臉上沒有一絲怒色。他沒說一句話，我也沒說一句話。冷丁，他把一個長長的大餅子，準準地扔在我的懷中，嚇我一跳，我連忙緊緊抱住了。我抬頭望著他，沒說一句話，他用那仁慈溫和的目光掃了我一下，也沒說一句話，一回頭，「嘚嘚嘚」的馬蹄聲飛去了！
>
> 百感交集，我好傷心！平生第一次得到陌生人的憐憫與施捨，我是一個乞丐了！我又感到無限珍貴的安慰，在這狹窄的人世間，在這糧食比生命還貴重的時刻，人們並沒有都變得冷酷無情。

這該就是雷雯說的「美不用裝飾」，「善不用宣傳」。

在無告的苦役和飢餓中，祇有思想還是自由的。詩人又開始在小小的筆記本上寫著什麼。不料有人打了小報告，筆記本被檢查了。幸虧此人報告得早，雷雯還來不及寫更多的東西，祇有幾首想念母親的詩，把他從輕發落了。也不知道本子發還沒有。現在詩集中保留著多首關於母親的詩，卻都沒有註明寫作日期。例如這首〈辣椒〉：

我又要遠行了
母親用一根線
給我串起一掛
小小的紅辣椒

辣椒
紅紅的
像一粒粒火種
在夜色裡
閃閃爍爍

母親告訴我
辣椒
有火的顏色
有火的性格
睏倦的時候
要辣紅兩眼
感冒的時候
要辣出一身汗

母親又說
祇知道甜
不知道辣

就不會有火
火啊
衹有火
才能抵禦風寒

我又要遠行了
母親用一根線
給我串起一掛
小小的紅辣椒

　　湖北人是不怕辣、怕不辣的，這首詩中的紅辣椒不就是湖北的「慈母手中線」嗎？

　　這卻又讓我想起一首不知寫於何時的〈菜花黃了〉：

菜花黃了
兒子
把簷下的紅辣椒
收藏起來吧

免得
燕子歸來的時候
擔心是火

　　不論這是母親的胸懷，還是兒子的遐想，體物入微，且愛及燕子這樣的小生靈，怕他們擔驚受怕，簡直是「無緣無故的愛」了。在那如馬克思所說對人輕蔑、使人不成其為人的年月裡，這不正是詩人深深體會到的愛和善嗎？

　　1962年夏，雷雯「勞教」了四年半，早已超期，但在這「文革」前最後一次「解教」中被釋放了。這大概是拜七千人大會「右傾」之賜

吧。他比死去的人幸運，也比還未「解教」的人幸運。但他已被開除公職，在哈爾濱舉目無親，祇好帶著被打斷的左臂、渾身的傷痕和一顆破碎的心，接受了「遣送回鄉」的處理。也許〈翅膀〉一詩，寫出了他那時的處境：

昨夜
我夢見自己
變成一隻鷹
在遼闊的藍天
翱翔

醒來
我看著自己的雙手
深深留戀著
夢裡的翅膀

儘管祇是夢裡的翅膀，也在1966年刮起的龍捲風中折斷了。他當時在一個中學教語文課，「橫掃一切牛鬼蛇神」，把他和幾位代課教師掃出了學校。所謂「復課鬧革命」時，校方叫他們回去，但雷雯寧願去煉銅廠當冶煉工人。他向一位同事解釋：一不願再去哄騙孩子們；二不願再在知識圈裏爾虞我詐。在整個「文革」時期，多次有朋友勸他加入群眾組織，他都沒參加，他不止一次對這些朋友說：「我不相信這是一場革命！」

雷雯的知己、文藝評論家姜弘在〈哭雷雯兼談他的詩〉中，對其人其詩作了至今為止可算最全面、中肯而深刻的分析。他又在《雷雯詩文集》的序言裡，講到雷雯幾十年來「從不輕佻地對待人生和藝術，一貫地保持清醒和清白；」「從上世紀六十年代到本世紀初，他沒有一篇趨時跟風之作，不是沒有留下，而是根本沒有寫過。『文革』中他寧可去煉銅廠從事極繁重又危害健康的體力勞動，也不願留在學校宣揚那種紅色的名教禮法……」；到了新時期，恢復工作後，他拒絕參加各級作

協，遠離你爭我奪的名利場，在東北那塊黑土地上默默耕耘。姜弘強調說，他想讓後人知道：「在政治和經濟也就是官場和市場如此熱絡的年代，還有這樣一個從不『幫忙』也不『幫閒』，自處邊緣而把一切獻給詩的真正的詩人。」

這個真正的詩人一生留下了2700餘首自由體新詩和百餘首舊體詩詞，但生前祇出過四本薄薄的詩集：《牛車》（1952）、《雁》（1986）、《螢》（1990）、《春天在等著我》（2003，9月）。他於2003年10月病逝，不知最後一集見到沒有。這些書連同散見於報刊的詩，不足他詩作的 半。約有1700首詩，工整地謄寫在本子上，他從未說過要發表或出版的話，就是在生命的最後，也沒做任何交代。感謝雷雯的七弟、也已年過六十的李文熹，還有弟媳文硯（電腦錄入），積數年之功，把這些詩文遺作認真編排校勘付梓，收入了這個詩文集。

雖說兩千多首詩，但並不是卷帙浩繁得可怕。因為雷雯詩的特點是精短，祇有極少數超過二三十行，多是所謂「小詩」，或說與冰心、泰戈爾的短小散文詩相似。不止是形式，精神上也近之。他這個弟弟年輕時曾幫他整理從東北帶回的書箱，發現有一本泰戈爾的《飛鳥集》，翻到一行詩——「感謝上帝，我不是一個權力的輪子，而是被壓在這輪下的活人之一」，下面有一行大哥的筆跡：「泰戈爾，我看到了你的偉大！」又看到在「鳥兒願為一朵雲，雲兒願為一隻鳥」的詩句下，也是大哥寫的一行字——「生活原就是這麼荒唐」。

在「文革」絕頂荒唐的十年裡，雷雯在父母兄弟的庇蔭下，始終堅持著寫詩。其中可能祇有一部分在「文革」後整理發表了，而一直未發表、直到這次才收入詩文集的，我想多數是寫於六七十年代的。約佔詩文集全書三分之一篇幅的，那些三五行至多七八行的無題詩，記錄了多年來特別是「文革」時期他從未停止翻騰的情思。

不管在「文革」中、「文革」後，雷雯寫美，寫善，貫穿這一切的是愛，他悲憫地凝視滿目瘡痍的人間，又溫情地關注著自然界的萬物，無數鮮活的生命。

美國詩人保羅•安格爾有一首題為〈文化大革命〉的名詩，祇有短短

四行：

> 我拾起一塊石頭
> 我聽見一個聲音在裡面吼：
> 「不要惹我，
> 我到這裡來躲一躲。」

　　就這首詩來說，「文革」的結束，就是「石破天驚」了。歸根到底，雷雯並不是躲在石頭裏的人，他本身就是一塊石頭卻被反覆砸碎了，如他在題為〈刃〉的小詩中說的——「當砸碎鵝卵石的時候，它照樣有鋒利的刃」！

　　一個自甘淡泊、不與人爭的人，一個一心歌唱人間的美好事物和高尚情感的詩人，不但他的筆，而且他整個的人，被殘酷的生活砸出了「鋒利的刃」。在〈遊驪山有感〉、〈破敗的教堂〉、〈天街〉、〈燒〉等詩篇裡，他的刃刺向歷史的神話和鬼話；在〈五大夫松〉、〈弩〉、〈劍〉等詩篇中，他的刃刺向卑劣的奴性……

　　在結束關於雷雯的述說時，我原想把雷雯做一個比較，轉而一想，這是完全多餘的。我祇是跟隨著雷雯自述生平的筆，對照著他的詩，感到與他更貼近了。雷雯的詩是真誠的，他在別人忽略不見的地方發現了詩。世上不缺少詩，而缺少詩的發現。如同有人有「音樂的耳朵」，有人有「美（術）的眼睛」，雷雯發現詩，是靠了詩的眼睛，詩的耳朵，更靠了詩的心——這顆心受過血和淚的淬煉，經過生和死的磨礪啊！

2005年12月18日

（邵燕祥，詩人、作家，現居北京市）

往事非煙

前言

　　「往事如煙」，是說過去了的事情，像煙一樣消失在萬籟之中，無蹤無影了，飄散了，沒有什麼意義了。引申的意思，是說沒有必要把追索不回來的往事掛在心上糾纏自己。還是把握現在吧！放眼未來吧！

　　「往事如煙」，細尋思，是這麼回事，又不完全是這麼回事。有些往事是沒有消失的，是不會消失的。如秦檜以「莫須有」殺了岳飛，那情那景，那血那仇，那國破家亡揪心的憤恨，不總是清清楚楚明明白白歷歷在目嗎？不是好像那老奸賊昨天還活著又以「莫須有」殺了許多人嗎？這往事像一塊烙鐵，深深烙在一代一代中國人的心窩裡。這往事，永遠也不會是煙！如果化成了煙，就不會有文天祥的《正氣歌》；就不會有方孝孺的「滴血石」；就不會有史可法；就不會有夏完淳。所以，有許許多多往事，不是消散的煙。

　　我記述的這些往事，是草民的呼吸與掙扎。它沒有轟轟烈烈的氣貫長虹，它不是響徹雲霄的洪鐘大呂，一滴滴，一絲絲，那祇是生命的律動。一條小蟲痛苦的呻吟，一隻小獸飢餓的哀嚎，不也是大悲大劫中同等的淒愴麼？誰能想像得到，那些沒有了「自己」的生靈，是在怎樣睜著血紅的眼睛咬噬著自己的靈魂？誰知道生死僅隔一層紙的生命的聲音是怎樣的絕望恐怖驚人魂魄？是怎樣撕心裂膽的戰慄？不是從沙粒看世界，不是對明月想未來，就是這樣一群卑微的生命所遭遇的種種，也是撼鬼神的傷心血淚！一群群被扭下了人格的生靈，像一堆被倒在污水裏的蛆蟲，找不著天，找不著地，在渾濁的黑暗中無法保護自己，一個臭水坑也會成為無邊的苦海！

這些遙遠遙遠的往事，一直沒有成為飄散的煙，它是一層厚厚的帶雨的雲，橫在我的心上，擋著我的陽光。

作者
1999年9月於哈爾濱

淮北的枳

　　1979年2月，我平反從武漢回哈爾濱，路過北京，當然要去看看牛漢，我同他沒有見面快三十年了！這是何等的三十年！這三十年，是草比苗值錢的三十年！

　　北京初春的狂風，好像是怕我真相大白，走這個胡同有風追，走那個胡同有風堵，簡直不敢問路，張嘴就是一口沙。好不容易在復興門外找來找去，總算找到了牛漢的家。我們見面，幾十年的折騰，幾十年的掙扎，從前那年青軍人的風姿，一點影都沒有了。

　　牛漢說：「反胡風時，你要是在北京沒有你的事。」聽了他這句輕輕巧巧的話，像一條冷冰冰的蛇突然纏滿我全身，又像掉進了糞坑，艱難地喘息。這句話的份量同我的遭遇是多麼不成比例啊！這到底是怎麼回事？人的輕重，事的正反，是可以這樣隨便顛來倒去的麼？我靠在他家的沙發上，腸子好像在打結，腦袋裡像塞滿了一堆亂嗡嗡的蒼蠅。我望著那杯黃亮亮的清茶，聞不到一絲兒茶香，心裡直作嘔。

　　這世界還有什麼值得信賴的呢？當我慢慢平靜下來的時候，我算是真正理解了什麼是真正的「不可思議」！

　　同樣是我這個人，要是在北京就沒有我的事，在哈爾濱我就是罪大惡極的「反革命胡風分子」，我怎麼就這麼倒霉成了淮北的枳？我怎麼一點保護自己的能力都沒有而成為任人宰割的羔羊？我到底應該怎樣去理解這令人揪心的現實？

　　還是從頭說起吧！

　　那是1951年3月，我從齊齊哈爾二七步校調往瀋陽東北軍區後勤政

治部宣傳部。當時我三弟也在瀋陽，他在東北軍區空軍政治部宣傳部。三弟告訴我，說詩人牛漢在他們那裡，是抗美援朝從北京參軍來的。三弟要我把我的詩整理一些，他拿去給牛漢提些意見。不幾天，牛漢寫了好幾張意見，也是三弟捎來的。有一個星期天，我去空政，同三弟一起到牛漢的辦公室，隨便瞎扯了些詩的問題。那時大家都很忙，兩年多的時間我們同在瀋陽，一共也沒有見幾次面，從來也沒有談過家常，祇是從三弟那裡知道他曾經搞過地下工作，坐過國民黨的牢。

1953年，朝鮮停戰，牛漢回到北京人民文學出版社，1954年我也轉業到黑龍江人民出版社，因為我們都搞編輯工作，通過信，還是談詩。他曾寄過一張小二寸的照片給我。我肯定牛漢也會認為，我們的相識和交往是非常非常一般的。我記得最深的一次談詩，是他要我多讀馬雅可夫斯基的詩，牛漢說馬雅可夫斯基寫的《列寧》是人類詩歌歷史上的里程碑，是一座不可逾越的高峰，還說史達林對馬雅可夫斯基評價非常高。牛漢當時在我心目中，完全是一個崇高的布爾什維克高大形象。

1955年春天，我正在友好農場採訪，突然接到社裏催歸的電報，我連忙往回趕，一到佳木斯，我連飯都沒顧上吃就先往火車站買票。

回到哈爾濱電車街九號出版社小院裡，仲春時節好像來了一次大寒潮，一切都是冷冰冰的——平時熱熱鬧鬧的人見了我也祇冷冷地閃一個淺笑，有的冷冷地點下頭，有的乾脆像不認識我，目不斜視仰面而過。我預感到將有一場風暴來臨。

第二天一上班，Y社長把我叫到他的辦公室，他態度嚴肅但還算客氣地讓我坐下。他說：「胡風已經暴露出來了，胡風是個老奸巨猾的老反革命分子，他們一夥是隱藏得很深的反革命集團，他們打著文藝的幌子進行反革命活動，他們有綱領有政治目的。你同胡風骨幹分子有交往，你要認真清理自己，實事求是，相信黨不會冤枉一個好人。有不少檢舉你的信寄到出版社來了，你要有充分的思想準備。你所有的關於胡風集團的資料、信件不能轉移，不能銷毀。如轉移銷毀了，你要負一切法律責任。」我一聽，感到不好辦了，我哪有胡風的什麼資料，祇有牛漢的幾封信。接著他又說：「你把手頭的書稿處理一下，要發的交給老

往事非煙

梁，要退的退掉。」我說：「作協有幾部稿是我親自拿來的，可不可以親自退去？」「可以，盡快退去。」回到辦公室，我把作協的幾部書稿放在提包裡，拎著提包坐上「叮叮咣咣叮叮咣咣」的有軌電車到了座落在南崗的省作協。

我爬上作協那破舊的樓梯，一進辦公室就看到了作協的G主任，我笑著正準備稱呼他的時候，他也看到了我，他像見到了癲癇病人一樣沉著鐵青的臉，鼓著憤怒的眼睛惡狠狠地問：「你來幹什麼？」我收住笑容冷冷地回答：「退稿。」他回過頭，連望都不望我一眼厲聲說：「放在這裡，你走！」我把書稿放在他的桌子上，我看到他憤怒的臉皮在抽搐，心裡想：「好一個堅定的布爾什維克！」

一肚子的悲傷、委曲與驚恐在我心裡翻騰。曾幾何時，G主任對我那麼親熱，還要給我這個年青的轉業軍人介紹對象呢！當我說我有對象時，他連連惋惜地說：「我有個人才文才都很好的女學生，配你是再合適不過，真可惜，真遺憾！」說完他還拍拍我的肩膀。這閃電般的變化使我的思緒完全分不出經緯了，糊裡糊塗又坐上「叮叮咣咣叮叮咣咣」的有軌電車回到出版社。

我剛到辦公室坐下，社長就走過來對我說：「你再不要出去！」我知道，我剛走出作協，G主任就給社裏打了電話，因為我去作協是他們同意了的。好一個覺悟高的布爾什維克！這麼高覺悟的G主任，無論如何不會想到後來他自己也會成為專政對象的吧！1979年我平反回來後，G主任告訴我，「文革」中把他腳鐐手銬關起來，他要尿尿沒人理他，他祇好尿在褲子裡，凍成了一塊冰。聽了，我還是很同情他的。

反胡風緊鑼密鼓地反起來了，好像是胡風人馬已經兵臨城下，樓上樓下聽不到一絲笑聲，誰的臉都是繃得緊緊的。我清理牛漢給我的信，清出一封綠原的信。我跟綠原沒見過面，祇通過一次信，是牛漢回北京後，向綠提到我，牛來信說綠在詩的造詣上很高，要我向他請教。原來沒有交往，彼此又不瞭解，所以通了一次信後就沒有興趣再寫信了。而今，手上有綠原一封信，這怎麼辦？他是中美合作所的特務呀！雖然是一封談詩的信，也嚇得我六神無主。一尋思：不能交。我把綠的信撕

碎，丟在廁所裡沖了。我把牛漢的信上交了。

　　我準備了兩天，其實是痛苦了兩天，牛漢的許多情況我都不清楚，準備什麼？開始交代了，董某主持會場，簡短地說了幾句就叫我交代。我坐著剛一開口，就有人大吼一聲：「站起來！」我站起來把我和牛漢的交往、書信內容一一作了交代。我還未說完，郭某就搶先舉手，他憤怒而又陰陽怪氣地說：「聽了老雷的交代，我覺得這個會沒必要再開下去了，他同牛漢真是君子之交淡如水，什麼問題也沒有。什麼問題都沒有還開會幹啥？耽誤大家這麼多寶貴時間幹啥不好？」接著張某發言：「剛才聽了雷雯的發言我非常氣憤，他和牛漢就這麼點關係嗎？當然不是，祇要稍加留心，就能看到他的狐狸尾巴，就能看到他的反動本質。有一次我問雷雯寫作的題材是不是非要親身經歷不可？雷雯說那不一定……」最先大吼的那個人不等張的話說完就站起來大吼：「有不有這事？」我回答：「有。」一片驚訝的喊喊喳喳。張接著說：「這是什麼？這不是胡風的到處有生活是什麼？這不是宣傳胡風的反動觀點是什麼？」

　　這時Y社長開腔了：「同志們，我們要提高警惕呀，敵人可沒有睡大覺呀，他們隨時隨地在向我們的黨進攻，向社會主義進攻，敵人的嗅覺可比我們有些同志靈敏得多。」接著一片舉手，有的人非常氣憤地說這個階級敵人就在他身邊他毫無察覺，他太對不起黨多年對他的培養；還有人痛恨這個階級敵人太狡猾，具體事一點也不交代，群眾檢舉出來了才承認，太可惡了，到現在還欺騙群眾，想蒙混過關那是辦不到的。群眾一致要求嚴加懲處。

　　鬥爭會最後由Y社長做小結，他說：「今天的會開得很不好也很好。很不好是雷雯連起碼的交代都沒有，祇說了些他認識牛漢的過程和談詩，這完全是扯淡！我們要你談詩幹什麼？我們要的是實質性的問題，是胡風集團的政治問題，是他的反革命活動，這些他都避而不談。大家抽出這麼多的寶貴時間幫助他，他還死死地站在胡風反動立場上，所以這個會開得很不好，連起碼的收穫都沒有。另外，也開得很好，大家的階級覺悟提高了，眼睛擦亮了，鬥爭情緒高漲了，如張某某同志，敢於面對

敵人無情揭發，在鐵的事實面前，敵人祇好低頭認罪。這就是無產階級大無畏的最可寶貴的革命精神，所以我們的會又開得很好。當然，我們不是要把雷雯一棍子打死，我們還是要挽救他的，祇要能真正地反戈一擊，交代清楚了，我們還是歡迎他回到人民的隊伍中來。」

散會了，祇聽到椅子、板凳劈哩啪啦一片亂響，我也鬆了一口氣。

鬥爭會開過以後，沒完沒了的個別談話，沒完沒了地寫交代……我完全懵了。我不但不認識胡風，也不瞭解胡風，他的理論文章我根本沒有讀過，我記不清楚是牛漢還是別人好像對我說過胡風在文藝理論上有獨到的見解，是魯迅的追隨者。這些我沒有留意，因為當時發表的胡風的一些詩我倒是讀了的，我覺得他的詩太差勁，完全沒有詩味，對這位老前輩我沒有好感，從來也沒有在文字上、口頭上說過一句胡風的好話，如今把我跟他連上了，這冤不冤？

這時，社裏把編輯室的董某抽出來專門負責我的問題。董某迫不及待地要搞出成績來，一談幾個小時，軟硬兼施。他誘導我，要我承認是帶著胡風集團的密令到哈爾濱佔領文藝陣地來的。我回答他：「我的檔案又不是我自己拿來的，我是東北軍區轉業來的。」董某火了，他把桌子一拍吼道：「那是什麼關係？我們要的是你們的秘密關係。華東文化局長彭柏山還是中央派去的呢，實際上是胡風秘密派去的，這你總聽說了吧！你別裝了，早坦白比晚坦白好。」我完全懵了，找我談話的人，沒有一個是講理的，全都是胡攪蠻纏，我痛苦萬分。現在回想起來，當時我多麼像是一隻草原上的羚羊，圍著撕扯我的沒有獅子，沒有老虎，是一群鬣狗和禿鷲，在它們的包圍中求生不能求死不得。董某折磨我一天又一天，沒有打開缺口，他急了，一天晚飯後他找到我家來了，當時我氣憤萬分，白天折磨一整天，晚上還不放過我，真是欺人太甚！我控制不住自己，憤怒地問他：「你找到我家來幹什麼？」順手指著房門大吼：「你給我出去！」董某扭頭就走了。

這下壞了。第二天一上班，董某來告訴我：「Y社長找你。」我一到社長室，Y向坐著的幾個人說：「這就是雷雯。」有一個人站起來走到我跟前自我介紹：「我是市公安局的，因為你和胡風集團有關係，我們

奉命搜查你！」那人拿出一張搜查證，放在桌子上指著簽字的地方說：
「你簽字！」Y馬上遞過一隻筆來。我從未經過這樣的事，毫無思想準
備，太突然，我完全在一片恐怖之中，渾身發抖，筆都拿不住。勉強簽
了字，另一個人走過來說：「舉起手來！」我舉起雙手，幾個人圍了過
來，一齊下手，先搜衣袋、衣領、袖口、衣扁來回捏好幾次，然後要我
脫掉鞋襪，光腳站在地上，一個人把鞋拿在桌子上敲，還用小錘子敲鞋
跟，襪子也翻轉來仔細看。檢查過了，把鞋襪丟在地上再叫我穿上，隨
後押著我回家。到我家後，他們把門一拴，翻箱倒櫃，被套枕芯全都拆
開，枕芯裡的蘆花飛一屋，衣一件一件地看，書一頁一頁地翻……整整
翻查了一天。最後，把我全部詩稿，從中學時代起寫的日記，影集，書
籍也捆了兩大捆，都拿去了，包括《美國詩選》、《拜倫詩選》在內都
拿去了，連評陶里亞蒂的小冊子也拿去了，他們都不知道陶里亞蒂是
誰，也不管封面上印有「人民出版社」字樣，當成有問題的書。

他們搜查的時候，我慢慢平靜了，也不怎麼害怕。等他們走後，
我實在太疲倦了，就倒在床上的蘆花中，睡著了。飯後，董某來把我帶
走，帶到一間早已安排好的小屋，把我關起來了。室內一張床，床上是
從我家拿來的被子，一張桌子，桌上一瓶墨水，一支蘸水筆，一大摞稿
紙。門口有人站崗，日夜守著，三、四個人輪班換。睡覺不能關燈，不
能關門，上廁所要喊報告，大小便都不能關廁所的門，他們也守在跟
前。也就是說一天24小時每分每秒都有人盯著我，害怕我帶著反革命的
秘密為胡風效忠，更害怕我發電報同胡風聯繫，黑龍江人民出版社小院
裡，真正草木皆兵了。

稍稍平靜了兩天，Y帶一個人進來說：「這是省委派來的孫同志，
從現在起老孫負責處理你的問題，老董協助他工作。」說完他就走了。

孫對我說：「昨天晚上我祇用了個把小時就把你交代的材料統統看
完了，那完全是扯淡，一點實質內容都沒有。運動進行這麼久了，你怎
麼一點醒悟都沒有？全省委都知道出版社有個頑固的胡風堡壘，省委信
任我，派我來攻下這個堡壘，我有信心，這一點是肯定的，不獲全勝決
不收兵！告訴你，我是鬥地主出身的，什麼場面沒見過？你頑固到底，

我姓孫的奉陪到底。公安局的小車我一個電話就能開來，到時候你不要後悔，不要恨我心狠手辣！」我抬頭一看，他那兩眼凶光正射著我，此時，我沒有害怕，祇有憤恨！「過去你寫的交代全部作廢，重新寫，實事求是地寫。有任何隱瞞你負法律責任。先寫和牛漢的關係，下午3點我來取。」說完孫就走了。「感謝」張某某對我的啟示，我把反對作家深入生活給自己扣上了，再把自己在資產階級藝術學校受的資產階級藝術教育批判了一通，也把出身於剝削階級家庭批判一通。下午孫來了，他拿過我寫的交代材料就火了，惡狠狠地說：「你在紙上空那些格幹什麼？你點這麼多標點幹什麼？你尋思點標點不耽誤時間不影響交代嗎？又不是讓你做文章，你一直寫得了，我們認得出來，寫交代也來知識分子那套臭形式，改造你們真難！」我說：「這是習慣。」孫說：「習慣？資產階級習慣！舊習慣都得改！」我沒有做聲，心想標點符號也跟著我倒霉了。

孫拿著我寫的材料對我說：「現在寫你的詩集是怎樣出版的，牛漢為你的詩集出版做了哪些工作。」他邁出房門又回頭對我說：「一直寫，不用空格，不用點標點。」張某某守衛在門口，孫望著他親熱地點頭笑了。我知道孫是身為高官的張某某叔叔的部下，不然，在這種場合怎麼能笑？

孫來拿交代材料，這次他看到材料上仍然有標點符號沒有吱聲，心裡一定想臭知識分子的頑固是多難改造。他看完材料說：「我提的問題你一個也沒有正面回答，我問你，你的詩集是哪一年出版的？」我回答：「1952年。」孫又問：「1952年你在哪裡？牛漢在哪裡？」

我回答：「都在瀋陽。」孫又問：「是哪裡出版的？」我回答是上海新文藝出版社。孫冷笑一下說：「你不要裝聰明了，還是如實地交代好！上海新文藝出版社是胡風集團的大本營，好幾個骨幹分子在那裡。再說1952年你同牛漢都在瀋陽，牛漢又是骨幹，出本書那麼容易？不是牛漢推薦又是誰？」我冷靜地回答他：「這本詩集的出版與牛漢毫無關係，我對老董說過好幾次了，如查出我撒謊，我願負法律責任。這本詩是我自己編的，牛漢根本不知道這回事，編好後我送到東北作家協會詩

歌組，請他們審查推薦。他們見我是軍人，非常熱情，說華東人民出版社在編一套詩叢，他們願意推薦。後來怎麼到了新文藝出版社，我就不知道了，這問題你們掛個長途問問就清楚了。」孫聽完雖然無計可施，但看他的樣子，是很想在詩集的出版上做點大文章。他們肯定做了調查，也肯定沒有他們想像的那回事，所以後來一直未追查這個問題。

我整天被關在小屋裡，思想完全是麻木的。毫無辦法，我祇有給自己無限上綱，我承認胡風的「五把刀子」我都有，首先是反對文藝為政治服務。不知他們從哪裡搞來我寫的幾封退稿信，這些信大同小異的內容是：「你的作品主題思想是好的，但是缺乏藝術感染力，不能算是好的作品……」孫像撈到稻草一樣，翻來覆去要我提高認識，具體交代。最後我祇好承認是用資產階級文藝觀來毒害作者，是反黨、反人民、反社會主義的。孫看到這一連串的「反」字是很得意的，在他來之前，我的材料裡是沒有「反」字的。

我以為交代得差不多了，私自銷毀綠原一封信也坦白了，上綱上線都上了，聽候處理吧！這時天冷了，也不知到了哪一月哪一日。一天，孫氣勢洶洶地撞進來劈頭就問：「你倒自在呢！你的問題都交代完了嗎？」「交代完了。」「你怎麼這樣不老實呢？非得像擠牙膏擠一點你才承認一點。我們發現你還有一個嚴重的大問題，你根本沒打算交代。」一聽，嚇我一跳，心一緊，渾身一冷。他接著說：「你再想一想，是什麼嚴重問題？祇要是你說出來的，還是算你坦白的。」我所有的神經都是麻木的，頭腦一片空白，我木然地望著他。過了一會，孫說：「你拒不交代，我揭發就不是你坦白！」接著他從衣兜裏掏出個什麼往桌上「叭」地一拍，他把巴掌挪開，我一看，原來是從我影集裡摳下來的牛漢的那張小二寸照片。我什麼也不敢說，心裡卻像阿Q那樣：「姓孫的，我×你娘！我×你八輩祖宗！」「寫清楚，你為什麼要隱瞞這張照片？還要寫清楚牛漢為什麼要送你這張照片？這些都要交代！」孫說完氣洶洶地走了。

我像一隻耗子，被孫和董這兩隻惡貓抓來抓去，這時，我的魂都是破碎的。我常常想：「這樣活著幹什麼？」又想：「這太混賬了，還是

要看個究竟！」想到要看究竟，心裡不但不害怕，反而有一種輕鬆的坦然，許許多多的問題如大夢初醒，也如酒醒了想到醉時的荒唐。我突然成熟了，在生死掙扎中成熟的，我把投向我滿身的刺，咬著牙拔出來，當做針，縫著那被砍斷了的滴血的神經。

大概是他們也認為我交代得差不多了，開了個批判會，參加會的祇有編輯部的人。Y主持會場，他說：「通過一段時間的無情鬥爭，雷雯的認識有所提高，承認了自己反黨反人民的罪惡事實，這我們是歡迎的。今天這個會是批判雷雯的反動思想，進一步幫助他弄清問題。雖然雷雯已經掉入反革命臭泥塘，但就是有一根頭髮露在外邊，我們也要抓住救上來，這是革命的人道主義。當然，問題不徹底弄清楚是不行的，人民是不允許的，黨是不允許的，我們偉大的社會主義祖國也是不允許的。」

批判會比鬥爭會溫和多了，讓我坐下，沒有人喊口號，也沒有人大喊大叫，一個個文質彬彬煞有介事地站在忠於黨的立場，站在馬列主義、毛澤東思想立場。有的批判我資產階級的文藝觀點；有的批判我反毛澤東文藝路線，最終祇能是毀滅自己；有的批判我的退稿信，是引導作者背叛黨、背叛革命，對青年的毒害是無法估計的，定為罪大惡極決不為過；有的長篇大論引經據典，馬克思對文藝是怎麼說的，主席、少奇和總理又是怎麼說的……說是要觸及我的靈魂；有的畫龍點睛，三言兩語一錘擊中要害，說是要使我猛醒；有些人批判時，義憤填膺語重心長，眼圈都紅了，像是真的；有些人批判時，拖腔帶調，賣弄文采，顯示淵博，像是假的。真真假假，假假真真，真假難辨！聽來聽去，我越聽越清醒，一句都沒有往心裡去，是真正南方人說的「往鴨背上澆水」了；也是偉大領袖說的「花崗岩」腦袋吧，真正是辜負了人道主義者們的一片苦口婆心。我完全不知道我有幾根頭髮露在臭泥塘的外面，我也完全不知道人道主義者們是否能拽上我來。

批判會開過以後，開始允許我看報了，大部分時間還是要我回憶交代。看守的人也撤了一半，晚上睡覺也可以關門，上廁所已無人跟著。看守的人有時也同我說幾句「天暖和了，有青菜上市了」之類無關緊要的話。

一天上午，通知我開會，一到會議室，已經坐滿了人，是全社職工大會。原來是宣佈對我的處分，是董某宣佈的。他說運動一開始我的態度十分惡劣，拒不交代，私自銷毀中美合作所「特務」綠原的信。又說在群眾的鬥爭與幫助下，我還能承認自己的罪行，根據後期的表現，免予刑事起訴，定為「胡風集團一般分子」，給予行政撤除編輯職務、降級、降薪、開除團籍的處分，重新安排在資料室工作。會開得很短，不到半小時就散會了，隨著，我也被釋放了。

　　那是一個春風滾動著黃沙的上午，我往霽虹橋上走。「那不是老雷嗎？」我抬頭一看，是沈陽軍區空政文工團的張松齡，他正從橋上往下走。他迫不及待地問：「你受什麼處分？」我如實地告訴他。張松齡說：「你們這裡怎麼搞的？牛漢都沒有受你這麼重的處分，空政受牛漢牽連的那些人，都沒事，那些被關的，放出來照樣授予軍銜，你們黑龍江是怎麼回事？你應該問問。」

　　我一聽，渾身冒火，滾滾狂風吹得我站立都很艱難，但火在心裡燒！我更深地認識到生活的複雜。

　　我把張松齡告訴我的情況向當時出版社的支部書記彙報。他毫無表情不屑一顧地低著頭，一邊翻閱他的文件，一邊說：「牛漢是牛漢，你是你。」當時我沒有勇氣問他為什麼現在牛漢是牛漢我是我？如果不是因為牛漢憑什麼整我？

　　在支部書記那裡碰了壁，我心裡就像掀起了大海的狂濤，這算怎麼回事？我的處分比牛漢還重，真是大和尚吃肉沒事，小和尚喝湯遭殃。這時是真正的怒火中燒！週身的血每分每秒都在沸騰。於是，我找Y社長，把張松齡說的情況又說了一遍，他祇冷冷地說：「你把情況寫一下，寫成材料給我。」回到資料室，憑著怒火，一揮而就。在材料裡我大罵孫、董是屠夫，是打手……寫完後，我還加上個標題：〈我用眼淚和鮮血來控訴〉。沒幾天，這份材料被貼出來了，貼在樓梯邊的牆上，上下樓的人一眼就能見到。

　　後來，他們不作任何調查，對我提的問題也不作任何解釋，就說我

翻案，把我送往一個勞改農場教養，並開除了我的公職。

　　看來是我的憤怒惹惱了他們。我居然想為自己申冤。在這黑白顛倒的時候，是不允許含冤之人憤怒的。

　　在農場的四年半，我經歷了想像不到的另一種人生！

「學習」

　　我隨著衣衫襤褸的人群，在雪路上走著，走著……睫毛上的冰花常常使我睜不開眼睛。我走著……望著茫茫的雪，不知是誰收去了雪的嫵媚。我走著……員警槍上那明晃晃的刺刀，割開了我和雪之間的情愛。

　　我揹著沉重的箱子，在雪路上走著，我好累呀，沒有誰來幫助我。越揹越沉，最後，這箱子好像不是壓在背上，而是墜在心上。一閃念：丟了吧！馬上又決定：不能丟！箱子裡有屈原，有陶潛，有李白，有杜甫，還有聞一多……不能丟！我非常後悔，不該揹這一箱子書來。

　　想起總編跟我談的話：「你的錯誤是嚴重的，你需要一個短時間的學習，好好改造你的人生觀。學完回來，也可能另作安排。」

　　為什麼要騙我呢？去學習還有用刺刀押送的麼？要知道是這麼回事，我怎麼會揹一箱子書來？

　　後來我才知道，勞動改造也叫學習。

老人的血

　　淡淡的陽光裡，仍然是紛紛揚揚的小清雪。它是多麼輕啊，沒有風也閃閃爍爍地飄揚著。我是多麼羨慕這沒有生命的自由的小精靈，而我的心，沉重得幾乎要墜塌我的骨架。我想，如果我沒有生命該多好，不知道歡樂，也不知道痛苦。

　　我被關進收容所，簽了字就送到第三班。一見班長和屋裡的緊張氣氛，我的心嚇得亂跳，班長那蠟黃浮腫的臉上，好像用手一按就會冒黃水；他那烏黑的有裂紋的嘴唇永遠張著，長長的向裡鈎的牙齒，是曬得半乾的大糞的顏色。

　　我走向指定的位子，還未坐下來，就聽到班長破口大罵：「他媽的！你不老實交代，你的材料早就轉來了，正在管教員手上捏著哩！想滑過去，那是癡心妄想！祇要你交代清楚了，我去請示管教員，現在就可以放你。」

　　「不老實交代祇有死路一條！」一陣口號聲使屋裡的空氣更加可怕了。班長唾沫橫飛地吼：「老混蛋，還不交代？」他走到站在屋中央的一位衣衫襤褸的老人面前，突然又一吼：「交代！」老人嚇了一跳，無力地抬起頭來：「我偷了一個飯盒。」班長咆哮了：「媽的×！昨天你交代偷飯盒，今天又交代偷飯盒。日你媽，這輩子你別想出去！」邊吼邊一巴掌狠狠打在老人臉上。頓時，老人鼻孔裡鮮血直往外淌，有點站不住了，搖晃著。班長好像沒有見到老人臉上有血，又吼：「交代！蒙混過關是過不了的！」

　　有一個人偷偷告訴我，這個班長原是一家製藥廠的幹部，因貪污

公款，又唆使工人給他偷藥而被送來的。這傢伙能說會道，鬥爭性強，在管教員面前討好，就當上了班長。聽說，把他關進來後，他老婆急瘋了，不知去向，兩個孩子被送進了孤兒院。他為了早點出去領回自己的孩子，找回自己的老婆，就每時每刻都在不顧死活地積極鬥爭別人，以圖將功贖罪。別的班一天彙報兩次，他彙報六次，別的班睡覺了，他這個班還在開鬥爭會，有時鬥到淩晨三點。

聽到這裡，那老人臉上可怕的鮮血的顏色在我腦海裡不肯褪去，好像有無數的毒蟲亂鑽我的心。我第一次知道人生還有這樣可怕而又無恥的內容！

我常常想：世界上就是畜牲群裡也不會有三班長這樣卑劣的生命。

拔白旗插紅旗

　　這是一間大房子，不知道原來是幹啥用的，沒有火牆，沒有火炕，也沒有可以燒火的地方。一道命令，把各隊的文化人都集中到這裡，說這些人腦袋裡有不少資產階級的大白旗，這是萬分危險的，一不小心就滑到敵人那邊去了。所以，要接受黨的挽救，下狠心背叛自己的反動立場，咬牙也要把白旗拔下來。再脫胎換骨，換上新的革命的紅旗。這是至關重要的大事，也就是說，祇有你腦袋裡插上了紅旗，你才能獲得第一生命，第一生命就是政治生命，有了第一生命，你才能算是一個真正的人。關於你母親生下你的這條生命，祇是喜怒哀樂吃喝拉撒睡而已，是毫無意義微不足道的，它雖然也存在，祇能算是第二生命。一個革命者，祇能有第一生命，第二生命隨時隨地都可以丟棄，因為第二生命祇屬於你自己，而革命者的第一生命是屬於共產主義，屬於全人類。第一第二生命的區別，就是泰山和鴻毛的區別。所以，腦袋裡的白旗都得拔，不是為你自己，而是為全人類。全世界的資本主義還存在一天，我們就要拔一天，一直要拔到資本主義被完全消滅為止。我們是樂觀的，全世界勞動者都覺悟了，都嚮往共產主義，資本主義的末日就要來臨了。

　　房子四週鋪上草，大家把行李鋪在草上。在這滴水成冰的季節，房裡的地都是凍的，大家睡覺都要扣緊棉帽，繫緊棉鞋，更不用說紮好棉衣了。大家的帽耳上、被頭上、鬍鬚和眉毛上，統統結滿了冰霜，誰也沒有真功夫睡過去。

　　不到一小時，有一多半人起來了，在屋裡跺腳的跺腳，跑步的跑步。躺著的幾個人，是被和衣較厚者，但也不能入睡。我躺在草窠裡，

緊緊關上四片眼皮，不安的心靈始終醒著……這冰冷迷茫的夜，我的思緒和身體也都是冰冷迷茫的！怎麼辦？我的白旗藏在腦袋的哪一角？我一而再、再而三地想起解放前在武昌藝專讀書時，第一次讀到毛主席的《新民主主義論》，讀得我熱淚盈眶，當時我就想，這樣赤膽忠心為勞動人民求解放的領袖，你不死心塌地擁護他，還能擁護誰？我還想到我到孤兒院教那些孤兒唱「板凳爬上牆」，看到他們小小的雙腳拖著大人的破鞋，心裡就燒起憤怒的火，腐朽的蔣家王朝，怎能不把它推翻！我想我的白旗早就丟在蔣介石的垃圾堆上了，而今再上哪裡去找回來拔？我要說我沒有白旗，過得了關嗎？我緊緊地閉著雙眼，讓心望著茫茫的夜空，我問：我如此赤誠毫無保留地信任黨，而黨為什麼一絲兒也不信任我呢？問完了，我也不知道我問的是誰。

　　第二天早飯後，場部送來一個帶煙筒的鐵爐子，一燒，屋裡暖和了，拔白旗也就開始了。「堅決拔掉思想深處的大白旗！」「堅決與資產階級思想戰鬥到底！」「徹底批判醜惡的自己！」「重新做人！」「毛主席萬歲！」「萬歲！萬萬歲！」積極分子帶頭喊的口號聲，一陣緊一陣，響徹雲霄！

　　這拔白旗運動確實有一定的難度，因為這醜惡的旗兒是在思想深處，誰也看不見，誰也摸不著，當然也就沒有拔牙那麼簡單。可是，偉大領袖教導我們，越是反動的東西就隱藏得越深越危險，要不拔乾淨拔徹底，那將是無窮後患！所以這次拔白旗運動，難度雖然很大，但目的是明確的，態度是堅決的。誰要是因為怕「疼」而存有僥倖心理，企圖蒙混過關，那是癡心妄想，那就祇能是自絕於人民，坑害自己。不忠誠坦白，我們是堅決不答應的，黨是不允許的，人民是不允許的。你已掉進反革命泥坑，就是有一根頭髮露在外邊，我們也要把你拽上來。我們不獲全勝，決不收兵。

　　緊鑼密鼓地拔起來了，挨排拔。點到誰，誰就站在屋子的中央，先是自己拔，沒有一個人一次拔得群眾通過，都經過分析批判，自己再拔，群眾又幫助拔，好像屠宰車間燶毛，程式是一樣，毛的多寡當然有別。政府的要求是把思想深處的白旗像竹筒倒豆子那樣痛痛快快一下子

倒出來，不能擠牙膏那樣一點一點往外擠。首先要明確這是什麼地方，不是你往臉上貼金的地方，就是有金也不能在這裡貼。這裡是你現原形的所在，是人是鬼是妖是怪，要在這裡弄得小蔥拌豆腐一清二白。另外，不能在大帽子底下開小差，如祇交代自己是反革命不行，要交代反革命事實，要拿乾貨出來，反革命事實一、二、三、四、五寫得清清楚楚才行；如祇交代自己是流氓不行，要交代具體細節，搞了幾個女人？第一回是怎樣搞的？第二、三、四……回是怎樣搞的，用些什麼手段等等，都要交代得明明白白。

拔了兩天，幾個大學生就過了關，非常順利，因為他們還未進入社會，白旗還未明顯地豎起來。學生也單純，好拔，他們自己也拔得很認真、痛快，有一位把一次在食堂買五兩飯祇給四兩票也拔出來了；有一位把教室一塊抹布拿回宿舍用也拔出來了；還有一位把小學時代看過鄰居家小女孩尿尿也拔出來了。這些人很快放下包袱輕裝上陣，成為運動的主力軍。他們的任務是幫助別人拔，以保人人過關，一個也不能留在關外，這是黨給的任務，祇能完成。這些小子中，有的很聰明，那分析批判，真的說得石頭也能掉眼淚，能鑽進你思想深處，像孫悟空變成茶葉棍兒鑽進牛魔王肚裡一樣，把你的白旗一面一面地抖弄抖弄，抖得你膽顫心驚，抖得你魂飛魄散。引導你拔，逼迫你拔，一會紅臉，一會黑臉，你毫無辦法，祇好任他擺弄。有的分析能力和嘴皮子不行，卻心狠手辣，想方設法折磨你，如舉雙手跨馬步面壁，坐鍬把頭，赤腳站玻璃碴……真叫你求生不得求死不能。

一路拔將下來，如實一一記述太拖遝，也沒多大的意思，看官也不會有興趣。這裡我敘述一個頑固分子，也就是常說的花崗岩腦瓜，以見一斑。

劉文岱站了一整天，正如積極分子說的，完全雞毛蒜皮，滿腦袋白旗卻一角也不肯露出來。其實大家也不瞭解劉文岱，祇知道他是拖拉機學校的數學老師，這學校培養拖拉機手，是所職業學校。劉文岱自己拔白旗才拔出在偽滿時期他父親是個米販子，家庭生活很不錯，他上過國高。解放初，他考上了師專，學了三年數學，除了教書他沒有做過別的工作。

在偽滿時期幹過一些什麼壞事？他就是不肯拔這面大白旗。積極分子分析，肯定幹過！首先，國高是偽滿洲帝國的學校，是日本法西斯支持的，每所國高都學日語，都配有日本老師，每天早晨還要向東京遙拜，能不幹壞事嗎？劉文岱說他從來也不幹壞事，就是偽滿時期也不反黨也不反人民。這一下可激怒了群眾，這邊喊：「打倒狡猾分子劉文岱！」那邊喊：「砸爛花崗岩狗腦袋！」這邊喊：「不坦白死路一條！」那邊喊：「自絕於人民沒有好下場！」真乃此起彼伏，聲震寰宇。

晚飯後，接著拔。劉文岱自動地站在屋子中央。隊長講話，首先總結下午的戰鬥沒有取得任何戰果，他鼓勵人家再接再勵，要有信心攻下這個頑固的堡壘。他還說，白旗分子是狡猾的，不要上他的當，不要讓他鑽我們麻痺大意的空子。就拿頑固分子劉文岱來說吧，他說他在偽滿時期就不反黨就不反人民，用心何其毒也！偽滿時期，那是什麼時期？那是地主、資本家和帝國主義的天堂，是勞動人民的地獄。你劉文岱是地下工作者嗎？不是；是愛國志士嗎？不是。那是什麼貨色呢？是亡國奴，是洋奴，是帝國主義的走狗。他說在偽滿時期都不反黨，都不反人民，這是對我們黨的極大侮辱，對我們人民的極大侮辱，我們能答應嗎？當然不能！他們的天堂被我們砸爛了，他們是不甘心退出歷史舞臺的，他們時刻夢想死灰復燃。這樣一個壞分子，他能不仇恨黨、能不仇恨人民嗎？我們能不擦亮眼睛看準敵人窮追猛打嗎？當然，黨是寬大的，祇要真誠坦白了，過去的罪惡，黨是不追究的。緊接著又是一陣沸騰的口號，劉文岱有些站不住了，身子一歪一歪的，隊長走過去就是狠狠地一腳。

已經折騰了兩天一宿，劉文岱就是不肯拔他的白旗，大家好像真的也不知道他的白旗究竟是什麼？可積極分子硬是要狠狠地拔！大家有些疲倦了，分析批判還是那些連軸轉的原話，喊的口號也還是那幾條。

夜裡，大家有氣無力地拔，劉文岱長時間站立，顯得非常痛苦。突然一個積極分子帶頭喊：「打倒劉文彩！」引起哄堂大笑。那積極分子馬上說：「對不起，我喊漏嘴了。」另一積極分子馬上說：「沒漏沒漏，劉文彩、劉文岱一個樣，劉文彩就是劉文岱；劉文岱就是劉文彩，

三個字兩個相同，彩和岱的音差不多，可見是一樣的壞東西，他們是穿一條褲子的狼！」

劉文岱抬起頭來說：「我又沒有到過四川。」那積極分子說：「到沒到過四川並不重要，重要的是你們階級烙印是一樣的，醜惡的靈魂、吃人的本質是一樣的，你們的狼心狗肺是一樣的。劉文彩家裡的水牢就有你一份罪惡！」

「打倒劉文彩！」群眾憤怒了。「打倒劉文岱！」鬥爭又重新掀起高潮。這種天方夜譚式的聯繫，這種信口開河地批判，也能激發人的憤怒，也能點燃階級仇恨的大火。大家熱血沸騰了，有的人淚流滿面控訴萬惡的舊社會種種慘無人道的壓迫；有的人紅著眼睛痛斥劉文彩，斥到傷心處還忍淚吞聲一會，再提提氣又繼續申斥。斥完劉文彩，突然對著劉文岱猛問：「劉文彩這滔天的罪行給人民造成多大的災難，你劉文岱還有什麼可隱瞞的？你劉文岱還要有點人性，也不能繼續頑固下去，你還不交代要等到何時？你想等劉文彩、蔣介石變天，那是癡心妄想！」

從這些怒不可遏的言詞看來，好像劉文岱與劉文彩、蔣介石還真的有什麼聯繫。

夜已深，群眾和積極分子分兩幫，一幫睡，一幫鬥。劉文岱有些堅持不住，一眼望去，他渾身不自在，臉是蒼白的。一個積極分子問：「劉文岱，我問你，你說你沒有幹過壞事，那你為什麼一個肩高一個肩低？」劉文岱低聲說：「我咋知道，你問我媽去。」那積極分子滿腔怒火地衝到劉文岱跟前，一把抓住劉的衣領吼道：「你還敢反抗！」吼完就是一撇子抽去。劉文岱翻翻眼睛，臉上泛起一片血紅。這時，「頑抗到底，死路一條」的口號又聲震屋宇。那積極分子接著說：「不用問你媽，你不肯交代，我來揭發！你那一肩高一肩低就是掛過東洋鬼子軍刀的鐵證，你殘害過多少勞動人民？你抵賴得了嗎？」劉文岱提高了嗓門：「我沒有當過兵，我沒有見過東洋軍刀。」積極分子們又不答應了，一邊喊「好頑固」，一邊蜂擁而上，扭胳膊的扭胳膊，抓頭髮的抓頭髮，數不清的拳頭向劉文岱擂去……沒有上前的群眾也都站立起來狂呼：「死不認罪死路一條！」「坦白從寬、抗拒從嚴！」

劉文岱被折騰得七竅走了真魂，他的雙腿篩糠般抖動，發烏的嘴唇「嘿嘿」地哆嗦著。突然他大口大口吐黃水，隨即就癱倒在污水裏了。一個積極分子收斂了一些兇氣，走到劉文岱跟前說：「裝孬是不行的，白旗不拔是過不了關的。」語氣緩和多了。這時，隊長拿條板凳走過去把劉文岱拉起來說：「你坐下交代吧！」

劉文岱坐在板凳上急促地喘著粗氣，斷斷續續地說：「我……交……代，我……交代。」隊長一聽高興得連忙站起來，走過去說：「別緊張，慢慢說。」劉文岱低著頭，咬牙說：「我是壞人，一貫仇恨黨，我是特務！」「特務」二字使屋內一切都凍結了，沒有一點聲響。過一會，隊長說：「什麼特務，要交代清楚。」劉文岱揚起頭閉著眼說：「美國特務！」

隊長不做聲，大家都不做聲。一會，宣佈散會了。

第二天清晨，在屋外的牆上貼了張含糊其辭的大捷報：「頑固分子劉文岱交代了重大的歷史問題。這是偉大的毛澤東思想又一偉大勝利！共產黨萬歲！偉大領袖毛主席萬歲！萬萬歲！」

不知道劉文岱算不算過了關，反正沒有再鬥他，讓他回到群眾中來了。批判別人的時候，他也舉手發發言，但不算積極。每當在眾多的面孔中見到他的面孔我就納悶——他不是美國特務嗎？為什麼沒有要他交代罪行？為什麼沒有把他關進小號？見到他我就有一連串問號。我參加了那麼激烈的鬥爭會，白天黑夜地拔白旗，卻始終沒有弄明白劉文岱的白旗到底是什麼？積極分子赤膽忠心地狠拔，好像也沒有粘上他白旗的邊。劉文岱、劉文岱！你這狡猾的頑固分子，你那面「美國特務」大白旗誰都知道是假的，你真正的白旗不曾顯露一角！劉文岱這頑固的狡猾分子，你把真白旗藏在迎風招展的假白旗裡，蒙混過了關！

我突然又想到：一個教數學的教師，他的大白旗到底是什麼？又能夠是什麼？

狗尾巴草

　　拔稗草的季節，每天出工，翻過一道長堤，一片無涯的綠茵茵的稻田就在眼前。稻田中有一塊不長秧祇稀稀拉拉長些狗尾巴草的田，像一塊大補丁補在嶄新的棉襖上，也像這稻田筋骨疼，貼在它身上的一塊風濕膏。一瞅著它我就不舒服，一瞅著它我就心痛，心裡翻騰著無名的憤怒。為了這塊田，差一點累斷了我的脊樑骨。

　　脫粒工作風風火火還未完成一半就天寒地凍了。也就在這時，我們隊接到場部的命令，去深翻稻田。據說，社會上正在搞田地深翻運動，深翻一米至一米五。場部說我們是有罪之人，正是將功贖罪的好時機，要比社會上翻得更深，起碼一米五至兩米，能翻多深就多深，當然是越深越好。據科學家說，千萬年來儲存養分的精華全在地層深處，還說深翻田裡的稻穗能長得像馬尾巴那樣長，也像馬尾巴那樣粗，十幾歲的少兒可以在一片稻穗上滾過來滾過去，還說有人在南方親眼所見，那孩子一邊滾一邊高唱「東方紅太陽昇」呢！

　　土已經凍了一米深，根本不是翻，而是用鎬一塊一塊往深刨，刨不到半米就無法下鎬，祇好改用鋼釺，一錘一錘往下鑿，像鑿隧洞的岩石一樣。

　　時間緊，任務緊，劃定的這塊樣板田，如果在春播前深翻不完，誰也擔當不起這責任。為了搶時間，分兩班幹，白班刨十幾個小時，夜班把煤油風燈掛在木架上接著刨，也是十幾個小時，兩個班，首尾相連地刨，轟天震地地鑿。隊員們在這隆冬季節也不能鬆弛一下，一個個，真被折騰得魂不附體了。

一天深夜，真正的筋疲力盡了，腸子在肚裡扭動得眼珠子都疼。這時，想喝到一口熱水，也是莫大的奢望，而且是根本不可能的幻想！我多麼想喝到一口熱水啊！我站在齊腰深的坑裏，雙手拿著鋼釺，賀春林掄大錘。他掄幾下，大錘掉下來了，他也癱坐在凍土上，用一雙絕望的眼睛看著我說：「老雷！我不想活了！」我也無可奈何地說：「別胡思亂想，咬咬牙吧！家裡人還盼望著我們回去呢！」他低下頭，流淚了。

　　深翻的田，就像閻王殿裡的大油鍋，我們這些深翻者，都是丟在油鍋裡的小鬼，任其煎熬，毫無辦法。兩個月來，一天十幾個小時不停地刨，不停地鑿，沒有一個人不帶傷，手都震裂了，我們都累成沒有魂魄的軀殼，一切都是麻木的。除了勞累、飢餓、掙扎，還是勞累、飢餓、掙扎……

　　任務太艱難，進度令人惶恐。正在緊急關頭，不知是誰想出了個好招，先用草燒凍土，燒一層撮一層，把一米左右的凍土解決了，下面的土用鍬翻上來就好辦了。

　　自從燒草以後，進度提高了好幾倍，春播前深翻完這塊樣板田沒有什麼問題了，大家總算鬆了一口氣。管教員那死繃著的臉上也有了些笑容，他不斷地向我們講述深翻的意義，他說這是偉大的劃時代的農業革命，它的價值不亞於神農教種五穀。還說這是我們自己的紅色科學家經過千辛萬苦、百折不撓地探索，才發現土壤養分的精華是在土層深處，這個發現的價值與居里夫人發現「鐳」是同等的，但它的實用價值更普遍，更實際，這是造福人類、造福子孫後代的千秋偉績！

　　春播開始了，先是整地，在管教員的督促下，那個仔細，那個認真，神農要是在世也會感動的。

　　打坷垃的打坷垃，平整的平整，那細髮匀淨，我的天，真像給演員臉上抹粉一樣！地整好後曬了幾天，說是把這些精華處女土曬暖點，好讓它煥發青春的活力。然後灌水，成為名副其實的真正水田了，水田再曬幾天，同週圍的淺翻水田一起播種。這裡不是插秧，是點播，特地請了朝鮮族經驗豐富的水稻專家來現場指導。樣板田是用最優良的稻種，最有經驗的種稻手和最好的水稻專家指導，簡直成了農場的特保兒一

樣。播種時，場長還幾次親臨觀陣。

播種結束後，祇留了幾個懂水的隊員管理水，整天扛著鍬在田間巡視。樣板田是專設的管水員，別的田他們不管，用水他們優先，一切田間事務都優先。我們班種完稻後，新任務是清除水泵站的淤泥和雜草，這任務沒規定指標，所以不算緊張。

布穀鳥不停地叫起來了，我們每天出工收工都要從堤上走過，堤下就是一片片水田。不多日子，淺綠的秧苗冒出來了，不幾天，乖乖，蔥綠一片！又不多時，秧苗兒能興風作浪了！

令人驚慌不解的是，偌大的一片綠田中央，那深翻的特保兒紋絲不動，水平如鏡。那些篩選的顆粒飽滿的優質稻籽兒，不知躲到哪裡去了？那些天寒地凍日夜深翻出來的養分的精華，好像是反感這些特殊優待而偷偷流到淺翻田裡過平民生活去了。

每天一見到它，我就揪心，心裡就翻滾著烈火！我們拼著血肉深翻的田，而今祇稀稀拉拉長些狗尾巴草，我們那殘酷的勞動化成了零！這怎麼說？又從哪裡說起呢？

有時我走遠了，又回頭望一下那塊深翻田，它就像一隻絕望而翻白的眼睛──獸獸地望著天！

我在病中

　　在農場的第一個秋天，我病了，是痢疾。每餐，那個窩窩頭到手之前，不知被多少蒼蠅先享用過。分得的白菜湯，吃了幾片菜葉，湯喝了，碗底總有一層黑泥。有人還在菜葉上發現過擦屁股的紙屑。我病在炕上想到這些，拉痢疾就沒有什麼好奇怪的了。

　　每天從拉兩三次到四五次，一直到一出廁所門又得趕快轉去蹲著，這就難計其數了。吃飯時，總是效方把飯菜和水送到我跟前，勸我吃，勸我喝。慢慢地，不能吃了，也不能喝，起不了床。他們背地說我在東邊山上（墓地）排了號。

　　我斷了好幾天飲食，但頭腦還是十分清醒的。農忙時早上三點鐘出工，有一天，效方勞動一天，晚上開會到十一點，一散會，他連忙把我揹到醫務室。那位大夫在收容所和他在一個班，又是一起到農場的，他們很熟。醫務室空有其名，普通的藥都沒有。那大夫會針灸，我躺在小床上，他用自帶的銀針，從我的腳一直插到頭頂，好像是不能遺漏任何一個可供利用的有效穴位。三個人默默地……大夫坐了一會，又起來撚動銀針，他突然問效方：「你們是老鄉嗎？」大夫一定想到，沒有一點特殊關係，誰能犧牲這麼少的一點可憐的睡眠時間，揹一個不相干的人來看病？效方慢吞吞地回答：「我們相隔得可遠啦！」一聽，我好傷心！家在何方？我望著房頂上那盞昏黃的燈，效方那低沉的聲音，是無邊辛酸、淒涼的網，深深地沉沉地網住了我，我的心被辛酸、淒涼浸零碎了，不是一個心了。悠悠地……悠悠地……我隱隱感覺到，這辛酸與淒涼之中又沁來祇有在看到藍天下高大的十字架時才能領略得到的那種

純淨嚴正的溫存與慰藉。

　　此時，這所佈有電網的大院靜悄悄，三個萍水相逢的不幸的人，在這簡陋的小茅屋裡，演述著人生無私地相助。兩個卑微的生命，犧牲珍貴的睡眠，從死神那裡搶救另一個卑微的生命。電網啊！你怎能網得住這些卑微的生命裡那平凡的無私相助的人性中的發光的重量！默默地……我想到效方回去睡不了兩個小時，又要出工，就說：「大夫，快點吧！」大夫會意了，回頭問效方：「再等會行嗎？」效方說：「行！」大夫又在那些銀針上輕輕撚動，好像是要盡快撥醒那些死去了的神經。

　　我居然活過來了，能吃點東西了。有一天效方替我穿好衣服，要我下炕站起來。我站起來了，祇是渾身輕飄飄地發抖。效方要我邁步，我的腳一點也不聽話，邁不動。他蹲在我前面一米多遠，連連說：「邁！使勁邁！不邁你會癱的！」我使勁一邁，滿眼金星，整個倒了下去，效方連忙一把搶住了我，還安慰我說：「明天你就能邁步了！」當他抱著我上炕的時候，我簡直忘了這是勞改的地方。

　　效方給我一些雞蛋，還有蝦米。原來是為了我恢復得快些，他特地給家裡寫信要的。他老父親乘火車，又換汽車送到農場。吃飯時，我見他碗裡也有蝦米，全是小的，他把大個蝦米都挑給我了。望著他的碗，叫我說些什麼呢？而今，我又能說些什麼呢？……

一包碎肉

　　我調到基建隊當小工，這個隊沒有幾個像樣的泥瓦匠。我們的任務，除了修修補補，值得誇耀的有兩項工程：其一是建豬舍；其二是築小號。這兩項工程都有圖紙，不是隊長說怎麼建就怎麼建。這圖紙場長都過了目，而後，場長在政工股長和生產股長的陪同下，幾次視察了工程的進展和檢查工程質量。

　　豬舍是修在極寬廣的空坪上，還修了院牆。曲尺形的兩排房子，一排長的全是豬舍，一排短的，是飼料室、豬廚房和豬倌的臥室。

　　小號是修在場部附近的山坡上，一個一個小號像是一個一個小棺材。小號修築得很結實，小洞口裝上鐵門，把人塞進去，坐著不能伸腰，躺著不能伸腿，祇能像狗一樣捲曲在裡邊。這是專為那些不服管教的頑固分子設立的。聽說，不管多硬的花崗岩腦袋，一塞進去就老實了，要他交代什麼他就交代什麼，要他坦白多少他就坦白多少，不要他交代還要爭取交代呢！

　　我調到基建隊時，效方先我調到米廠。

　　一天夜裡，我已經躺在被窩裡，有人還在談話。突然一隻大手伸進我被窩裡，塞給我一個紙包，我一望，是效方，他假裝說了幾句無關緊要的話就走了。一股好久沒有聞到的香味，真使人心曠神怡！小紙包裡是幾片碎肉，我簡直來不及品味就嚥下去了。手上的油也不覺得髒，我都抹在頭上了。

　　沒過多久，聽說米廠的人膽大包天，打死了一隻小豬，場部決定延長他們的勞教期。

水蘿蔔

　　張恩倫是岫岩人，那裡產玉，但他的生活可沒有玉的光澤。他家就在山溝裡，那些埋在山上的玉，他從來也沒有見過，也不知道值多少錢，也不知道歸誰所有。一天不如一天的日子使他不想活。自己辛辛苦苦割豬菜餵大的豬，必須交給公社，連一點油腥也聞不著，他常想：這樣活著幹啥？

　　冬天來了，野菜沒有了，連蛤蟆也都鑽到泥裡去了。眼瞅著這條小命難保了，他同他的兩位好友，走幾十里地，在一個小站扒上了貨車，到城市去謀生。

　　他們沒有拜師，也不想加入什麼「夥」，是無師自通的盜竊者。他們祇偷吃的，棉襖破了也不管它，破就破唄。吃的可將就不得，餓一天，脊樑骨都疼。他們祇有一個目的，為了肚子——偷。躲到人家食堂——偷饅頭；閃進菜場——偷豆腐，管他媽計劃不計劃定量不定量，肚子要緊。

　　偷了就吃，吃了就逛。那天黃昏，他們三人祇混了個半飽，慢慢沿著鐵路逛，看見前面停著一列貨車，上面用粗繩子絆著許多簍子，扒上去一摳，掉出一個大蘋果。摳呀，啃呀……突然押運員來了，大吼一聲：「誰？」他們三個撒腿就跑，不幸的事情發生了，張恩倫心一慌，踩在枕木沿上一歪，把腳崴了，跑不動了，被人抓住了。

　　在收容所，打得他受不了，長期飢餓身體本來就垮了，再加上「逛花園」¹猛逛他一陣，張恩倫就口吐鮮血，為了保命，他就瞎交代。不交代「清楚」就天天鬥，夜夜鬥，群眾不滿意是不罷休的。張恩倫交代

他偷的東西比他實際偷的要多出幾千倍，最後，他把他表哥給他的一支破鋼筆也從褲兜裏掏出來，放在桌子上，也說是偷的。總算過了關，張恩倫在長達十六張紙的交代材料上簽字畫了押，按了個鮮紅的大拇指手印，隨即被押送到農場勞改了。

一鋪小炕上睡七、八個人，我睡炕梢，張恩倫緊挨著我。一天夜裡，我快睡著了，他把手伸到我被窩裡來，抓住我的手，塞給我一個小蘿蔔。像是凍了的蘿蔔，捏在手上盡是冷冰冰的水。接著他對著我的耳朵小聲說：「把頭鉤在被窩裡吃！」我把被子蒙著腦袋，咬了一口，媽呀，牙都差一點冰掉了。飢餓、感激、友誼把冰蘿蔔慢慢融暖了，我一點一點咬，捨不得狼吞虎嚥，一個小蘿蔔，我完全飽了。吃完了，我把手伸到他被窩裡，把他粗糙的瘦手爪使勁握了一下。

張恩倫始終同情我，他看我沒有多大的勁，偷到了吃的東西，總要塞給我一份，抬土時，總把筐拉向他那一邊……幾十年過去了，每當懷念張恩倫的時候，耳邊總會迴響起他那決不是強盜的溫和的聲音。

1　「逛花園」，群眾圍個圈，把被鬥者放在圈內，像推排球那樣，東西南北地猛推，曰：「逛花園」。

「嘚嘚」馬蹄聲

　　柔媚的秋陽不屬於我，樹葉籟籟倒是我瑟瑟的心音。這個秋天，我的膝頭上長了一個皰。先是花生米大，長到小棗大時，我還可以走路，也可以幹活。不兩天有酒杯大了，走路就不方便，但還是要幹活的。長到拳頭大的時候，我走一步就疼一陣，晚上疼得不能入睡，雖然不能幹活，也還是要隨著隊伍出工，坐在地邊。

　　那天午飯後，大家正在幹活，我才慢慢走到工地。管教員要看看我的腿，他該是怕我裝病吧？我吃力地將褲腿拉了上來，這就不是拳頭大小了，膝蓋上下紅腫一片。管教員也動了惻隱之心，說：「你回去吧！」我好感動。在這垂死掙扎的時候，得到了一點寬容，多麼像是勒緊了的繩子又鬆了一扣。

　　我拄著一根粗木棍，慢慢挪著走，病腿落地一次，渾身就炸疼一回。

　　突然，我聽到身後有急促的馬蹄聲，我沒有回頭，慌忙往旁邊讓路。車老闆大概是見我挪步的艱難，突然「嘚嘚嘚」的馬蹄聲變成了「嘚……嘚……」一套三匹馬拉的大車裝滿了剛割下的高粱在我身邊停下了。我以為車老闆停車是要大罵我擋了道，我抬頭一望，一位被風霜刻了一臉深溝的老農也正瞅著我，臉上沒有一絲怒色。他沒有說一句話，我也沒有說一句話。冷丁，他把一個長長的大餅子，準準地扔在我的懷中，嚇我一跳，但我連忙緊緊地抱住了。當我充滿感激地抬頭望著他的時候，他用那仁慈溫存的目光掃了我一下，沒有說一句話，一回頭，「嘚嘚嘚」的馬蹄聲飛去了！

　　百感交集，我好傷心！平生第一次得到陌生人的憐憫與施捨，我是

一個乞丐了！我又感到無限珍貴的安慰，在這狹窄的人世間，在這糧食比生命還貴重的時候，人們並沒有完全冷酷無情。

棗核

　　我時常記起這件事，也時常向友人們講述這件事。有時坐在草地上想起這件事，抬頭望望天上的太陽，心裡充滿了憤懣！那天它也在場，真想飛上去，在它臉上貼張大膏藥，它那無情的眼睛，看見這樣的情景也無動於衷。

　　一圓大紅太陽還未墜下去，我看見廁所旁邊一堆尿冰那兒蹲著一個人。我走近一看，是一位老人，他嘴裡嚼石子般響，正用右手那漆黑的瘦食指，在尿冰上使勁摳。我彎腰一看，原來是別人倒在尿冰堆上的棗核，棗核又被尿冰凍在渾黃的尿冰堆上，老人摳下一顆就塞進嘴裡嚼。

　　剎那間，我的心被蛇咬住般地痛。我連忙說：「這怎麼能吃呢？」我的聲音一定是帶著血淚的。老人一驚，抬頭用那雙無光的渾濁的眼睛瞅著我，沙啞無力地回答：「我餓呀！」我無話可說，祇有心在撕裂。

　　我見他同我的父親差不多的年紀，鬍碴上掛滿了冰霜，陽光冷冷地照在他的破棉襖上。我慢慢地走開，不知道這沉重的雙腳踩著的是不是這個地球？

兩個雞蛋

　　當我講述這個真實簡短的故事時，我的靈魂又回到了那久遠的過去，我就是一隻海鷗，也鑽不透感情天地裡密佈的厚厚的憂傷的陰雲。

　　打稻任務非常緊迫，歇人不歇機器，分三班輪軸轉。我們那天上中班，黃昏時分，幾個人要求班長派人到屯裡去替他們買點雞蛋，補貼補貼。大家異口同聲要我去，班長點頭後我就記賬收錢，買十個、八個、五個不等。最少的是老閔頭，他祇買一個，還不知是誰給他的幾分錢。

　　當我拿著煮熟了的雞蛋往回走時，天已完全漆黑，但老遠就能見到稻場上的燈光，走不錯。

　　大家都在幹活，我照賬上記的，把雞蛋送到他們手中。老閔頭祇買了一個，太少，在路上我就決定把我的給一個他。我找到老閔頭時，他正在捆稻草，我把兩個雞蛋給他，他連忙說了聲謝謝，就連著蛋殼塞一個在嘴裡，嚼幾下就往下嚥，我見他脖子鼓老粗。第二個也是這麼嚥的，總共不到一分鐘。

　　那叫人難以忍受的嚼碎蛋殼的聲音，至今回想起來都叫人渾身戰慄。

飛彈弓的孩子

收工後，班長從隊部領來一個孩子，大家問他為啥送來的，他說是「思想反動」。大家聽了都笑了，這麼個小不點有啥思想是反動的？可就是千真萬確定他「思想反動」。這孩子走路像鴨子一跛一跛的，一雙手像老樹的根，指關節鼓出老大，粗糙而沒有光澤。一看，就知道他有大骨節病。

不一會，大家把他的情況都弄清楚了。原來，他才念小學五年級，他的學習成績祇是個中等，但他有一手非凡的本領，那就是他的彈弓打得特別準，他家週圍幾乎沒有家雀，被他打乾淨了。星期天，他常常揣一兜彈丸，拿著彈弓，弟弟拎著兜跟在後邊，一打打出幾里地，全家人還可以改善一頓生活呢！

有一天，他在教室裡炫耀自己打家雀如何如何準，有一個同學說：「你打這麼準，你總不敢打那像的眼睛。」說完用手指一下貼在黑板上方的領袖像。他說：「我敢！」那同學說：「你不敢！」「我敢！」「你不敢！」「我敢！」「你不敢！」爭喊了三個回合他就是一彈弓飛去！

哪知這一彈弓竟飛來了天上的橫禍！晚飯後，他正在做作業，派出所來了三個人，他承認事實簽了字後，就被銬子銬了，送到收容所，不到三天就送到了農場。

這孩子扁扁臉兒，寬厚的前額下有一雙不懂事的細長的眼睛，笑起來的時候還露出一對大馬牙。幹起活來，他一點也不藏奸，常常一頭一臉汗，把外衣一脫，露出一道紅一道綠的花背心。他長得並不漂亮，卻

常常引人疼愛，我有時真想抱抱他、親一親他說：「傻兒子！你為什麼幹這樣的傻事啊！」

白鬍子老教授

　　李教授六十開外了吧！聽說他是二十年代初留法研究中外美術史的老教授，這是他的公開身份。他是因為什麼被戴上「歷史反革命」的帽子，局外人就不得而知了。

　　李教授到農場後，誰也沒有見他笑過，他永遠嚴肅地板著面孔。我沒有同他在一個班，也沒有同他說過話，但每天出工，總看到他那白了一多半的長長的鬍鬚、捲著褲腿、扛著鍬的形象。他同小夥們混在一起，特別顯眼。偶爾我還聽人說過：那白鬍子老頭把他的派克筆、毛料衣裳都換黃豆吃了。

　　不知過了多久，突然沒有看見那白鬍子老頭了。我想，可能是場部見他年邁，調去幹輕鬆活去了，也可能放他回家了吧！

　　在冰天雪地的打稻場上，任務緊，我們班人手不夠，就從別處調來三個人幫忙。有個姓溫的小子跟我在一個組，我問他是哪個隊調來的，他說他在後勤看太平間（其實就是一間破草棚），他們六個人，他年輕一些，就抽他打稻來了。

　　有一天小溫問我：「你認識那個白鬍子老頭嗎？」「不認識，但我知道他。」小溫接著說：「那老頭死了三個多月吧！把他抬到太平間，屍還未硬，那守屍的小子，看他有那麼長的鬍子，沒有埋他，把他扶起來站在門邊，讓他手裡扛把鐵鍬守門。他睜著眼睛，一陣風吹來，鬍鬚飄動著，乍看，還以為是個活人呢！」

　　聽了小溫的敘述，我祇有在心裡感嘆著：「死也死不利索的可憐的老人！」

我的同學張善鈞

　　我被釋放了，回到家，往牆上掛的那塊鏡子裡一瞥，嚇我一跳！天啊，那是我嗎？害過一場大病也不會如此枯槁啊！蓬亂的頭髮，垂到胸前的鬍鬚……那是我嗎？那瘦削蒼白的臉，那凸出的顴骨，分明是一具死過去了好幾次又還了陽的殭屍，那兩個大鼻孔毫無內容醜陋地呼吸著，顯示著苟活的卑微。那是我嗎？是啊！看著那兩隻茫然的誰都相信不會有淚的大眼睛，那是已經沒有我的我啊！看著這庸鄙的形狀，好像是躲到天外去了的那個我又回來了，看著這個怯懦的我，祇有厭惡，沒有悲傷。

　　上班後，我被安排在資料室管報紙，我覺得應該把我的情況如實地告訴與我有過通信關係的諸親友，我寫了一封簡短的信：

　　　××：

　　　　我被定為「胡風集團一般分子」，受到撤除編輯職務、降級、降薪、開除團籍的處分。別的一切我都好，勿念。
　　　祝好！

　　　　　　　　　　　　　　　　　　雷雯　　月　　日

　　一共抄了十幾份，寄出去了。我沒有希望收到誰的回信。但，很快，我收到我中學時的同學張善鈞的回信，他好像什麼事也不曾發生一樣，也好像我們根本沒有長期中斷過通信。他是學醫的，還像以前一樣，要我注意這，要我注意那，我信中提到的事，他一個字也不曾提及，還是從前的善鈞，他把這一年多的時間、事件，都勾銷了。

這是一封多麼不尋常的信啊！收到它，使我重新記起了人的感情溫暖，我好像是跋涉了一望無際令人不敢回首的生死攸關的大沙漠，重新又獲得了一片恬靜的濃蔭，這濃蔭就是人的最純真的友情。誰能理解死裡逃生的生命得到友情赤誠的親撫？那是久旱逢甘霖也解釋不了的！那是什麼？我說不清楚，祇能問我當時心跳的聲音。其餘十幾封信都石沉大海了，我完全理解不回信的親友們。所以，善鈞這封信就更加成了我苟活中的陽光，我整天把它放在襯衣口袋裡，信封信紙磨壞了，我又把它粘貼好，常常偷偷拿出來讀一讀，那近二十年沒有更改的樸實而又親切的直呼名字的稱呼，使平等和尊嚴又悄悄回到了我的身旁，使我屈辱的靈魂重新得到了天平上的人格力量。善鈞！我是多麼需要你啊！我是多麼懷念你啊！天上的白雲在向南飛，而我卻不能。

　　我同善鈞相識，是在抗戰時期，他剛要滿十歲，我未滿十三，我們同在第五戰區的大別山中一所初級中學讀書。學校設在一座何姓古祠堂裡，老師多是從淪陷區來的。沒有課本用手抄，生活十分艱苦，吃的糙米飯，菜是一年到頭的煮豌豆，睡的是大通舖。

　　因為年齡比同學要小，我同善鈞都很矮，在班上我倒數第二，他倒數第三，我們坐、睡都在一起。他雖然祇有十歲，卻讀了不少武俠小說，有一天晚飯後，我們在山坡上玩，他抓一把沙土撒向我說：「給你一把迷魂沙！」強迫我當他的俘虜。幾乎是每天夜裡，教官查房走了（抗戰時期，學校設有軍訓教官），他就給我講那些會飛的劍客、救人的義士、殺貪官的大俠。我總是在他的故事聲中輕輕睡去。

　　一年級下學期，我同善鈞被分到天井邊的一個又小又窄的走廊盡頭圍成的小房裡，一鋪床祇能睡三個人。加進來一個大同學叫鄭敬三，他嘴唇上有黑鬍碴，聽說他孩子都很大了，他從不跟我們說話，善鈞靠牆，我在中間，鄭敬三故意四腳一叉，擠我們，擠得我們不能睡覺，我坐起來推他，推也推不動，我們就坐在床上哭，鄭敬三裝睡，仍是四腳一叉。昇入二年級時，我們班上沒有了鄭敬三，有一次全校聽校長訓話，我看到鄭敬三同一年級的新生站在一起，站在隊伍的最後邊，個頭好像又長高了一節，真有點鶴立雞群的氣概。

山裏沒有煤，學校廚房燒柴，老鄉也是燒柴。常常在星期六、星期天，同學們要到一、二十里外的大山裡去搬柴，大部分同學都是挑，我同善鈞挑不動，總是用綁腿捆著抬。有一次在更遠的山裡，走到那裡就累了，別說抬。可抬不動也得抬，抬一陣，實在不行，我們就拖，好不容易拖過了幾個山坡，累得實在不行，太陽又要落山，我們害怕，就坐在路邊哭。哭了一陣還得拖，離學校大約還有四、五里路，天完全黑了，我們更加害怕，就使勁拖！突然聽到「善鈞……善鈞……」的呼喚聲，一路喊來，原來是同學何本初，他比我們大幾歲，在上小學時他和善鈞同校同班。本初見天黑了善鈞還未回校就沿路找來了，他把一捆分成兩捆，挑著就跑，我們倆跟也跟不上。

　　我同善鈞又考上了大別山中同一所高中，又分在同一個班。這時，我還是坐在第一排，他已經坐到中間去了，晚上睡覺還在一起，他再也不講劍客、大俠，而是講覺慧、覺民、祥林嫂……黃昏散步，再也不撒迷魂沙，而是哼哼京劇、唱唱望穿秋水……有時還採幾片紅葉夾在書裡。

　　慢慢地，我發現善鈞不是一般地聰明，有時我借來一本厚厚的小說，拿回宿舍，他一見就說：「我先看吧！」不一會他還給我，我驚奇地問：「看完了嗎？」「看完了！」「別唬我，哪能這麼快？」「不信，我講給你聽。」我們睡在床上，還像以前講劍客那樣，我在他的故事聲中睡去。當我讀完這本書時，內容同他講的一樣，祇小有遺漏。當時，善鈞的字寫得不算好，清楚而已的學生字。有一個星期天，我們圍著青蛙亂叫的小池邊走了幾圈，回到宿舍，我往床上一躺，他坐在桌前隨手翻看我從家裡帶來的幾本字帖，越看越入神，隨後，他挑了一本趙孟頫的帖臨了起來，我爬起來一看，他居然第一次就臨出了趙字的風韻。他隨隨便便的臨帖，沒有多久，他記的筆記，寫的作業，還有書信，或是在紙上亂塗，都是一派清新嫵媚的趙味行楷。他不管學什麼，都是立竿見影，我常常想：我要像他這樣聰明，我父親就不會討厭我了。

　　讀高二時，善鈞家裡把他轉學到武昌高中去了。我們分開後的初期，幾乎是三、四天就通一次信，用通信來彌補彼此的失落。

四十年代考大學不是統一招生，善鈞告訴我他祇報考北大和武大。當時在武漢報考北大據說是上萬人（週圍幾個省的考生也在武漢考），祇錄取幾十人，這競爭的激烈，不是我們這些凡夫俗子理解得了的。結果，善鈞兩所大學都錄取了，在我們的心目中，他簡直就是神。他決定去北大，我把當時發表在《武漢日報》副刊上的兩首詩剪下來，作為禮物送給他。不久，我在武昌藝專接到他寄自北平的來信，說入學時檢查身體有肺結核，不能入學。他決定保留武大學籍，休學養病。以後，讀一年，休一年，一直折騰了十年還未畢業。

　　1957年的春天，那是一個不尋常的風起雲湧的春天，懵懂生靈哪有智慧來認識這春天裡暗藏的風雪？幾乎無人能識破長線釣大魚的天機。報紙、電台、文件，以及各種動員報告，天天喊：「大家幫助整風呀！良藥苦口利於病呀！忠言逆耳利於行呀！大家要知無不言、言無不盡、言者無罪、聞者足戒呀……」這些肺腑之言，就是馬克思聽了也會為之動容，也決不會不相信這些忠肝赤膽的號召，何況與蟲草無異的吾儕？這時，我常常激動不已，想到我們的祖國將要走上一條光明的康莊大道。

　　這年的冬天特別寒冷，我有好長時間沒有收到善鈞的回信，我暗暗擔心、著急，他身體一直不好，他的病時好時壞，莫非又病了？他要畢業了，是不能病的啊！這時，我非常想家，想長江邊那座古老的城市，我家在漢口，善鈞的學校也在漢口，要是在家，我可以親自去學校看看他。然而，這冰封的雪野，我也快凍成冰了。

　　度日如年地挨到快春節了，我突然接到了善鈞的信，那顆半死的心狂跳得似乎要蹦出胸腔來。我連忙拆開一看，祇有一行字：「我已墮落成右派分子，不要來信！」那狂跳的心，好像又突然被一隻毛手按住，窒息得我眼前一片漆黑，腦袋裡的一切也似乎是被那隻毛手掏空了。我流淚了，我對自己的災難都沒有這樣傷心過，因為在黑暗中給過我陽光的這個人，是個患了十幾年肺病的人啊！他頂得住嗎？我不迷信，但我望著窗外那一塊常有白雲湧動的藍天時，一次又一次地祈求上帝憐憫這個羸弱的病人，保佑這個善良的病人！這時我真心希望那些變幻的白雲都是神。

那時那刻，別的一切我都想得很少，無時不在為善鈞擔心。我們是一起長大的，又情同手足，我瞭解他，他是個自尊心特別強的人，心胸又不開朗，如果有一次考試比另外兩個尖子生差一些，他都要輾轉反側好多天睡不好。他那過分好勝狹隘的感情天地裡，容不得半點傷害他的灰塵。而今，給他戴上右派大帽子，要受到無情地批鬥，他那脆弱的精神，長年的病體，能不崩潰嗎？

1958年初，春節近了，好像誰都沒有心思想到過節。正是在春節的前幾天，書記找我談話，說我的問題非常嚴重，要送我去勞動鍛煉。他拿出一張紙，要我簽字，我一看，是「教養通知書」，上面寫的罪名是「對黨不滿，胡風分子」。原因是我聽說牽連我的那位「胡風骨幹分子」所受的處分比我還輕，我找書記反映了這一情況，寫了份申訴材料，把整我的幾個人罵了一通。他們未做任何調查，也不向我做任何解釋，就說我翻案，對黨不滿，把我送到勞改農場，整整勞改了四年半。

整整四年半，我一點也不知道善鈞的消息。我在那筋疲力竭的勞動中，我病倒在炕上生死掙扎時，我在餓得吐酸水時，也從來沒有忘卻對善鈞的擔憂！我想他的處境可能比我要好一些，我也默默祝願他不會像我這樣糟糕。

1962年6月，我被解除教養了，我已被開除公職，無處可去。在農場一邊勞動一邊等，等了一個多月，我被遣返原籍。

我辦完了一切手續，要回家了，高興得我的靈魂都在流淚。我決定一到家就去找善鈞，對他，我太不放心了。我們有十幾年沒見面，他常年生病，是不是又瘦了許多？我們是同學，我們是兄弟，他不會瞧不起我已是無業遊民，我多麼想讓他再撒我一把迷魂沙啊！火車在飛馳著，離家越來越近，情緒越來越緊張，心好像在嗓子眼那兒跳，不是「少小離家老大回」，而是「近鄉情更怯」！我時刻在躲閃這「怯」的可怕內容。

回到漢口，我還沒有來得及向家人談談自己的事就託人打聽善鈞的消息。那是一個陰冷的黃昏，我的小弟弟告訴我，說是從知道善鈞家情況的人那裡聽說，善鈞已去世四、五年了，他是在九江一家旅社裏

吞下一瓶安眠藥自殺的。我腦袋一嗡，我怎麼能接受這樣的事實？我懷疑……我不相信……他是個性格剛毅的人，他有理想，他有追求，他有毅力，十年的大學他學通了英語和俄語，他在學生時就有翻譯作品出版問世，他還沒有結婚，他還沒有參加工作，他還有老母幼妹，他還有一大堆責任，他才二十八歲，怎麼可能輕易地離開這個世界？我深疑，我迷惘，更多的卻是悲傷！

當我慢慢平靜下來的時候，我記起善鈞有位叔叔在武大教書，就寫了封詢問的信寄去了。我收到的回信是善鈞的小妹妹寫的，她告訴我的情況與我的小弟弟打聽來的情況一樣。再也沒有什麼可懷疑的了，我麻木地在這座繁華的城市中憂傷、掙扎。

1962年深秋，一位親戚介紹我到九江對岸一家磚廠去當力工，親戚說那廠長同意我去挑磚，但對所有的人要隱瞞自己的真實身份，如有人問，就說是武漢的不稱職精簡下來的教師。

在九江下船，我是一腳一腳踩著自己的心上岸的。善鈞是在這裡結束他的生命的，如果真有靈魂，善鈞一定看得清楚，我每一步都是一個深深的血印。我渾身發軟，癱坐在江邊的石頭上，望著茫茫的江水，我流淚了，我到了太叫人傷心的地方！我又羞愧了，我屈辱地活著，沒有善鈞那樣的自尊跳入江中。

1979年2月，我平反回到哈爾濱，又當上了文學編輯，我又開始發表詩作了。1980年1月號《詩刊》上發表了我一首懷念善鈞的詩，不久，我收到《詩刊》社轉來的一封信，是善鈞在大學的同窗好友萬文鵬先生讀了這首詩後寫來的，也是我們對共同的亡友的痛惜和懷念吧，他的信使我深深地感動！

後來，我在昆明見到了萬文鵬教授，他詳細告訴我1957年他們學校的鳴放情況：學校號召大鳴大放時，他們同宿舍的學習小組準備向系支部寫一張大字報提提意見，這些意見主要是學習和生活方面的。一位同學寫好後念給大家聽就叫簽名，叫善鈞簽名時，他說：「我同意，你代我簽吧！」當時他頭也未回仍舊在做別的事情，因為善鈞年長，比他們要大好幾歲，那同學就把他的名字寫在最前面。

風向一轉，抓右派時，系支部一口咬定這大字報是張善鈞策劃的，一是他年紀比其他同學大，有提意見的頭腦與膽量；二是他家庭成份不好，這是仇視黨的根源。在點名批鬥大會上，善鈞始終沒有說出真相，他沈默著。批鬥深入後，系裡一群積極分子日夜窮追猛打，善鈞始終沒有說出寫大字報同學的名字。最後，他違心地承認那張大字報是他策劃的，他保全了別人，把一切反黨反社會主義罪名都攬在自己身上。文弱書生也有赴湯蹈火的肝膽！系裡上報，校黨委批准，他被定為「極右分子」。

　　知道真相後，面對藍天，凝視流雲，總覺得有愧於我的亡友。我們總角相交直到他而立辭世，我還沒有完全瞭解他。他少言寡語，見了生人臉先紅，加上他學習好勝心特強，我總覺得他不開朗，狹隘。我不知道他的感情世界裡還有那一方乾乾淨淨充滿著磊落無私的廣闊天地！那天地裡掛得住太陽，留得住月亮！善鈞，你不是為上紀念碑，而是為保全別人犧牲自己的！多麼樸素的無私！在這樸素面前，「偉大」這個詞就暗淡了。

　　我是多麼愚鈍，其實早在反胡風時我就應該認識到他那可貴的無私，而我卻忽略了。那時，最不應該給我回信的應該是他，他面臨畢業分配，如果校方查出哈爾濱常來的信是胡風分子寫的，那他的一切都不堪設想！很有可能會開除他的學籍把他也抓起來沒完沒了地批鬥交代。他能不知道這些嗎？他能不害怕嗎？不是的，當時鬧得全世界都知道的胡風問題比瘟疫還要恐怖，把「胡風集團」宣傳得比國民黨還要兇惡，又是「特務」，又是「叛徒」，又是「地主」，又是「洋奴」，鳩集在一起，像是一群青面獠牙的野獸瘋狂地向黨進攻。反胡風反得全國上下呇呇兒兒草木皆兵，他能不害怕嗎？他能不知道利害嗎？然而，這時他肯定沒有考慮自己，不假思索立即給我回了信，還繼續不斷地通信，他是在同情遠離故鄉在痛苦中掙扎的友人與兄長！冒這樣的風險同情自己的友人，這是什麼樣的胸懷？沒有一點基督精神的人理解得了嗎？寫到這裡，我淚如雨下！善鈞！我的淚水就是流成河，也難以表達你在暴雷雨的風險中不斷地給我送來安慰與溫暖的萬分之一！

善鈞，你是用多麼純潔的鮮血寫完自己短暫而真誠的一生！在這個不明不白的世界上，你還沒有活到三十年，而誰能像你短暫的二十八年卻承受著一百年的生命重量、頂著漫天冰雹給你不能自保而垂死的友人雪中送炭？而誰能像你那樣自尊自重嚴肅地清理自己二十八根生命之弦不被污染？誰說你生命的質量不是我們故鄉那一條衝龜蛇而下的磅礴大川？

　　幾十年過去了……善鈞，每當懷念你的時候，我總是望著那深邃的藍天，多麼遼闊！多麼明澈！多麼邈遠！好像祇有在藍天上才能感受到你那清明的人格光焰！

　　那遠去了的「撒你一把迷魂沙」彷彿又在眼前。

寫於一個寂寞的深夜

杜儉

　　杜儉的兩隻鞋，擺在炕前，像兩隻船。一見，就知道這個人是個人漢。而現在，他祇剩下一個高高的骨架了，魁偉好像是紙，在他身上已經一層一層地剝去了。有一天，班長打了一盆水來，硬逼著他洗臉，用了兩次肥皂，洗了一盆黑水，露出他白淨的皮膚，端正的五官，還是很漂亮的一條漢子呢！

　　杜儉不幹活，鬥爭他，他不理，要他檢討，他不開口，逼不過，他瞎說。有一次管教員都在場，班長要他回答到底為啥不幹活？他一本正經地說燙傷了抹點牙膏就不會起泡，弄得哄堂大笑。天寒地凍時，他用草繩把他的大衣、帽子、鞋，都捆得緊緊的，弓著腰，像個大蝦米，腋下夾一把鐵鍬也跟著出工。走到地裡，他情願凍得直跺腳，鼻涕掛尺把長也不幹活。班長氣極了，有時不給飯他吃，他也不吵，冷不防，他就搶別人的飯吃，給他幾撇子，他也不還手。

　　有一天半夜，大家被一陣難聞的奇臭嗆醒了，都坐了起來。班長到處看，也不見有什麼，他見杜儉一個人躺在被窩裡一動不動，就把杜的被子一掀，天啦！杜儉渾身是屎。這時，大家都罵開了，還有用棒子照他屁股猛夯的，他也不叫喊。班長把他的被褥統統扔到門外，問他為什麼要把屎拉在被窩裡，他就是不做聲。大家重新睡下後，我見杜儉長腳長手地蹲在牆根，像一隻失去領地的大馬猴。

　　農場附近一個公社，要蓋大禮堂，他們的建築隊沒有明白人，畫了草圖，送到農場，要求幫助他們畫幾張施工圖。那天場部來人，叫杜儉不出工，就在宿舍裡替他們畫幾張。我們收工後，杜儉還沒有畫完，我

隨手拿一張畫好了的一看，吃了一驚，像印的一樣精美，圖上字跡工整秀麗，這樣的作品跟杜儉完全對不上號，怎麼想像也難相信是出自他的手。一回頭，他一臉污垢坐在那裡還在畫呢！手倒是洗乾淨了。

杜儉是天津人，他的祖父、父親都是土木工程師。他也是一所名牌大學土木工程系畢業的，為支援邊疆建設而背井離鄉。送他來改造的原因，是那天在辦公室開會，他們主任囉裡囉嗦講個沒完，他聽不進去，就拿過一張報紙，他看報上面有一國家領導人的照片，就隨手用繪圖的筆，給領導人畫了兩撇鬍子。這張報紙被一積極分子交到了保衛科，經黨委批准，定為「思想反動」，被逮捕了，送到公安局，又送到農場。

後來不知杜儉的去向，我想他那樣作賤自己，是很難活著走出農場的。如果他還活著，該過古稀之年了吧！

春天來了

　　大家是多麼盼望春天啊！誰都知道，要闖過冬天這一關，是多麼艱難，整天在飢餓中，還要在冰天雪地裡勞動十幾個小時。誰也說不準哪一天罪受滿了，閻王爺就收去了，永遠就邁不出冬天這一步。

　　大家天天談春天，老李頭說：「祇要吃一口帶青的東西，拉屎就順當多了。」春天是多麼誘人啊！老李頭又說：「哎呀，不用說那婆婆丁遍地都是，你坐在堤上不挪地方，就能填飽肚子。車軲轆菜有點澀，那真是好東西呀，連牛蹄印裡它都長。還有那小白蒜，辣滋滋的，白胖胖的，比家蒜還脆嫩，要是有點大醬，那真美上天了……」

　　終於，春天來了，婆婆丁呀，薺麻菜呀，車軲轆菜呀，貓耳朵菜呀，灰菜呀，馬齒莧呀，小白蒜呀……都成了人們的救命恩人。

　　出工的時候，老李頭總是左顧右盼，瞄準了一棵野菜，閃電式的趕快一鍬，就在鍬上甩甩根上的泥土，連忙往嘴裡一塞，塞多了，要嚼老半天才能嚥下去。老李頭說得對，自春天來了以後，廁所裡就沒有喊叫的聲音了。

　　每當工間休息十分鐘時，沒有一個人肯坐下，都在堤上、地邊挖野菜。收工時，大家兜裏都是鼓鼓的，洗一洗就著飯菜吃，也能讓肚子充實一些。

　　過了幾天，老李頭的眼睛腫了，臉也腫了。隨著不少人也都腫了。

　　腫了，大家還在挖野菜吃。

韓管教員

韓管教員五十開外了，管教員中，他年齡最大。他瘦高個兒，說一口魯西北的土話，臉上常常掛著笑容。因為他慈眉善目，常常和我們聊聊天，背地裏大家都親切地叫他老韓頭。老韓頭不識字，少年時代流浪過，幹過不少苦力活，後來他參加了游擊隊，鍛煉得兩手能同時放槍。

老韓頭常常向我們講述他一生中最難忘的兩件事：一件是他十六、七歲時，在財主家當半拉子，有一年過年（那時不叫春節），夥計們把他扮成大姑娘，坐在旱船裡到附近鎮上、村裏去拜年，有一家財主小姐看他長得漂亮，擠到旱船前，偷偷遞給他一枚金戒指；第二件，是打游擊時，半夜襲擊偽軍一個連，他最先一腳踹開偽連長的窗門，閃電般蹦進去，用槍逼著一邊喊不許動，一邊用手電一照，那偽連長正摟著姨太太睡覺呢。

雷明生病了，高燒兩三天也退不下去，整天吃不下東西，祇喝點水。老韓頭摸摸他的額頭，說：「嗯，還很熱，不吃東西怎麼行，等會我叫你嫂子煮點麵條送來。」

雷明生吃了一碗老韓頭的愛人送來的雞蛋麵，老韓頭卻倒了霉了。不知是誰向場部彙報了，說老韓頭同情改造分子，立場不穩，界線不清。場長說，不認識清楚，不深刻檢查，將來還要犯大錯誤。聽說開了好幾次大大小小的批判會，老韓也檢討了好幾次，還有人幫他寫了檢討書都過不了關。最後，還是場長親自抽出寶貴的時間與他一次長談才算了結。

大雨中

　　晚飯後，隊長吹著口哨，大聲喊集合。大家都納悶，這麼大的雨，有什麼緊急事？我想：可能是要搶險了吧？可沒有拿工具就開步走，就更猜不著要幹什麼了。

　　一路淋到大操場，有的隊已經先到了，原來是看電影。一塊鑲著黑邊的幕布在風雨中一會兒鼓個大肚子，一會兒又突然瘦了下去，拼命地擺動，好像是要掙脫那四隻角上繫著的繩子而遠走高飛。

　　四個人用手撐起一塊雨布，放映員正在雨布下擺弄機器。場長講話了：「大家勞動是很緊張的，也是很有成績的，從現在看，提前半個月完成翻地任務是沒有問題的！大家看看電影鬆弛鬆弛！娛樂娛樂！今天不巧在下雨，大家要有不怕雨的娛樂精神，大家說是不是呀？」「是！」場子裡一片應聲。

　　大家光著頭坐在泥水裡，一束忽明忽暗的光柱從觀眾的頭頂直射到銀幕上，演員在一鼓一瘦忽搧忽搧的幕布上表演，顯得多麼難堪！怪模怪樣地開門；怪模怪樣地笑；連老頭嘴裡飄出的煙也是怪模怪樣的。

　　雨越下越大，大家坐著一動不動，音樂聲和雨聲死死地攪成一片。雨使音樂變得不是音樂，音樂也使雨變得不是雨。

　　電影戛然而止，場上的燈光亮了，這時，大雨好像掙脫了一場惡夢的糾纏，恢復了它原來的嘩然而瀉！

　　我看到大家一頭一臉一身的水，不知道是不是真的都是雨？

狼嚎

　　撕天刮地的狂風，把大地最後的一點綠色也刮得乾乾淨淨。樹葉早已被掠光了，縱橫淩亂地勉強撐著一些飢餓的枝椏。草全枯了，它已沒有一絲兒原來的光澤，痛苦地任風摧殘。

　　風聲漸漸遠去了，月亮悄悄地從山崗上騰了出來。一眼望去，好冷的月亮！好淒涼的月光！

　　我從半山腰把草揹到山下的窯門前，不停地揹，也祇能勉強供給燒窯師傅用。就是這樣的寒夜，我也渾身是汗，棉襖上結了一層厚厚的冰霜。我卸下草，往山腰走的時候，突然聽到山頂上傳來一聲狼嚎，接著又是一聲一聲地嚎……我沒有停步，也沒有呼喊，走到草垛前，捆好一捆，揹起就往山下走。卸了草，又趕緊往山腰爬。

　　我想，那該是一隻飢餓的狼吧，它聞到了山腰有可充飢的氣味啊！又是一聲一聲地嚎……

　　我默默地捆著，急急地走著……我疲憊極了……我一個人在山腰的狼嚎聲中，為什麼一點也不懼怕？啊！此時，我遠遠不如那隻狼啊！

場長的大黑洋馬

二隊今天的任務，是去深翻對面山坡下那塊荒地，準備種水稻。翻過河堤，前面一片沼澤地解凍了，走在前面的幾個人，都踩破了冰，站在一尺多深的泥水裏。隊長叫他們趕快上來，天還是很冷的。

大家都拄著鍬，站在堤上，隊長和管教員正在猶豫……這時，場長騎著一匹高大的黑洋馬，飛奔而來。馬到隊伍跟前，他勒住馬韁，厲聲問：「怎麼回事？」管教員說沼澤解凍了，不好過，正在想辦法。場長一聽，怒氣衝衝地說：「怎麼不好過？這尺把深的泥水就嚇住了你們嗎？」說完，他一揚鞭，馬從沼澤地跑過去了。場長在馬上大聲喊：「過來！不要當孬種！」管教員也如夢初醒，大聲喊：「過！過！」

劈哩啪啦，隊員們脫了鞋襪，一群群連泥帶水蜂擁而過，有的褲腿上滿是泥漿，有的腳被冰碴割得鮮血直流。

在荒地裡，當大家的雙腳在寒風中狼撕狗咬般疼痛的時候，場長一揚鞭，他的大黑洋馬又飛奔起來了。

家雀蛋

今天的任務是去收豆，這簡直是振奮人心的大喜事！我們班十幾人，人人都喜笑顏開，光彩照人。我想餓昏了眼的食蟻獸，突然找到白蟻窠才能這樣興奮的吧！大家偷偷準備些小口袋，我沒有，祇好帶兩隻空襪子。

乾枯的豆秸，差不多一人高，他們告訴我，那些咧嘴莢，用手一捏，豆粒就出來了。要抓緊時間，不要祇顧捏，也不要祇顧割，要一邊割一邊捏。真奏效，不一會，我兩隻襪子都裝滿了，一大壠豆秸也割到頭了。

收工時，我把兩襪豆塞在褲襠裡，有些人身上鼓得太顯眼，就被哨兵留下搜身，搜出來的全沒收，還要隊部領回去批判鬥爭。

洗完臉，我向班長請了假，揣著襪袋，三步兩步跑到瓦廠。這時瓦廠停了產，效方在看守晾瓦的空屋。把豆粒倒進他那腰子形的褐色飯盒裡，滿滿一飯盒。他躲在瓦窯裡細細燒，燒大了火怕冒煙，管教員見了不但要沒收，還要批判鬥爭。

謝天謝地，謝祖宗神靈保佑，總算煮熟了沒出問題。我們一人拿一把勺，吃一口，那個香呀，王母娘娘的蟠桃也不會有這樣的美味。胃裡那個舒服，祇有春天鑽出泥裡的青蛙才有。這時，我才感覺到吃生野菜時真是牛馬。

一飯盒豆粒吃光了，也真吃飽了。這是一次多麼難得的金不換的滿足啊！

這種豆子，東北人叫「家雀蛋」。

窩窩頭大了

每天上午十一點剛過，所有的眼睛都看著大路，隊員們用全部心血盼望送飯的車到來。清晨三、四點鐘，每人祇吃了一個小窩窩頭和塞在窩窩頭窟窿裡的手指粗的一根鹹菜條。這麼重的勞動，到十一點，誰能不餓得天旋地轉？其實，中午也祇一個小窩窩頭，哪能安撫得了每個隊員腹內那隻恐慌的餓虎？

這一天，把苦窩窩頭的麻袋一打開，一個小夥驚叫著：「咦！今天的窩窩頭大了！」接著是一片驚喜聲：「喲！大多了！大多了！」「好大呀！好大呀！」…

不一會，這邊說：「這窩窩頭裏怎麼這麼多草筋？」那邊說：「這窩窩頭怎麼這樣牙磣？」……接著七嘴八舌：「好苦呀！」「真咽不下去呀！」……大家還是都吃了，沒有誰捨得丟下一疙瘩。

原來，見大家都吃不飽，不知誰出的主意，把稻草鍘得比餵牛的更細一些，再用鍋乾炒，炒成深黃色再磨成粉末，摻到包穀麵裡，窩窩頭就大多了。

窩窩頭大了，不但沒有解決飢餓問題，反而給隊員們帶來了無窮的痛苦。每天清晨，廁所裡哼的哼、喊的喊，有的拉得眼睛鼓老大也拉不出來，有的拉不出來就用手指去摳。

窩窩頭大了以後，廁所裡的糞堆上總是一片紅。

逮住一隻大青蛙

　　一天十幾個小時彎腰拔稗草，就是親身經歷的人，也說不清那是啥滋味。反正是伸伸腰難，再彎下去也難。不酸不疼，但是比又酸又疼還難受的滋味。

　　太陽已經偏西了，分給我的一塊田也快拔完了。渾身不自在，每個關節都發澀，扭動一下，每根汗毛都像在吐酸水。突然，一隻大青蛙跳到我面前，我就手一撲，逮住了，好大呀，像個大饅頭！這時，我忘記了一切不自在，我把青蛙揣在褲兜裏，怕它跑了，又用根小繩子把褲兜紮得緊緊的，繫一個死扣。

　　我給青蛙剝皮時，圍攏來幾個人，他們也是剝青蛙的。我聽到有人說：「喲，好大呀，有半斤沉。」又聽到有人說：「沒有半斤也有四兩。」我心裏美滋滋的，像撿到錢包的乞丐那樣快樂。

　　他們吃青蛙祇用開水燙一遍，我這青蛙大，燙了兩遍我就無油無鹽地吃了。燙了兩遍也還是像嚼橡皮樣，不過，沒有什麼邪味。

懷念樓適夷同志

　　樓適夷同志永遠離開我們了！哀傷中，許許多多糾纏不清的往事又回到眼前。那是五十年前的一個初春，我拿著東北軍區組織部的介紹信，到後勤政治部宣傳部去報到，接待我的是樓部長。他一見我就問：「你是武漢人吧！家在漢口？」我知道他已經看了我的檔案，就回答：「在漢口。」樓部長說：「抗戰開始，我在武漢住了很久，漢口交通路有很多書店，我常去那裡看書。」我突然感到這位部長親切得像是老熟人，就說：「我家就在交通路旁邊，走幾分鐘就到了那些書店。」談了一會，他送我到宣傳科，安排搞採訪。過了幾天，知道他就是老翻譯家樓適夷，我想難怪他就像我們學校的老師一樣，那樣平易近人，沒有架子。

　　我剛離開學校不久，什麼都不懂，寫的採訪文章還是一口學生腔。樓部長常常把我找去，指點這些文章的毛病，有時我聽不太懂他的余姚話，他就仔細地一遍又一遍地講解。慢慢地，再寫的那些好人好事就沒有讓我重寫了。有一次我把寫好的稿子送給他，他要我坐下，對我說：「我想編幾本小冊子，印得小而精美，讓戰士放在口袋裡隨身帶著，可以隨時拿出來閱讀。我們的戰士大多是貧苦出身，文化不高，我們應該多做一些提高戰士文化水平的工作。」他要我到圖書館去翻閱那些報刊，找一些通俗易懂、語言流暢、故事性強的短小文章，彙編成冊，用宣傳部的名義印。還囑我不要用自己的眼光去審讀，處處要想到戰士能不能讀懂，能不能提高戰士的閱讀興趣。當時樓部長留給我的印象，總像一個大朋友，沒有一些首長的「哼、啊、哈、吶……」

樓部長不善在公開場合講話，不像有些首長越是大場面越是神采飛揚。記得有一年春節，一隻地方的秧歌隊來政治部拜年，那時秧歌隊裡描眉抹粉戴滿頭花的都是小夥子，扭完後齊刷刷地站在門前。大家抬來一張條桌，請樓部長來致歡迎詞，我見他雙手撐在桌子上，結結巴巴講些南方話。宣傳部的小文書是個調皮鬼，他嘻皮笑臉地指給我看，祇見樓部長一隻腳不停地向後一勾一勾，我真替他捏一把冷汗。

朝鮮戰爭還未結束，樓部長就調回北京了。當時，他是正師級部長，我是副排級見習幹事，他的黨齡比我的年齡還大兩歲，我沒有把他當朋友，所以，他走後，我沒有給他寫過信，我出差路過北京也未去看望過他，祇是常常把他當作一位可親的長輩懷念著。後來我轉業到黑龍江人民出版社，也沒有同他聯繫過。

1955年，突然風撕雲湧的1955年，反胡風的烈火猛烈地燒到了哈爾濱，那火舌毫不留情不問青紅皂白地燒到我身上。我懵了。怎麼同一位和胡風認識的詩人通過幾封談詩的信也是胡風問題？積極分子們日夜鬥我，我懵了。反胡風後，硬定我為「胡風集團一般分子」，撤除編輯職務、降級、降薪、開除團籍，處分都攤上了。我是在國統區讀書的時候就參加了地下黨的外圍組織，而今把我當作敵人，總覺得太冤，加上聽說牽連我的那位詩人受的處分比我還輕，不到三十歲的人，哪裡沒有火氣！於是我寫了份申訴信，交給黨支部，把整我的那幾個人痛罵了一通。這下糟了，說我翻案，把我抓了起來，送到勞改農場教養去了。我這回不祇是懵了，而是徹底絕望了。

我完全絕望了，這怎麼辦？像掉進見不到一絲光亮的黑洞裡，喊天不應，叫地不靈，整天和那些小偷、強盜、流氓關在一起，精疲力竭地勞動，沒完沒了的批鬥……每當那些小偷被打得殺豬般嚎叫的時候，我就顫慄，這怎麼辦？這怎麼能活下去？在絕望中求生的本能使我想起了我在部隊時認識的那些軍級、師級老首長，我就給他們寫了求救的信。信寄出去了，在痛苦地等待中，我祇收到樓部長一個人的回信。信中，樓部長勸我好好勞動，不要厭惡身邊那些人，還說高爾基就是在下層人群中積累了寶貴的生活素材，寫出了那麼多不朽的作品。他勸我好好生

活，認真觀察，為將來的創作做準備，不要把暫時的痛苦看得太重。在絕望中，我拿著這封信，天啊！這哪是一封信，分明就是丹柯手上那顆心。我感到黑洞的四面有光了，我感到眼前衹不過是一道深溝，跨過去就是路了。我完全從痛苦中鑽出來了，站在痛苦之上，冷靜地觀看這特殊環境裡的芸芸眾生。在勞改的四年半中，我同樓部長一直在通信。非常可惜，這些信在「文革」中都丟失了。寫到這裡，對老人那深深地懷念給我帶來無盡的哀傷！想到當年，我多麼像掉進泥坑裏的孩子，衹知道不停地哭，是他把我拉上來說：「別哭，把髒衣服換掉不就行了嗎？」在感激中，孩子不哭了，從此，他知道髒衣服是可以換掉的。

1979年2月，我平反從武漢回哈爾濱，路過北京時我去看望了樓部長。一見面，找不到一絲兒從前軍人的蹤影，二十多年，他完全變成了一位衰弱的老人，歲月是多麼無情，他走路、說話都很吃力。後來我常常出差，一到北京我就去看望他，我也常常拿著他的介紹信到上海、武漢、杭州去組稿，他也常常催我寫稿，還像以前那樣指點我的習作。這時，我們已經沒有師級和排級的距離，他已經把我當做自己的孩子了，他常常要我把旅社的房間退掉住到他家裡去，我們不衹是談書稿和創作，還談家常。

慢慢地，我發現老人永遠有一顆赤子之心，八十多歲還像年輕人那樣嫉惡如仇。有一段時間我在一大型文藝叢刊編詩，有一次我對他說下期缺頭條，想找×××組稿，他嚴肅地望著我說：「你找他幹什麼？別看他名氣大，他拍馬都拍到江青那裡去了，這種人理他幹什麼！頭條主要是作品，不是名人。」聽了他這幾句話，我非常慚愧。我確實看到過名人寫的烏七八糟的作品發頭條，我為什麼也隨波逐流呢？我們談論已故和健在的作家時，他總是是非分明，一腔正氣。

樓部長走完了他坎坎坷坷的一生，永遠離開我們了。在他漫長的一生中，他赤誠地關懷了別人，他無私地幫助了別人，他沒有遺憾，他活得平平正正，他走得安安靜靜。樓部長，我們不憂傷，因為你永遠有一顆亮著的──赤子之心。

曹文水

　　稻田裡的水放滿了，我同曹文水共修一條田埂。這位山東大漢撮一鍬泥，足足有一臉盆，我撮一鍬泥頂多兩大碗。曹文水見我又累又不出活，乾脆叫我不要撮泥了，祇把他扣好了的田埂抹光就行。他還告訴我，抹得光光的又好看又不長草。他扣了老遠，我還在後面抹，他見我不斷地擦汗，連連說：「別著急，慢慢來！」

　　曹文水是個大高個，寬肩膀，大巴掌，一身粗肉，尤其是他那黑裡透紅的腮幫子上，全是鬍碴，而且是向兩邊立著長的。一見他，我就想到了李逵，像極了啊！

　　曹文水不識字，我第一次替他寫半月一次的思想小結時，問他：「你為啥送來的？」他說：「長春解放俺沒解放。」我不明白，又問：「啥？」他又說：「長春解放俺沒解放。」他見我聽不懂，有些著急。我說：「別急，慢慢說。」我要他解釋「長春解放俺沒解放」是怎麼回事？好不容易才弄明白。

　　原來是：他們搬運隊聽說長春的搬運工加了工資，哈爾濱紋絲不動，這就是長春解放了，哈爾濱還沒有解放。確實否，他們不管，就派代表去講理。先合計上市裡省裡，又說省市都是黑龍江，哪有自己說自己錯了的。最後決定推選代表進京找毛主席，他老人家最愛咱們工人，一定會管。路費大家掏。選這個，孩子有病，選那個，妹妹出嫁，還有剛拉痢疾的，真難選啊！最後，曹文水說：「日你奶奶的，我去！」大家對他說：「你笨嘴笨舌，啥也說不明白就不要多說話，話說多了不好，就說『長春解放俺沒解放』就行。」於是曹文水牢牢記住這句話，

把大夥湊的錢縫在褲腰上上路了。

一下火車，乖乖！北京的天像在下火，住哈爾濱的人如何受得了？曹文水剝光了衣服，祇穿件褲衩，拿把新買的大蒲扇，大搖大擺進了國務院。接待的同志問他，他就說：「長春解放俺沒解放。」那同志好不容易弄明白了，就勸他回哈爾濱，並叫他放心，一定負責同黑龍江聯繫。

第二天走出哈爾濱站，見公司有兩個幹部來接他。當他笑嘻嘻去與幹部握手時，都不理他，他犯疑了，他還沒有回過神來，就要他上了車。他平生第一次坐小臥車，卻是把他送到收容所，關起來了。他要求幹部遲兩天再關，他的錢還剩下不少，得算算賬，多的錢退還給別人，大家手頭都挺緊的。他的要求沒有批准。曹文水後悔了，在北京祇待了一天，如果知道要關起來，多待幾天多好，皇帝老倌升堂的地方還未去瞅它一眼呢！

又一次照例寫小結，寫過幾次，再不用問他。我一邊寫，曹文水一邊低聲對我說：「唉！一關進收容所，就要我承認是反革命。大兄弟，我一個大字不識，我咋知道『長春解放俺沒解放』是反革命？這是文化話，我不明白啊！我是窮人，老家在山東文登，俺爹在老財家扛活，我從記事起就幹活。十歲那年，俺爹死了，俺娘被老蒙古買去了，我被一個鄰居大叔帶到了哈爾濱。要了幾年飯，後來大了一點，一個山東老鄉叫我包挑幾家水。成人了就當了搬運工人。大兄弟，我可憐，十歲就沒了爹娘，長大了又娶不起老婆，掙的一點錢都丟給窯子了。我是解放後才娶上老婆的，雖然是個寡婦，總算有了家。你說，我咋不歡迎共產黨？你說，我幹嘛要反革命？」從曹文水臉上，我看到了他內心的痛苦，而我，找不到一句能安慰他的話。

我替曹文水寫小結、總結、批判認識，更主要的是三天兩頭替他寫信，因此他對我非常親密。有一天他對我說：「大兄弟，你是知識人，我是大老粗，我們湊在一起不易呀，在外邊誰知道誰？將來出去了，一定到『北來順』好好喝幾盅，好好吐吐心裡的苦水，你再回南方，你說行嗎？不管誰先出去了，一定要等著喝這一盅。」我低低的茫然地回答他：「等著吧！」

曹文水的群眾關係糟極了，主要是每餐飯他都要吵吵鬧鬧，他總覺得別人欺負他，故意把他的飯打得少少的。不然，為什麼別人還有大半碗，而他早光了，還用舌頭把碗舔得乾乾淨淨呢？日你奶奶的，沒有鬼才怪呢！每餐就這一碗高粱米籽，還剋扣，這不趕上國民黨喝兵血了嗎？日你奶奶的！

除了曹文水，還有幾個鬧的。沒有辦法，班長親自分飯，不行。值班員把飯添好，拿在手上，班長背對著飯桶喊名字，喊到誰誰來領，也不行。用毛巾蒙住值班員的眼睛，摸著添，更不行。每餐飯都吵吵鬧鬧，從來沒有太平過。

我偷偷勸曹文水，以後別鬧了，多一口少一口又咋的啦！他說：「大兄弟，那些狗日的，黑了良心的野狗日的雜種們，就是看我不順眼，扣下我的糧去餵那些騷×養的雜種們！」曹文水咬牙切齒地罵。

曹文水根本不聽我的勸告，有一次我把分到的飯同他換，他不幹，還要鬧。

這裡每月評一次勞動獎，分「標兵」、「先鋒」、「勞動能手」三等。把這些黑字印在紅布條上，別在胸前。「標兵」是大寬條，「先鋒」稍窄一點，「勞動能手」就是小窄條了。曹文水憑他的勞動態度、勞動效果，評他「標兵」沒有誰不服的，就是因為他吃飯總吵吵鬧鬧，每次總祇評他個「能手」，他也滿不在乎地把個窄窄的「勞動能手」的小紅布條胡亂別在胸前郎當著，從來不考慮下次該評個「標兵」，照舊一吃飯就罵罵吵吵。

曹文水從小就挨餓，餓怕了。後來一直幹重體力活，又捨得出力氣，把胃弄成一頓就得兩三斤。在他來說，人生最重要的大概就是吃飯了。高粱米，一頓最少得四大碗，而今祇一中碗，窩窩頭一頓最少得六個，而今祇一個。他每時每刻都在飢餓中，幾乎天天要我替他寫信，求助他的親友，說他餓得受不了，趕快送點吃的來。他的老婆是燈泡廠的工人，工資又低，還要負擔兩個孩子上學，曹文水被抓走後，在經濟上她已經六神無主了，祇能偶爾節省一點吃的送給他。有一次他老婆送三、四斤油餅來，在接見室，他當著他老婆的面就狼吞虎嚥起來，都顧

不上說話，他老婆一邊瞅著他一邊痛哭流涕。

慢慢地曹文水瘦了，慢慢地曹文水浮腫了。後來，曹文水祇能「呵！呵！」地喘氣，就被送進了「保健站」。時間長了，大家也不提起他了，慢慢地把他忘卻了。

那是一個西風颯颯的深秋，我從大甸子上揹回一捆草，從堤上走過。忽然聽到堤下保健站的小院裡有人喊我的名字。我站著向院裡望去，祇見三三兩兩的病人，有的坐在牆根，有的靠在牆上，一個熟人也認不出來。突然，一個瘦高個病人拄根粗木棍，吃力地向我走來，我望著他，一點也認不出是誰。「大兄弟！你不認識我啦？」哎呀！曹文水！我連忙說：「認識！認識！咋不認識哩曹大哥！」

這時，我的心緊縮成一塊不透氣的橡皮。天啊！人竟能毀壞成這樣子！那長長的細細的脖子哪是曹文水的呢？那立著的鬍碴也不見了啊！曹文水哭了：「大兄弟呀！我……出……不……去了哇！」他低著頭連大聲哭出心裏哀傷的力氣也沒了。我盡力不讓淚水流出來，一口一口往心裡咽。等他抬起頭來用淚眼看著我的時候，我安慰他說：「你別胡思亂想，能出去，快了，好好養病吧！要有信心！」他一邊抹淚一邊點點頭。

我們分手時，曹文水說：「大兄弟，你搞得到鹹菜疙瘩麼？給我送一兩塊來。」這天夜裡，我們班幾個人，因為吃了太髒的飛羅麵糊（米廠從牆上掃下來的糠灰叫飛羅麵）而嘔吐半宿，我到哪兒去搞鹹菜疙瘩啊！我可憐的曹大哥！

一個北風呼嘯的黃昏，我們上東邊山上揹草，走過一片墳地時，我看到路邊一個新墳，墳前釘了一塊木板，上面寫著「曹文水」三個字。

曹大哥！你臨死也沒有弄明白「長春解放俺沒解放」為什麼是反革命吧？

懺悔的淚

　　新來的老韓，坐在炕沿上，看到值班的小夥挑兩桶水進屋，他一愣，好熟悉呀！是在哪兒見過他？那濃重的眉毛，那抑鬱的眼神，還有那一對大大的圓圓的鼻孔！

　　那小夥看見老韓，突然把頭一低。老韓更犯疑了，是在哪兒見過他？那尖尖的下巴頦，那長長的細脖子是多麼熟悉啊！老韓初來，不敢輕舉妄動，不敢問。是在何處相逢過？但他已經察覺到，那小夥總躲著他，一發現他瞅他，馬上低下頭。老韓斷定那小子一定認識他。

　　有一天收工後，小夥在清理工具，老韓湊攏去幫忙，假裝順便問：「我好像在哪兒見過你？你記得我嗎？」那小夥低著頭說：「你記錯了吧！我沒有見過你！」這小子在撒謊，那聲音也是十分熟悉的啊！

　　時間長了，那小夥也不再躲避老韓了，祇是也不同他多說話，跟別人交談，話還是很多的。老韓發現這小子似乎沒有家，沒有人探望他，睡覺時就是農場發的那床灰色薄被，蓋一半，墊一半，穿的也是農場發的那件黑大褂。

　　一個休息天，那小夥坐在炕上縫補他的破褲子，老韓又湊到他跟前，看他用的是一塊不結實的布，就說：「這布怎麼行，費這麼大勁補，穿一天不又破了？」一會，老韓找來了一塊結實一點的布給那小夥，慢慢坐在炕沿上。過了一會，老韓問：「我是在哪兒見過你，硬是記不起來！」小夥抬頭看看他，默不作聲。老韓又說：「一定見過你的，你真的記不起來？」

　　小夥刷地一下臉通紅了，低頭說：「難怪你記不起來了，三年多

了，你不記得那天在秋林公司樓梯上？」老韓突然像掉進冰窟窿裡了，緊緊抓住小夥的手，三年前發生的一件事如在眼前。

那天上午老韓同他老婆在秋林公司買了些東西，在擁擠的樓梯上往下擠，擠了幾步，他老婆順手抓住一個小夥的臂膀大聲喊：「這個流氓摸我的手！這個流氓摸我的手！」老韓也順手抓住了小夥的衣領，夫妻二人連拖帶拽，把小夥送到了派出所。那小夥分辯說是後面有人向前一推，他站不住，無意中抓了一下她的手的。老韓的老婆堅持說不是無意抓，是有意摸的。

派出所把小夥送到收容所，他不承認是流氓，幾巴掌打得他天旋地轉差點暈了過去。後來管教員告訴他，不管是無意抓還是有意摸，總是接觸了女人的手，不定流氓性質定個啥？幾番批鬥，幾番折磨，小夥後來承認是流氓了。

老韓緊緊握住小夥的手半天說不出一句話來，良久，他抽搐的臉上已滿是淚水。

一個淒涼的黃昏

　　我值班，去井臺上挑水，收工後大家都要洗洗。老遠，我就看到老鄒正在壓水，他們是一年前去山裡築路，今天上午才回到農場的。我連忙加快了腳步，走上前問他：「你們回來了，辛苦了！小倪呢？他在哪一班？」老鄒望望我，歎口氣：「唉！他永遠回不來了，那小子真不該，等我慢慢告訴你吧！」說完，他挑著水走了。

　　「永遠回不來了！」這句話，讓整個黃昏似乎變成了冰，我渾身發冷，一切感覺似乎都沒有了，我不知道我是怎樣把兩桶水挑回來的。

　　那是兩年前冬天的一個早晨，班長叫我不出工，到俱樂部去幫忙抄寫一些什麼。俱樂部主任領我到一張大案子前，那裡已經圍坐了五、六個人，正在埋頭抄寫。我還未坐下，一個瘦精精的小夥子，笑眯眯地走過來，給我一支蘸水筆，一瓶墨水，再就是一疊亂七八糟的手稿和一疊白紙。一看手稿，全是勞改分子寫的坦白書和自我批判。我也對他笑笑說：「全抄嗎？」他說：「全抄，不通的句子和錯字改一改。」這小夥就是小倪，誰見了他都會有憐憫之情——塌陷的兩腮，深凹的眼窩，連手背都是歷歷幾根細骨撐著。看見他那形狀，你定會想到：他活得多麼艱難！因為他有病，才調到俱樂部來打雜。

　　小倪一口南方普通話，他告訴我，他的家鄉出過張煌言那樣的英雄和詩人。他說他讀中學時就迷上了音樂，後來考上了××音樂學院，學小提琴。畢業後分到歌舞團不久，就碰上了大鳴大放，他隨便向領導提了幾條意見，領導說他剛來不久就惡毒攻擊黨，肯定不是好東西。

　　他還未登臺就被打成右派，送來勞改了。有一次我見他拿一個像玩

具似的小熱水瓶，我問他帶這麼個小玩意幹什麼？他說：「我得給我媽寄點錢，她太苦了。我沒有多的錢買大熱水瓶，我身體不好，病了晚上要喝水怎麼辦？我就買了這個小保溫奶瓶，灌幾口水，晚上就夠了。」

我和小倪天天在一起，很熟了。他還告訴我，他一打成右派就給他的戀人寫了一封信，他沒有收到回信，祇收到她寄來的一些舊日的照片，合照的，她把自己那一半剪下去了。還收到一個小包裹，那是他母親給她的一床花被面。我問他：「你恨她嗎？」他連忙回答：「不！不！她是個好姑娘，是我自己不爭氣。」

抄寫了十幾天，我就回隊了。以後祇偶而見到小倪。每次見面互相都要真心地問一些關懷的話，他還總要用那瘦丁丁的手指摸摸我的手，我感到他是多麼需要慰藉啊！我望著他那一雙大眼睛，是那樣純淨，是那樣溫存，又是那樣無法洗去的無窮無盡的憂傷！

……

不幾天工休，我慌慌忙忙洗了衣服，向班長請了假，去找老鄒。一見他，我的心像是被針線一針一針地縫著，好難受呀！老鄒一見我，兩眼就紅了。沈默了好一會，他就告訴我——

「深山裡要修一條森林公路，場部接受這項任務後就交給了右派隊，說山裡沒有院牆和電網，要是別的隊去，人會跑光的，右派隊不會有人逃跑。再說，這艱苦的勞動，正是右派脫胎換骨的好機會。場長那天親自到右派隊去做動員報告，要每個右派豁出半條性命來獲得新生，要用無限地忠誠、拼命地苦幹來重新得到黨的信任，並正式宣佈右派隊改名為『左訓班』，以後不許提『右』字。隊伍明明是向右轉也要喊：『向左轉！』隊員怎樣轉沒關係，班長、隊長、管教一律喊：『向左轉！』習慣了也行，你喊你的，他轉他的，喊也喊不錯，轉也轉不錯」。

老鄒滿臉憤恨地問我：「你知道柳昌那小子嗎？」我點點頭。他接著說：「柳昌是工大四年級的學生，鳴放時，他看錯了風向，以為這下得了，就像要把書記趕下臺他上臺一樣。他領著一幫同學衝進黨委辦公室，貼大字報，用漫畫把書記畫成豬，他還指著書記的鼻子罵些人身攻

擊的話。一反右，他傻眼了，親自到黨委，又是下跪又是哭，因為他放得太拔尖了，無法保他，還是定為極右送到農場來了。學校保衛處向農場打了招呼，說他舅舅是省軍區一個大官，所以，他來農場後一天活也未幹，當了右派隊的大隊長。那小子真壞，心真狠毒，我敢打賭，活人他都敢啃！他說所有的右派都要去山裡換骨，把個可憐巴巴病懨懨的小倪也從俱樂部拎回左訓班。

「下了火車轉汽車，下了汽車走了三天才到山裡。山裡，除了石頭和樹沒有別的東西。白天築路，晚上就在樹下找塊平展點的地方，鋪開行李就睡。一到黃昏，那蚊子、小咬也不把人當人，江洋大盜一樣，一群一幫地轟，那氣勢，好像要把人抬走撕個粉碎才罷。常常鼻孔吸進一些小咬，又從喉嚨裡嗆了出來，根本無法呼吸。誰也沒有辦法，又不准放煙火，祇好用襯衣、床單把頭緊緊包住，憋得不能喘氣也不敢鬆開。晚上睡不好，兩頭不見太陽地抬石頭、挑土。山上沒有水，十幾人從山下往上挑，祇夠煮飯和喝的，衣裳汗了不能洗，臉也不能洗，一個個都是蓬頭黑臉鬼。可憐的小倪，喘氣的力氣都沒有，也要跟著幹。他挑不行，抬也不行，上土吧，一鍬撮不了一把土，班長和積極分子們咬牙罵。小倪每天早晨吃一個窩窩頭，班長說他不幹活，常常中午和晚上不給飯他吃，他的那一份，分給積極分子享用。可憐的小倪，別人吃飯，他坐在那兒喘氣，幾天工夫，他就兩眼無光了。後來，他兩腳無力，出工走不動，班長命令兩個人拖，後來拖不動，就把他手腳一捆，用根杠子穿過去，抬豬樣抬到工地。有一天，他雙手捧一個碗大的石頭，一步一步挪，柳昌看見了，兇神惡煞地衝到他跟前大吼：『日你媽，這石頭夠你吃一頓嗎？』罵完一腳踹去，小倪當即倒在地上爬不起來。班長也跟著罵：『日你媽的，別管，讓他死去！』誰也不敢去扶他一把。

「那天清早，滿天的星星還在眨眼，柳昌的哨子響了。接著各班班長大聲喊：『起床！出工了！』這時值班員也把窩窩頭領回了，往一人手裡塞一個，大家一邊咬一邊穿衣裳。

「站好隊，不見小倪，班長走到他睡的地方，用電筒一照，被子疊得好好的，一把小提琴放在被子上，一個小奶瓶倒在被子的旁邊。班長

跑步到柳昌跟前，打個立正：『報告隊長！小倪不見了。』柳昌鼓一下眼睛：『出發！不管他，他媽的，跑不了！』

「天亮了，從山下挑水上來的人找到柳昌，說那邊樹上吊著一個人，像是小倪。柳昌把班長找來，一同走去，正是小倪，他赤著雙腳蓬頭垢面的吊在那裡。樹週圍的草都被他走綿了，走成了一個圓圈。他得走多久才能走成這個圓圈？他那麼年輕，怎麼捨得死呢？」

……

好久好久，我的心情沉重極了！我腦子裡滿是小倪把草走成的那個圓圈。小倪啊！你走那個圓圈的時候，想到的，該是媽媽還太苦吧！

不簽字的「流氓」

　　王仲先被他們廠裡清除出階級隊伍了，在血肉橫飛的朝鮮戰場上用鮮血換來的一張黨票，也被輕易地撕了票。原來是廠裡盯上他了。這個轉業軍人雖然責任心很強，工作刻苦，但他出身不好，他父親是地主，更嚴重的是他的伯父還是蔣介石的國大代表。他伯父雖然被鎮壓了，誰能保證沒給他留下什麼特殊任務？在這階級鬥爭要年年講月月講天天講的時候，是不能不擦亮眼睛，不能在階級敵人身邊睡大覺。

　　廠裡決定清理他的問題。但我們是人民的國家，是高度文明的民主國家，是優越的社會主義國家，不能不依法辦事，不能因為他父親和伯父的問題而給他定罪，也不能像秦檜那樣搞「莫須有」。於是，把這任務交給車間。廠裡做的指示是：階級敵人不可能沒有罪行，祇要車間按政策去找，一定找得出來。車間的核心人物開了幾次會，總覺得這個階級敵人不一般，偽裝得特別深，特別巧妙，他沒有怕苦怕累的時候，也沒有他鑽不通的技術。這咋辦？平時對他太麻痺大意了，一點反革命的蛛絲馬跡也未留下。

　　在一次會上，有一個人打開缺口了，提出了至關重要的關鍵問題：王仲先和小張談過戀愛。大家茅塞頓開，如撥開雲霧見青天，天底下的飲食男女，乾柴烈火，哪有戀愛不出問題的？

　　小張是團員，首先由團小組長找她談話，要她堅定地站在黨的立場提高認識。接著車間、工會都找了她，把這個工人階級的女兒嚇懵了，又一次談話時，把她嚇得直哭，她哭訴她非常後悔同他談過對象，那時她太幼稚，認不清披著羊皮的狼，差一點上了階級敵人的當而毀了自己

一生，幸虧父母階級覺悟高，挽救了她。她交代說：王仲先轉業來廠不久就追她，她覺得這人是黨員，各方面的條件都不錯，就同他談上了，前後不到半年，也就半年吧！王仲先把自己的家庭問題告訴了她，她的父母知道後堅決不同意，她就和他吹了。小組長說：「就這樣？」小張說：「就這樣。」小組長說：「談了半年啥事沒有？這怎麼可能？他王仲先一個三十歲的大兵，能那樣老實嗎？他王仲先又不是神仙，還有小貓不吃魚的？」小張又哭了說：「我不能對黨撒謊，真的沒有別的什麼事，我不能瞎說，我要對黨忠誠。組織上如果不相信，可以到醫院去檢查。祇有一個星期天，我想去替他洗被子，走到男宿舍，別人都走了，就他一個人還躺在被窩裡，我要他起來拆被子，他不起來。後來我就坐在他床沿上同他嘮嗑，嘮著嘮著他伸出手摸了一下我的耳朵根。」小組長如獲至寶高興得連連說：「夠了！夠了！摸了耳朵根就夠了！你趕快把經過如實寫來。」

　　車間支部連夜開會，開除了王仲先的黨籍，送到保衛科。在保衛科，王不承認自己是流氓，不肯簽字畫押。保衛科說：「流氓性質定妥了，無法挽回了，簽字是流氓，不簽字也是流氓，還是簽了好，免得結論上寫上態度頑固，那後果將不堪設想！」王仲先就是不簽字，幾個大漢把他拽上吉普車扔進了收容所。

　　不幾天，勞改農場的花名冊上，多了一個「流氓」。

他想讓鯊魚把他撕得粉碎

　　老顏頭的鼾聲又在告訴大家，他的靈魂已經進入睡鄉的中心地帶了。一聲連一聲的鼾聲，像一峰連一峰的浪濤，把睡在他身邊的楊啟明推向無邊痛苦的大海上。楊啟明在鼾濤上翻滾……浮沉……

　　如果做錯了的事可以贖回來，楊啟明情願用他的生命做代價。白天多少筋疲力盡的勞動也難以填補那不眠之夜的哀傷。而今，胡亂地勞動、胡亂地吃、胡亂地睡……在他的感情領域裡，生命完全沒有意義了，好像是那燒透了的煤球，祇剩下一攤再也無法尋到一絲溫熱的灰渣。

　　楊啟明的父親是一位教數學的老教授，解放初，他為了支援邊疆的高等教育事業，響應黨的號召，帶著一家四口，離開了故鄉──美麗的湘江之濱。兩個孩子上學，兩個大人教書，簡樸的家庭生活的主要內容，就是朗朗的讀書聲，一家人立志充實自己，為邊疆人民做點貢獻。

　　楊啟明大學畢業後，分配到一家工廠當會計師，他一直勤勤懇懇地工作。幾年後，為了滿足他的如花似玉的戀人的需要，他不顧一切地勾結出納小王貪污公款了。

　　怎麼能忘記那一天啊！上午他被保衛科關了起來，下午他的老父親給他送行李捲來。當這位老教授看到自己曾經用整個生命疼愛的聰明伶俐的唯一的兒子變成了貪污犯，他完全控制不住自己的感情。他沒有流淚，說不出一句話，他的兩眼全紅了，像在冒血！他走到兒子跟前，臉上的肌肉在抽搐，他舉起右手，狠狠一巴掌打在兒子臉上，隨即就栽倒在地上，再也沒有起來。腦血管破裂，在救護車上就停止了呼吸。

一切後事都是老教授所在的學校辦理的。火化那天，楊啟明在兩位保衛人員的監視下也到了火葬場。他眼瞅著他的母親哭暈過去幾次，他看到妹妹被她的兩位女友扶著站立不住，他看到父親的老友在拭淚，他羞愧地低頭痛泣。他真想一頭撞在牆上結束自己卑污的生命。然而，他又糊里糊塗活了下來。

　　進農場後，他拼命勞動，想用勞動來減輕心靈上的痛苦。可事實上辦不到，他父親那慈祥的容顏，那溫和的聲音，總是在他的眼前、耳畔，無邊的痛苦總是壓著他。

　　正當楊啟明慢慢習慣了在痛苦中苟延殘喘的時候，一個突然的霹靂、一道暴烈的閃電又轟在他的頭頂！那是一個滴水成冰的深冬，楊啟明的母親又在思念自己的兒子了！天多冷啊！兒子在冰天雪地裡勞動，怎能叫母親不擔心？一個星期天，一大早，她把老伴遺留下來的一件狐皮坎肩包好，還帶了一大包兒子喜歡吃的食物，來農場送給兒子。下了長途汽車，向農場走去。走著，走著，天陰了；走著，走著，下雪了；走著，走著，颳風了！

　　雪越下越大，風越刮越猛，她在風雪中掙扎。當她艱難地走到一段堤路的拐彎處，一滑，她就連風帶雪一起滾到堤下的深溝裡，再也爬不上來了。第二天人們發現她的時候，她已凍成冰了。她身子扒在溝沿上，身上蓋了一層厚厚的雪，兩隻手還抓著前面的枯草。

　　老顏頭的鼾濤還在一起一伏，楊啟明無盡地思念父母的痛苦使他的生命和靈魂都在無休無止地顫慄！他真想讓這鼾濤把自己捲入大海的深處，讓鯊魚來撕得粉碎。

琴果

　　認識琴果是很久以前的事了，那時我在部隊一個宣傳部工作，他在文工團拉小提琴。他好像也偶爾單獨演奏過，祇是一直拉不上去，據他的領導說，他是胡琴底子，很難突破。

　　我一進收容所，看到琴果也在這裡，他穿一身舊黃軍棉衣，戴的也是舊的軍用棉帽。我與琴果沒有深交，根本不瞭解他，可是在這特殊的環境裡相逢，顯得特別親切，畢竟有過點頭之交，而且是很久以前就相識了。

　　琴果是東北人，在他身上，除了口音，再也找不到東北人的特點，一個「小」字就可以概括他整個形象。他小小的眼睛下一個小小的小尖鼻子，遠遠望去，一個小腦袋，近近一看，一個小個子，還有一雙小巴掌，一對小腳。後來我又知道，他的靈魂也是小的。

　　我同琴果是一起被送到農場的，他分在一隊，我分在二隊，我們還時常見面。一天，剛吃完飯，突然召集全隊緊急會議，我們慌慌忙忙跑向隊部。一進隊部，隊長就帶頭喊口號：「打倒反革命分子雷雯！」「坦白從寬！抗拒從嚴！」「不坦白死路一條！」隊長大聲吼：「雷雯站起來，交代！」

　　我完全懵了，不知是怎麼回事。隊長見我緊張而又惶恐，便提醒我：「你最近寫了些什麼？」我馬上平靜下來，說自己思想消極得很，寫了些想家的詩，這種思想是十分有害的，不利於改造。我又從出身於剝削階級思想根源挖起，再批判，認識錯誤。說完我就把小本子掏出，交給隊長，說寫的詩全在這裡，請大家批判、幫助。接著幾個人發言、批判。

隊長說我認識深刻，而且主動交出小本子，態度較好，散會了。

　　我這寫詩的小本，祇給琴果一個人看過，想不到他為了表現積極竟把我的詩小題大做，以圖巴結。後來他果然當了隊長。我想起歷史上有一個姓秦的，是秦檜的後人，他過「岳王墓」時留下了「人從宋後羞名檜，我到墳前愧姓秦」的名句。我想我認識的這個姓琴的，他的祖父該是一位忠厚人吧！

假女人

　　大家正在鬥爭一個小偷，說那小偷避重就輕，擠牙膏樣的擠了點雞毛蒜皮，大東西一點也不往外掏。班長的啟發，群眾的批判，正在轟轟烈烈進行。突然，管教員領個女人進來，這裡全是男人，見來一女人，都驚訝得發呆了。

　　那女人一頭捲髮，劉海齊眉，一雙滴溜溜轉的大眼睛，上身穿著花棉襖，還圍一條淺紅紗巾，下穿一條藍色呢褲，腳蹬一雙淺統女式皮靴。管教員大喊一聲：「脫！」大家都面面相覷。那女人慢慢脫了棉襖，露出淺綠色有花紋的羊毛衫。管教員又大喊：「快點脫！」當那女人脫掉貼身的內衣時，露出一個男人的胸脯。管教員又喊：「脫褲子！」那女人把褲子脫下後，露出男人的特徵來——原來是一個假女人。當假女人換上一身囚服時，管教員說：「為什麼要他當著大家的面脫衣裳，就是要你們明白，一切醜惡的東西都是隱藏不住的，祇有坦白，才是出路。」說完就叫班長用剪刀把那一頭漂亮的捲髮全剪了。剪完後，一個妙齡少女頓時變成了花頭小鬼。

　　把小偷扔在一邊，班長掌握會場，鬥這假女人。假女人站著，班長問他：「你先交代為啥要裝女人？」假女人低著頭，咬一下嘴唇，還是用嗲聲嗲氣的女人聲音說：「我階級覺悟不高。」班長馬上笑著說：「你別扯淡，你還談什麼階級覺悟，說真格的！」假女人一笑，向班長飛了個眼，又低下頭咬一下嘴唇說：「我良心不好，總想騙人錢財。」

　　大家鬥他，不像鬥小偷那樣激烈，聽笑話一樣。他臉蛋長得像女人，聲音更像，他利用這條件裝女人行騙。他和人談對象，要人的東

西，要人的錢，錢和東西到手，十天半月就吹。最後一次碰到個愣小子，收了人家的東西，花了人家的錢，他提出吹。那小子不動聲色地要求同他吃最後一次飯，逛逛公園，他也欣然前往。那小子力氣大，在公園僻靜處行蠻時，發現他是個男的，就把他扭送到了派出所。

飛賊

　　潘本臉上有一塊黑不黑灰不灰的痣，足足有銅錢那麼大，而且是長在右眼瞼偏右下方，十分顯眼。初見，我還以為是一塊膏藥呢！潘本是個慣偷，關進來後還不肯洗手，常常要沾點葷腥。每當他挨鬥，看到還未打在他身上，他就先咧開大嘴哭叫的下作相，真叫人有氣；真的打在他身上，他反而又無所謂了，不哭叫了。看到那塊痣也隨著他的手肘的攔擋、頭的扭動而躲躲閃閃時，又十分滑稽可笑了。

　　潘本的內心世界是些什麼？誰也說不明白，誰也無法同他溝通感情上的聯繫。他似乎不需要任何人關心他、瞭解他；他也從不打算瞭解、關心任何人。有時看著他那兩顆黃黃的眼珠，就像看到動物園裡的小狼、小熊的眼珠一樣，無法找到一絲兒能在感情上起交流作用的共同點。

　　有一天出工，我同他站在一起，天暖和了，蝨子在他的棉襖裡待不住了，從衣領上往外爬，一串串、一球球糾纏在他肩上、背上。我連忙說：「潘本，好多蝨子爬出來了，快來，我替你掃掃！」他瞅了我一眼，一句話也不回答扭頭就走開了。他不理解人的生活中應該有照顧和幫助。

　　潘本的樑上功夫是高超的，簡直到了出神入化的地步。有一天晚上開會，突然電燈滅了，不到兩分鐘又亮了。北炕梢的老王抬頭沒有看見自己的兜，是他媽送來不幾天的食物，兜裡還有半隻燒雞、三根香腸、五個茶蛋。為了怕偷，他特意掛得高高的。就這一會工夫，不翼而飛了，奇不奇？

「誰、誰，誰……」「找、找、找……」亂成一團。突然有人在外屋喊：「在這裡！」

　　大家蜂擁而出，原來是南炕的潘本，他把兜塞到外屋的灶炕裡，頭也鑽在灶炕裡，兩隻手也伸進去，正在灶裡吃呢！老王雙手拎著潘本兩隻腳往外拽，拽也拽不出來，原來他用兩隻胳膊肘向左右一撐，在灶門那裡卡住了。老王拎著他兩隻腳，班長掄起扁擔，照他屁股猛打，好像打的不是有生命的東西。他連聲也不吭，也好像打的不是自己，祇顧一個勁地啃雞骨頭，啃得嚓嚓響呢！一直到吃完，他自己才滿臉黑灰滿嘴油地退了出來。

　　潘本是怎樣在一剎那工夫，從南炕飛到北炕取下那掛得高高的兜？不管怎樣哄、打，他都不說。打急眼了，他雙手抱住扁擔，咧開大嘴哭叫，那塊黑不黑灰不灰的痣也隨著他一起躲閃。

挑土

這幾天挑土，老彭突然把扁擔放在頸與背的交界處，那裡是堅硬的脊樑骨，扁擔壓上去，那滋味可想而知。他每走一步，脖子向前一伸，看著那活受罪的樣兒，誰能不由衷地同情呢？

我問老彭：「你用脊樑骨挑土，那多難受呀！你的肩有毛病了嗎？」

在大學裡當過講師的老彭說他祇能用右肩挑，左肩天生的根本不能用。右肩長此壓下去，一定會比左肩高，將來穿西裝不好看，而脊樑是硬的，不容易變型。

我瞅著他那過長的扁平的鼻子，像一條縮小了的鯰魚倒豎在他那向上翻起的嘴唇上，還有他那一對爛棗樣渾濁的眼睛，可怕地擺在一塊醬色的坑坑窪窪的額頭下，我想，就是穿雲霞做的西裝，也不會是漂亮的吧！我突然想到有人罵「臭知識份子」，不是完全沒有根據的。

又挑土了，我看到老彭兩手不知如何是好地把著扁擔，脖子向前一伸一伸，活像池塘裡把頭探出水面的鱉。

過了些時，我看到老彭還是用右肩挑土了，我想，可能是他的脊樑骨不答應吧！

吊他的大拇指

　　新來的老呔，是個闖江湖的人，他曾經從滿洲里一路偷到海南島，祇用了一個月時間。老呔是個自來熟，不管見了誰，他都笑。不到三分鐘，我們班十幾人，他都笑到了，好像他根本就是這個班的人，祇是出去蹲了幾天小號，現在又回來了。

　　老呔來後，我們班活躍多了，常常是滿屋笑聲。他有時講述那些被他掏兜的傻蛋，被掏了還望著他傻笑和在員警眼皮底下掏兜的活靈活現的情景，能把人腸子笑斷。老呔真是個耗子精，他來的第二天晚上，就帶兩個小夥出去揹了大半麻袋小麥回來。好傢伙，這天晚上誰也不肯睡覺，把鐵鍬擦一擦，捧一把小麥放在鍬上，伸到地龍爐裡去烤，兩三分鐘就炸成小麥花了，真香呀！祇有一個地龍爐子，大家排隊炸。我偷偷問老呔：「你咋知道哪兒有小麥？」

　　他望著我說：「眼睛長著是幹啥用的？」我服他了。

　　自從炸開小麥以後，我們班十分團結，不露一點風聲。白天爭著幹活，晚上開完會，管教員睡了，班長也假裝睡了，我們就開始炸小麥了。井井有序，不爭不吵，還你讓我先炸、我讓你先炸呢！

　　有一天出工，正要走的時候，管教員厲聲喊：「三班留下來！」我們都傻眼了。管教員同幾個隊部成員，到我們班搜查，翻了個底朝天，結果在門斗上把麻袋搜出來了，還剩十幾斤小麥。全班坐下來開會，是誰偷的，要坦白交代。誰也不做聲。班長見管教員在坐，就有口無心地反覆交代政策，坦白從寬呀，抗拒從嚴呀，不就是那麼點小麥嗎？有啥顧慮的？祇要向管教員坦白，不會追究的，等等等等。大家還是不做

聲。突然，李連成站起來說：「是我撿的。」班長真的生氣一樣，臉紅脖子粗大罵：「他媽的，你撿回小麥，這樣的大事為什麼不跟我說一聲？」接著一巴掌打去，頓時李連成臉上五個鮮紅的手指印。管教員把李連成帶走了，叫我們出工。

一路上，大家都默不作聲，一到地裡就幹活，也默不作聲。吃午飯時，李連成回來了，管教員同他談了好長時間話，還要他掃了院子，再叫他寫份檢討交給隊部。我連忙說：「晚上我替你寫。」班長說：「吃完飯你就寫，等晚上幹啥。」

吃飯時，小丁挨我坐下來，他告訴我，昨天收工後，他看見王德倫到隊部去了的，肯定是他彙報的，沒有別人。王德倫，曾經是一個糧店的會計，因為貪污送來的。這人矮瘦矮瘦的，笑起來，兩眼週圍的皮肉紋絲不動，衹腮幫子向兩邊裂開，露出一口尖牙，形狀恐怖。幹活、吃飯，他總愛斤斤計較，總覺得別人欺負他，他吃虧了。其實，老呔偷來的小麥，他照樣挨排炸了吃，一點也不比別人少。

晚上開會時，班長問他：「王德倫，小麥的事是你彙報的嗎？」王德倫睜著兩隻綠豆眼：「誰說是我？血口噴人！」小丁搶著說：「誰血口噴人？我親眼見你上隊部去了的，不是你是誰？」王德倫冷丁站起來，理直氣壯地大聲喊：「是我又怎麼樣？我彙報錯了嗎？我不該靠攏黨嗎？」他喊完了，一邊起身往外走一邊說：「我去找管教員來評評理。」班長一把攔住他，說：「壓壓火，誰也沒有說你彙報錯了！你靠攏黨是對的，我們都要靠攏黨。我問問不行嗎？我是班長，班裡的情況都要知道嘛。拿你來說，你勞動並不咋樣，如果是你彙報的，說明你思想好，我也好向領導反映情況，勞動差一點沒關係，思想好照樣可以提前放你。你說，我要不知道是你彙報的，那咋反映情況呢？對你也不利，我問錯了嗎？」王德倫無可奈何地低下頭，小聲說：「我沒有說你問錯了。」班長把他拉回原地坐下：「沒問錯就好，大家不要再提這事，過去了就拉倒！老王是對的，政治覺悟高，我們都要向他學習，多與管教員聯繫，這對改造自己是有好處的。」

王德倫完全孤立了，誰都不理他，他幹不完的活，再也沒有人幫忙

了。大家有說有笑，他一走過來就啞靜無聲。每天出工、收工，他孤零零一個人跟在隊伍的後面。

有一天小丁值班，王德倫可能是有意找碴，說小丁給他的菜分少了，情不自禁地罵了一句：「他媽的，就看我眼發青。」小丁衝到他跟前，忽地搧了他個大嘴巴：「你憑什麼罵人？誰給你分少了？」王德倫要還手，小丁比他高一頭，兩隻大巴掌捉住他的雙手，王德倫扭呀扭不脫。這時拉的拉，扯的扯，班長說：「小丁不該打人，你也不該罵人。」王德倫打也打不著，又聽到班長不向著他的話，就倒在地上打滾，哭喊著：「媽呀！太欺負人了！這個班不能待了！」滾了一會，爬起來就往外走。有人去拉他，班長說：「別拉了，他愛找誰找誰去！」

不一會，管教員來了，王德倫仰著臉，不可一世地得意洋洋地跟在管教員後邊。小丁一見管教員，連忙站起來，說：「管教員，我犯錯誤了，我不該打人，我請求處分。我實在忍不了，你叫他說，我為啥打他？他開口罵我媽，我到這裡改造，我媽不知哭了多少淚水，我受不了，打了他一嘴巴，請管教員處分吧！」小丁說完，想起他媽，就嗚嗚哭了起來。

管教員回過頭說：「王德倫，怎麼回事？」王德倫一驚，也站了起來：「我罵了他不假，他把我的菜分得少少的，我有氣，罵了他。」管教員起身說：「有意見向班長提也不能罵人，罵人也是犯法的。你們好好交換意見，向班長檢討檢討。」說完就走了。管教員剛一邁出房門，小丁忍不住「撲哧」一下，笑了，老呔笑得仰在炕上直喘氣，除了王德倫，大家都笑了。班長這時板著面孔說：「別笑了，有啥好笑的，還沒有檢討呢！」

沒有小麥炸，晚上就冷清多了，但還是有人常常偷些東西回來吃。有一次，老呔偷回一些豆餅，一邊烤一邊故意說給王德倫聽：「這豆餅可不是偷的，是我買的，你們放心吃吧！」李連成有一次偷了些蘿蔔，也說：「放心吃吧！這蘿蔔不是偷的，是食堂人見我個高，送給我的，嘻嘻，吃吧！」大家都笑了，祇有王德倫一個人坐在炕梢丟了魂一樣。

班長向管教員請示，正準備把王德倫調走的時候，發生了一件恐

怖的事情。那天，我坐夜班，過了十二點，我睏了，正在打盹。王德倫偷偷摸起來，拿一根大鐵棒，照小丁腦門上就是一下。一聲慘叫，我一下驚醒了，大家也都驚醒了，王德倫拎著鐵棒往外跑，我跑上前抓住了他，老呔也趕來了，我們把他拖了回來，王德倫一邊掙扎一邊喊：「放開我，我去自首。」

一進屋，班長說：「綑起來！」李連成連忙找根繩子，同老呔一起，把他結結實實綑了起來。王德倫望著班長說：「你私設公堂，隨便綑人，你不怕犯法？」班長說：「你搞錯了，你是殺人兇手，不綑起來再行兇誰負責任？綑兇手犯什麼法？」王德倫蔫巴了。

抬小丁到醫務室的人回來了兩個，班長問：「小丁怎麼樣？」「還有口氣，難說活不活得成。」

李連成一聽，眼都紅了，咬牙罵道：「狗娘養的，好狠毒！，我要你好受好受！」說完，他找來一根繩子套在屋樑上，老呔連忙說：「吊他的大拇指！」就同李連成把繩子紮兩個扣，套在王德倫的兩個大拇指上。剛拉繩子，王德倫就殺豬般喊叫，李連成把王的毛巾塞他的嘴，王德倫把嘴閉得緊緊的，老呔捏住他的鼻子，嘴張開了，李連成連忙塞進去，吊上去了。吊了不一會，王德倫額上的汗，大滴大滴往下落。班長使個眼色，又放了下來，讓他的腳尖落地，把毛巾也扯了出來。王德倫哎喲哎喲直哼，還不斷地說：「馬倒鞍子轉，牆倒眾人推，好難受呀！你們宰了我吧！」

天亮的時候，鬆了綁，李連成和老呔把王德倫押到隊部去了。因為是殺人兇手，隊部又派人押往場部，關進了小號（王德倫殺人未遂，判了他15年徒刑）。

晚上收工回來，見小丁坐在炕上，頭上纏著紗布，臉是腫的。

賀新春

農曆正月初一，各隊都要向場領導賀新春。上午八點鐘光景，鑼鼓喧天，鞭炮齊鳴。各隊都有秧歌隊，另外還有新鮮的表演，婦女隊有旱船，磚瓦廠有高蹺，左訓班有幾十人的花籃舞……

在場部大樓前廣場上的熱鬧表演中，有兩個人，我永遠難以忘懷。

婦女秧歌隊裡有一位個子高高的老太婆，花頭巾上插一圈鮮豔的紅花，黑色的棉襖上披一條大花披肩，一雙尖尖的小腳，鞋背上繫著兩個紅絨球，兩手各拿一方大紅綢手巾，姍姍扭動。鑼鼓點密起來的時候，她兩根小尖腳在冰場上亂鑽，兩方紅手巾上下翻飛。舞到激烈處，一隻小尖腳還往上一蹺，隨即落地，另一隻小尖腳跟往後一勾，兩眉一閃一閃，兩眼一睃一睃，頭上的紅花不停地搖晃，美妙極了。我想她年輕時，一定叫「小飛燕」。後來別人告訴我，解放前她就開窯子，解放後她怕勞動，還要賺容易錢，做了半開門。

左訓班的花籃舞，規模宏大，氣勢非凡。大家說，還是知識份子聰明，能想招。他們紮了幾十對花籃，演員都把棉襖反穿著（農場棉襖裡布全用大花布，以便逃跑好抓）。一色花棉襖，狗皮帽上插滿了花。他們閃著花籃，快一陣慢一陣變幻各種隊形。

我突然看到隊伍最後一個人是曹院長，他已經五十開外了，也抹了一臉粉，畫了兩條又彎又粗的黑眉，也塗了紅臉蛋和紅嘴唇。他臉型本來就不美，這麼一裝扮，簡直就是撿了繡春囊的傻大姐了。

看到曹院長挑著花籃，穿著花襖，插一頭紅紅綠綠的花，在隊尾笨拙地一閃一閃地走，我真不知道是該笑還是該哭？

一次尷尬的就業

　　深冬，整個天地都像被凍得硬梆梆的，誰也沒有把握說自己不會被凍過去。胃整天都是空的，腸子像是在胃裡扭動，扭得你渾身都不是自己的。整天心都在恐懼地顫慄、發虛，什麼思索都沒有了，好像這個世界也在餓得發慌，隨時隨地準備吞掉我們自己。一切都在無可奈何之中！

　　離春節大約還有兩週，我們有二百多人被集中起來了。這些人一多半是在農場待了四年以上的老份子，待了兩、三年的，是幾個十三、四歲的小偷，還有幾位是莫名其妙被單位領導看不順眼扣個「對黨不滿」、「流氓」的罪名強行送來的機關幹部。下午被集中在大禮堂，臨時編了兩個隊，十幾個班。大家不知道要被送到哪裡去，也不知道去幹什麼。晚上發了三個窩窩頭和三根鹹蘿蔔條，隊長一再強調：一個是晚餐，另兩個是明天的口糧。老老少少大大小小二百多口人，沒有一個人考慮明天，不到五分鐘，三個窩窩頭三根蘿蔔條被統統消滅了，當然是悄悄地消滅的，根本沒有掀起狼吞虎嚥的波浪就風捲殘雲了。

　　這裡名曰大禮堂，其實就是一間大敞棚，不但沒有魚鱗般整齊的靠背椅，連四腳趴的土板凳也沒有。大家把行李捲放在地上，東倒西歪地坐著、靠著。天迅速黑了下來，大約是胃得到了一次不尋常的滿足，居然鼾聲四起，這鼾聲也像是忘記了明天的口糧，居然也無憂無慮。

　　這些胃啊，是哪輩子修來的福分，居然一下子接納了三個窩窩頭！這簡直是奢侈的滿足！王母娘娘知道了這樣的滿足也會受到感動的。關於明天，誰考慮明天幹什麼？

一陣口哨與吆喝，外面的大卡車轟隆隆響成一片。大家揹著自己的行李，走出大禮堂，滿天的星星還在鮮活地閃動著。看不清有幾輛卡車，衹見車燈一對接一對地亮。班長拿著手電筒呼喊著大家上車。呼騰了一陣子，各班長報告人數到齊了後，車開動了，一輛接一輛朝前轟。車開出有兩盞大探照燈照著的大門，一加速，上路了。黑夜的風，好兇呀！卡車沒有蓬，大家不約而同地把後腦勺朝向前方，三個窩窩頭燒起的一身溫熱又被這猖獗的風無情地一片一片地撕去，大家又開始顫慄了。

車不知開了多久，也不知到了什麼時候，大家緊緊地擠在一起，抵禦風的殘暴。滿天還是星星，車突然停在一條鐵路旁，當然也不知道是什麼站，大家下了車，緊接著上了兩節悶罐車廂。一進車廂，大家鬆了一口氣，沒有風了，渾身像鬆了綁一樣，又得到了緊張後的一片安寧。車廂門鎖上了，一個拿著衝鋒槍的員警守在門邊，他時不時拿出手電筒掃一掃，我想他可能是怕有人撬破車牆而逃跑吧！也可能是警告：你們可別亂動！

火車把兩個悶罐丟在一個山間小站。一整天，我們沒有吃一口飯，也沒有喝一口水，忍著饑渴又上了森林小火車，車廂很小，站著要低頭，一些成年人坐在小椅子上，顯得很彆扭。叮叮咣咣的小火車晃了一夜，清晨到了一個林場，林場為我們騰出一間很長的工人宿舍。這宿舍是乾打壘的牆，房頂是用草苫的，一進門，四個大鐵火爐一字排開，火爐是用大油桶做的，倒臥在土墩上，爐門向上，整塊整塊的樹筒子丟在裡面燒，油桶常常燒得通紅，屋裡非常暖和。屋裡豎立著許多粗糙的床鋪，一鋪床能睡四、五個人，一共上下三層，一個隊睡屋子一頭，還有些空著的床位。

到林場住下後，小道消息傳出來了，林場需要工人，當局聯繫的，讓我們這二百多號人在這裡就業，準備讓我們幹一陣子後，就宣佈解除勞教，成為林場的正式工人。

林場在群山環抱之中，這些山一點也不驕橫，好像也非常同情我們，遠遠近近，一山更比一山溫柔。一見到這些山，我浮躁的心情馬上

平靜下來了，生活在這樣的群山之中，真是我的造化。我的故鄉也有許多山，那些山都有自己的名字。有一天，我問一位來指導我們工作的老工人：「師傅，那座山叫什麼名字？」他回答：「揚帽子山。」我指另一座，他仍回答：「揚帽子山。」我說：「都叫揚帽子山嗎？」他回答：「嗯吶，都叫揚帽子山。」我心裡明白，這裡祇有林場，沒有人家，所以群山祇有一個共同的名字。後來我一邊幹活，一邊給它們起了些名字，給那座又高又尖的起名「謙山」，有告誡的意思，你雖然最高，但不能顯示自己。還有一座很秀麗的山，我叫它「靈馨山」，我起了好些名字，什麼「老包山」，它有些像審問陳世美的包公；什麼「憨牛山」，它有一個忠厚的牛頭……但我從來沒有跟別人說過。

　　我完全被這些一見如故的山沉醉了！尤其是晴朗的清晨，最初的一片陽光照在「靈馨」的前額，潔白的雪嶺上，輕輕沁出一縷桃紅。這時，我簡直說不清楚它是我的嬌妻還是我的愛女？

　　我們到達林場時正值深冬，主要的工作就是放樹，把山上那些東倒西歪、去了胳膊腿的原木放下來。放樹是在坡度適中的山脊旁挖一條半米深兩米寬的溝，再架一口大鍋，把雪燒成開水，澆在溝裡，水不開澆不勻，一邊澆一邊用大條帚掃平整，立刻就變成冰漕了。晚上有專事澆溝的工人。白天把樹抬到溝邊，再用壓腳子（一種帶鐵鉤的撬槓）把原木撬進溝裡，轟隆隆驚天動地像飛馳的火車那樣吼下山去。沿溝有幾個哨，放樹前，上哨向下哨喊：「下來！」一哨接一哨喊：「下來！」這時行人都要避開，一不小心就會出人命。有時原木不夠直，或是樹節、溝冰不夠平，碰上阻礙，原木能飛出溝漕幾米高，還能把溝旁未伐的樹木齊腰轟斷。有一次見到小鐵路上一節平板貨車上放著一口棺材，說是原木撞死了一個工人，把他的心都撞出來了。林場用一口大棺材收斂了他，準備送回他山東老家。在冰漕邊走過總讓人毛骨悚然。

　　這裡是雜木林，多是闊葉樹，也有少量針葉樹。雜木林經濟價值比不上針葉林，管理不科學，也不完善。工人還很迷信，山上還供有山神爺的小土廟，正中一個木牌上歪歪斜斜寫著「山神爺之寶位」，右邊三個木牌寫著：「胡大仙之位、胡二仙之位、胡三仙之位。」左邊三個木

牌寫著：「胡四仙之位、胡五仙之位、胡六仙之位。」一看就知道，山裡的狐狸比老虎要多得多。還有許多說道，比如伐過的樹留下的樹墩不能坐，那是山神爺的寶座。樹幹上端同時分開兩枝樹椏且一樣粗細的，不能伐。還有好多名堂不能伐。這些伐過的林子都顯得零亂不堪。林場工人，有帶家眷的，有不少小孩，男女光棍也不少，幾乎都是闖關東的山東老哥。

　　突然來了這麼多人，林場的職工們都很高興，老幼見到我們，臉上總掛著笑，有的還敢走攏來跟我們說上幾句話。可好景不長，不幾天，全場的老幼人等都討厭我們了，臉上的笑容毫不留情地收起來了，對面走來，他們把頭一扭，不屑一顧。原因不能怪林場職工，是我們隊伍中的樑上君子們，根本不考慮重新做人，而是重操舊業了。晚上門口有崗，他們能在上鋪上把屋頂捅個洞，人不知鬼不覺地從洞裡飛出去又從洞裡大包小包拎回來。早晨借上廁所工夫，也不白走一趟。有家主婦早晨把窩窩頭蒸得好好的，喊一家老幼起來吃飯，就這眨眼工夫，揭開鍋一看，窩窩頭不翼而飛了，有的飛得一個不剩。糧食是計畫供應的，你說人家怎能不窩火？怎能不討厭？越來越不像話了。鼓上蚤們各顯神通，有的庫房裡餵牲口的豆餅沒有了，有的剛分回來過節的肉沒有了，這樣的事，家家戶戶時時刻刻都在發生。有一天，剛黑，一隻蚤鑽進一家棚子裡，裝了一掛包豆包，正準備走時，他家一個老頭拿支小蠟燭進棚來了。老頭沒有看清楚有個人，就一條小通道，這蚤順手拿個筐往老頭頭上一扣，轉身就跑，老頭嚇得倒在棚裡亂叫。家人趕來一照，棚門口還掉了幾個豆包，那蚤跑了，豆包也沒有拉下。那家人扶著老頭，走到我們宿舍門前大罵一通，罵得最狠毒的一句話，是咒他吃了拉不出來。

　　還有兩件產生了轟動效應的大事。一是林場支部書記，深夜還在趕寫什麼材料，寫完了準備回家，起身一看，搭在自己坐的椅子靠背上的皮大氅不見了。第二天一早，他找到管教員，說這賊真是膽大包天，他在寫字，竟敢把他背後的皮大氅偷走！膽子大不大？書記要管教員追查，其實那皮大氅根本沒有拿回宿舍，當夜就出手了，聽說祇換了兩斤豬

肉。二是一位工人在他們小俱樂部玩了一會，回宿舍睡覺，看見鋪上睡著一個人，他以為是他的夥伴，問：「你怎麼回這麼早？」「嗯、嗯」兩聲就打鼾了，那工人也沒理會就睡下了。等他的夥伴回來推醒他時，他說：「你不是早回來了，剛才還打鼾呢！」「誰回來了？我的被子呢？」那工人睜眼一看：身旁一堆棉花，被裡被面都被賊偷走了。

這二百多人中到底有多少賊？沒聽說過，祇是不幾天工夫，就鬧得這裡雞犬不寧了。越來越緊張，人家大白天都關門閉戶，深更半夜都不敢關燈安心睡覺，真是風聲鶴唳了。林場書記、場長輪番去有關單位告狀，堅決不收留這些人，最後一次書記賴著不走，一定要當局下令調走這些人。

我們要離開林場了，不知什麼時候，宿舍門口豎一面大紅旗，旗上有「哈爾濱採伐隊」六個大黃字。我們揹著行李走出宿舍，到小鐵路邊等車。林場老老幼幼都出動了，沿路站著，沒有一個人臉上有笑容，沒有一個人擺擺手，都繃著臉，目光焦灼掃描似的在我們身上亂閃。一見這情景我就明白了，他們不是來送行，也不是來看熱鬧，他們抱著最後一線希望，想發現自己家裡丟失的東西。我望望他們，很複雜的傷心。再看看四週那些我迷戀過的山，它們冷冷地好像也在鄙視我們。我想到我給它們起的那些名字，突然顯得毫無意義，讓它們「揚帽子」去吧！

小火車又在那個小站停下來了，這個小站可能是當地的交通樞紐，熙熙攘攘的人還很多。我們這隻奇特的隊伍，祇有那面鮮豔的紅旗還是有模有樣的。這一群人，要是遠看一定會認為是一群綿羊，他們的棉襖棉褲沒有一件是完整的，布片都被山上的荊棘扯去了，棉花都成球成團滴裡嘟嚕掛在身上。行人見到這樣的人群，都驚異地停下來張望，膽大點的還敢走到跟前問：「你們是哪兒來的？」有人回答：「溝裡來的！」還有人乾脆指指那面紅旗。

我們在小站林業局辦事處食堂吃了飯，每人還給了一小卷乾豆腐。又是幾輛大卡車拉著我們進了另外一處群山，車停在一個山崗下，四野望去，沒有一戶人家。我們下了車，車回頭走了。我們站好隊，在那面紅旗的指引下，也浩浩蕩蕩往更深的山裡進發。翻過幾座大山，仍然沒

有看見一戶人家。走到一個山窪裡，這裡有一間空瓦屋，停下來已是暮色蒼茫的黃昏後。管教員住屋裡，我們二百多人就散坐在山窪裡，天很冷，同意我們撿來一些枯枝爛葉燒火，圍著火就暖和了，扣緊衣領，繫緊帽子，也能打個盹。

我們停下來的這個山窪，曾經是日本侵略者「開拓團」的駐地，原有一大片瓦屋，日本投降後，開拓團走了，瓦屋都被遠近的農民拆走了。惟獨剩下的這一間，是投降的消息傳來，開拓團中有不少效忠天皇者，集體在這間瓦屋剖腹自殺。當地人說，整個屋內都被血染紅了，常常在深夜，聽到這屋裡鬼哭狼嚎。這一傳開，不但無人敢拆，甚至從這屋前走過都不敢。這是這間瓦屋保存至今的唯一原因。

大家都在燒火熬夜，我同老劉有雨衣，找來幾根樹枝，把雨衣支起一個歪歪晃晃的小棚子，把被子打開和衣而臥。我扣緊衣帽，躺下後，從棚縫裡看到滿天星星，我想鄂倫春人就是在深山火堆旁這樣睡，也就沒有什麼好難受的。不少人都羨慕我們能打開行李睡覺呢！

第二天早飯後，大家上山砍些小灌木，搭起一架架小馬架，苫滿草，這就是家了。地面非常潮濕，我們砍了許多樹枝鋪在地上，再放上行李。一進馬架，我們挖一條溝，這樣可以在床鋪前站立，坐在床上，腦袋剛剛頂著棚頂。有些手巧的分子把馬架搭得很寬大，走進去就舒服多了。

上山砍樹時，有人發現山上有好多核桃，沒有人來採過。一年又一年，樹週圍全是枯枝和核桃，用手一扒就是一堆。大家都採了，用幾個石頭一圍，燒上火，再把核桃放在火上，核殼燒黑了，用石頭一砸，核仁就出來了。不一會，大家的嘴都黑了，不一會，臉也都黑了。站在山坡上往下一看：野火點點，亂煙濛濛，吹的吹、砸的砸、吃的吃；蹲的蹲、坐的坐、跪的跪，再加上一身黑棉球，真的是再現了洪荒時代……

晚上點名時，少了老戴，大家心情都很沉重。誰都知道，他決不會逃跑，他也逃不了。這位浙江人，原是一所大學化學系的講師，解放前，他念大學時參加過國民黨的什麼組織，是政治問題，定為「歷史反革命」。他身體特別不好，曾開過刀，割掉了一葉肺，背上留有一條長

長的刀痕。手術後，他的腰再也沒有伸直過，別人都叫他戴羅鍋。他隨別人一起去採核桃，大家都回來了，獨不見他，他肯定是迷了路，越走越深，也很可能碰上狼，大家都這樣猜測。老戴體弱多病，應該說是殘廢，幹不了什麼重活，祇能打打雜。但他人很老實，不多言多語，沒有人討厭他。有一次我和他談到李煜的詞，他一首接一首地背誦，我說：「你這個教化學的老師，怎麼這麼熟悉古典文學？」他說：「我喜歡中國的古典詩詞，我從原文讀拜倫的詩也讀不出這種味道來。」我笑著說：「誰叫你不是英國人！」後來我們常常一邊幹活，一邊談古典詩詞，想到誰就談誰。有一次我們一起背誦顧貞觀的《金縷曲》，兩人都背得淚眼汪汪，他歎口氣說：「算了吧，還是背輕鬆點的。」老戴雖是個駝背羅鍋，但他有一條不曾彎曲的小溪般清澈的心腸，他胸懷坦蕩，沒有把人生、自己看得太重。他說他這種身體如何能出得去？說的時候是那樣平靜，好像是在說別人。他帶來一箱子書，都給別人捲煙抽了，誰要他都給。我說，這麼好的書就這麼撕了，抽了，真可惜！他說這有什麼可惜的？給人捲煙正好派上用場。我們談詩，總有那種由衷的陶醉，談到江南風物，又有無限依戀的哀傷！一個大休日，我見他磨一方石料印章，我問他磨這個幹什麼？他說這是他用了二十多年的印章，還是讀書時買的，現在用不著了。他磨好後，沒有刻刀，就用我的小剪刀尖刻起來，刻完給我一看：原來是我的名字，用剪刀尖刻，他居然刻出了篆字陽文。印章一側還陰刻一行秀麗的行書：「雲想衣裳花想容」。還落款他的姓名、年月日，也是行書。他送給我時說：「我用不上了，你身體好，能出去，留個紀念吧！」這時，一起背詩時的歡愉全消失了，我接過這枚印章，心好沉！好沉！

　　大家都斷定老戴肯定不在人世了，誰知第三天黃昏他居然回來了。他用褲子裝一些核桃，揹不動，就拖下山來。大家都很驚喜，管教員也未找他談話，就當沒有這回事。後來我偷偷對他說：「大家都斷定你碰上了狼。」他看我一眼，低著頭說：「我還真希望能碰上狼！」我見他腮上的皮膚在抽搐，我一陣心顫。他沒有流淚，我知道他的淚水已變成血，在心上滴。

我不敢再問下去了。我一再思索：他真的迷了路嗎？真的迷了路是出不來的啊！他又不是那種粗心的人。他為什麼要在這殘缺不全的林子裡轉悠三天？他是不想走出這林子嗎？他為什麼又走回來了？他是多麼多麼無可奈何自己這沉重的生命啊！

　　從這一片窩棚向右一拐，就是有一片林子的山坡。林子中明顯地有一條依稀可辨的林間小路，彎彎曲曲的小路兩邊是高大的樹林。走出林子，豁然開朗的是一片早已荒蕪的稻田，雜草中還留著縱橫的田埂，這都是當年遠渡重洋來侵佔別人土地的東洋人留下的痕跡。

　　我們被林場趕出來後，就到這裡來種水稻，還特地請來一位朝鮮族老農來指導我們生產。當時，要把這些田重新耕出來已經不趕趟了，時令不允許。老農就叫我們把田埂整理好，這很重要，放水灌田時要能蓄住水。田裡灌些水以後，土泡鬆了，就用帶鐵齒的耙子把地來回一耙，把草扒倒露出泥土，再又放些水，把稻籽撒向田裡，一般人撒不均勻，朝鮮族老農親自撒。過些日子，稻籽剛出芽，草就長老高了，這時要用鐮刀把草鋅去，再放深水一灌，齊腰鋅斷的草就悶死在水裡了，秧苗隨著就長出來了。山裡人如果沒有耕牛或是荒田多，才採用這種原始的耕作方法，但草和秧都不是那麼聽話的，秋收時，常常是一半草一半稻，有時好像草有嘴，把撒下去的稻籽全吃了，而那草，你怎麼鋅它都長，這是朝鮮族老農告訴我們的。

　　放水那天，我們幾個人守田埂，要有漏水的地方，得趕緊給堵住，不夠高的地方，要加高。初放水，水流很急，他們正拄著鍬在聊天，我看到水口處一撲騰，跑到跟前一看，是一條大鯰魚，最少也有一斤多。我一抓起來它就滑脫了，我連忙雙手按住，大聲喊老劉，他比我強，一下子就抓住了。我說，這麼小的水渠有這麼大的鯰魚，這是天賜的！晚上煮了魚湯，整個窩棚都香了！

　　我們在往稻田揞稻種的時候，不知是誰首創，揞六、七袋種籽後，總要偷偷丟一袋在小路邊的林子裡，休息或收工後，再鑽進林子裡把稻種灌在襪統裡，放在石頭上用木棒搥，不一會，白花花的大米就搥出來了，回到窩棚，用飯盒裝了，架兩個石頭用乾柴棍燒火煮，那是世界上

最香的大米飯。

林子裡有小溪流，溪裡有許多大大小小的石頭，總是流光點點，流聲潺潺。不知又是誰的首創，把飯盒帶進林子，就在溪邊捶，就在溪邊煮，就在溪邊吃。要不是有管教員常常要點名、開會，這生活倒也很自在。

稻子捶好吹去稻殼的時候，免不了要掉些米粒，這時，林子裡有一種非常美麗的小鳥飛來啄食。這種鳥不怕人，當地人叫它「藍大膽」，學名叫什麼就不得而知。說它膽大，是真的，它可以飛到你腳跟前來啄米粒，一邊啄一邊還歪一下腦袋瞅瞅你呢！你要想打它什麼主意，那就錯了，你想抓它，手還未伸出來它就噗一下飛了。有人假裝不動，讓它來啄，突然一石頭砸下去，從來也沒有砸住過，真是又大膽又細心的小精靈。叫它「藍大膽」不完全準確，其實它身上灰顏色要多一些，就是腦袋和脖子是藍的，它的小尖嘴和爪都十分纖美。

林子裡還有一種野菜，菜梢捲成小圓餅狀，把那小圓餅掐下來，煮一鍋時，像一鍋毛毛蟲，初看有點嚇人，吃起來，卻有豆莢的清香，聽說它就是蕨菜。

小溪裡，你祗要搬動一塊石頭，就可看到石頭下躲著好多哈什螞，這種肚皮上有紅斑的小蛤蟆，聽說它的油是很珍貴的補品。我們也是一盆一盆煮著吃，公的祗是腿上有兩小球肉，別的地方都是骨和皮。母的帶子時，顏色難看，像一團黑泥，但吃起來又特別香。有時吃不完，就把活的用細樹枝串起來，一掛一掛拎回窩棚。

有一天，我們吃飽了，就沿著小溪往裡走。溪兩邊都是高大的闊葉樹，往上一瞅，見不到天，直接的陽光漏不下來，陽光在一層一層樹葉上，使得整個林子都浸在綠色之中。飛過的小鳥，一串一串銀鈴般的叫聲，彷彿也是一圈一圈綠色的音波。有些樹根旁還開了一小片一小片野芍藥，花朵有大碗口那麼大，美極了！在高大的樹下，它不但不顯得渺小，反而光彩閃耀，使得林子別開生面，別有情韻。夢一般的樹林啊！我們不敢往深走，害怕走到深處出不來。這時我才領悟到：真正懂得並熱愛這樹林的，是那些小鳥！是那些紅花！

田裡草還沒有長高，還沒到開鏹的時候，這二百多人中，有三分之一的分子被解除了，原因是他們待的時間太長了！我也得到了解除，從窩棚搬到了瓦屋。在等待回家的那些日子，我們滿山跑，找核桃，找枯樹枝。我還採過鮮豔的野芍藥，用漱口杯子養著。大約等了半個月，我們辦好了一切手續，三個一群、五個一夥地離開了這新建的窩棚屯。

　　我揹著一箱子書和行李，默默地走在這山間小路上。要回家了，這是多麼令人興奮的事啊！

　　走著……走著……我的心情又沉重了，我想到那些撒在雜草叢中的稻種，它們能長出秧苗嗎？

後記

　　在人生的旅途中，我已經翻過了七十五座山。一回首：煙霧茫茫，那第三十座山，它離我已是多麼多麼遙遠！快半個世紀了，它沒有成為霧，它沒有化為煙，它常常那麼清晰地顯現在我的眼前。

　　第三十座山，它應是人生旅途中一座春天的山，一座多彩的山！它能讓歡樂是百靈的歌聲在長空飄蕩；它能讓痛苦是山間泉水穿過嶙峋的怪石流出深山。

　　而我的第三十座山啊，那裡是我人生真正的起點！我在那裡真正懂得了風，懂得了雨，懂得在茫茫大霧中冷靜地去尋覓深藏的光源。在那裡我明白了美不用裝飾，也明白了善不用宣傳。

　　我的第三十座山啊，我真實地記錄下它的一些點點滴滴，那是淚珠也是花瓣。

　　在這裡我要特別感謝我的老首長──樓適夷老人，他生前一再敦促我記下這筆不尋常的遭遇。

作者

2002年初春

心遠齋雜鈔

太陽回家了

　　陽光從窗外照進來，兒子說太陽回家了。是啊！我們這個溫暖的小家是屬於太陽的。我們沒有什麼害怕太陽照曬。太陽照著簡陋的傢俱，破舊的衣物，我們也不會羞澀。

　　太陽回家了，兒子！在山南海北，太陽有許多家。但，我相信，太陽最愛的是我們這個家，因為我們的一切，都可以攤在太陽面前。

碎碗片

　　在海灘上，我拾到一片粗瓷碎片，是海潮把它推上海灘的吧！碎片被磨得沒有一絲兒刃，沒有一椎兒棱。祇是一小片樸實的釉，幾痕樸實的花紋，說明它曾經是碗。

　　碎片沉在海底，多少年月才能把它磨得這般光滑？多少年月才能把它推到海灘上？又過了多少年月才被我拾起來帶回書齋？

　　我默默地望著碎碗片，迷茫中，我聽到了風聲、濤聲，還有海鷗那饑餓的驚叫……

　　我默默地望著碎碗片，迷茫中，我想到這隻碗，掉到海裡時，它該是一隻完整的碗吧？是那各種各樣的石頭，是那五顏六色的貝殼在海浪的吆喝下，把它撞成碎片的吧？我默默地望著碎碗片，它確確實實是粉身碎骨了，再也無法把所有的碎片找回來重新拼成一隻碗。

　　我默默地望著這片小小的碎碗片，它碎了，但仍然保留著一小片樸實的釉，珍藏著幾痕樸實的花紋。

送亮

　　元宵節的黃昏，我的故鄉有一種習俗，要在祖墳塋裡每座先輩的墳前插上一支小蠟燭，俗稱「送亮」。這小蠟燭是紅的，手指粗，不到二寸長，鄉裡人叫它「磕頭蠟」，意思是這小蠟燭一點著，磕一個頭就燒完了，引申義是言其小，言其不值錢，好像還有唬弄鬼神的意思。

　　這小蠟燭還有其他用場，孩子們用它點在小燈籠裡；玩獅子、耍大頭、滾龍燈的來了，每家都要送上一對；在土地廟裡上供，也是用它。

　　那一年元宵，我還未上學，大約五、六歲吧，父親要我同他一起去送亮。把蠟燭放在籃子裡，我們先到河邊，父親拿出七支大紅燭，點著了，在河灘上插了個北斗七星。朦朧的月光洗淨了黃昏，四週夜色裡，簌簌響，我有些害怕。父親揹著我上山，站在山腰，遠遠望著河灘上的「北斗七星」，形狀雖然不像天上的北斗七星整齊清晰，但朵朵閃亮還是很美妙動人的。

　　在墳塋裡插完了小紅燭，父親揹著我，爬上山頂，再向沙灘望去，情景完全變樣了，那「北斗七星」的光亮變小了，但擺得平平正正，真像是天上的北斗七星移到河灘上了。迷茫的夜霧，繞著河對岸的群山，那些山，有的伸出頭，有的露出肩，顯得非常神秘，好像不是白天那些山，而是一群不知從哪裡飛來的神怪。

　　我很害怕，像是有冰涼的水澆在我的背心窩。四週的樹，前面的路，都是陰陰森森，我不敢做聲，恐懼極了。我緊緊地趴在父親背上，胸前有一團溫暖，感到這溫暖就是安全。

　　父親揹著我慢慢下山，他對我說，有許多孤魂野鬼，沒有後人給他

們送亮，他們祇能在河灘上的冷風中飄遊，這是非常可憐的。父親說，他在河灘上用大紅燭插了個「北斗七星」，是讓那些孤魂野鬼也得到一些光亮。

紅嘴鷗

冬月的昆明，藍得那樣令人迷惘的長空，從西伯利亞飛來一陣一陣紅嘴鷗。

這嬌麗的鳥兒，沒有大雁那樣紀律嚴明井井有條地橫空一個「人」字，或一絲不苟地直掠一個「一」字。但它們也不是亂糟糟哄作一團的烏合之眾，它們雖不能飛成不規範的「人」字，卻也能飛成蛇行一樣的「一」字，且常常在字的後面留些刪節號……

在朝陽下，這銀光點點自由而不散漫的鳥群，悠然而來，在空中，時而一樹點點梅花，時而輕輕街燈一串，有的忽而向前，有的忽而拉後，不管怎樣變換隊形，總是朝著一個方向翱翔。

望著它們，你會感到它們是多麼熱愛集體，也坦誠地尊重個體的自由。

紅嘴鷗，灰白柔和的羽毛，使它們顯得端莊淡雅。張開翅膀，翅內側邊沿有一串黑斑，你會突然感到這黑斑顯示著橫征萬里的威嚴。原來這柔麗的鳥兒，不把力量顯露在羽毛的外面。

紅嘴鷗，一身素裹，為什麼惟獨把小小的尖嘴和纖纖的腳爪塗抹得如此漂亮鮮豔？啊！它們是踩著朝霞來的，它們是叼著朝霞來的，它們是在用這鮮紅的顏色告訴世人：它們的生活裡──沒有冬天。

藍

宗璞在一篇散文中說，昆明那兒天空的藍色是別處沒有的。從她的文字中領略不到這「藍」的特韻。到昆明後，我看到這神妙的藍天，這「藍」確實是文字表達不出來的。

黎明時，我站在陽臺上，看到啟明星四週的藍天，藍得水汪汪的，藍得那樣嫩，藍得那樣純，藍得那樣空靈，藍得沒有了世俗的濃與淡……祇感到這藍天的後面還有無窮無盡的藍，不是孔雀羽翎上那驕俗冶豔的藍，這藍是溶解在從水晶揉出來的液體裡，聖母瑪麗亞眼珠的藍。藍得那樣清，藍得那樣正，藍得那樣沉穩，藍得那樣邈遠，藍得那樣一塵不染……

我說了這麼多，還是說不清楚這神妙的藍。你祇有走到滇池邊的西山頂上，仰望無際的藍空，彷彿自己也是一片藍，這時，我相信不會有塵世的什麼能煩惱你了。

點頭石

蘇州虎丘，有一小池死水，水邊有一個矮礅礅的石頭，龜縮著脖子，默默地站著，它就是點頭石。

傳說，曾經有一個老和尚，在這裡對著一群石頭講經。講完了，問他們聽懂了沒有？祇有一個石頭點點頭，大家都沈默著。和尚大怒，一邊罵著：「愚蠢不成材的東西……」一邊拿著鞭子，把不曾點頭的石頭統統趕下山去了。總算有一個石頭點了頭，於是和尚的名聲大震，講得連石頭都聽懂了，真乃佛法無邊，這就是「頑石點頭」的來由。

時間慢慢過去了，老和尚早已沒有了。被趕下山的石頭，有的被抬去做了地基，有的架了石橋，有的砌在高入雲霄的寶塔上，都獲得了永恆的堅實的生命。

而那個點了頭的石頭，卻孤零零地、空虛地、永遠無所作為地站在一小池死水旁邊，誰也不需要它，它祇有時時刻刻看著自己淒涼的映在死水裡渾濁的倒影。它好像在羞愧，它好像在悔恨，它好像在哀傷……它又好像要走，但茫然地不知走向何方？

飛過的小鳥似乎在說：「誰叫你胡亂地點頭？」

趴在它頭上的蒼蠅也似乎在說：「誰叫你胡亂地點頭？」

龍門石窟散記

　　我是從什麼時候知道洛陽有個龍門石窟的，已經記不起來了。而長久以來，在我想像中的龍門，兩岸是陡峭的萬丈深崖，奔騰的江水在兩山之間驚心動魄地轟轟而過……在那懸崖絕壁上，巨大的岩石被鑿成雄偉的石佛，遊人在奇險的山路上穿行……

　　一個美麗的初秋，我到了洛陽，當我乘坐的去龍門的公共汽車，在無窮無盡的林蔭道上飛馳的時候，我還是這樣想著，為即將要站在險峻的山岩上鳥瞰磅礴的大江而心情激動。

　　走下汽車，我站在龍門石拱橋頭，啊！這就是真正的龍門？和我想像中的龍門竟沒有一點是相似的啊！兩岸的山，沒有一點險峻的樣兒，像些慈祥的老奶奶，默默地坐在那裡曬太陽；伊水，也沒有雄偉的氣勢，像一個文靜而又俊秀的姑娘，清澈見底，輕輕地、靜靜地流。祇是流過禹王池的時候，池裡帶著熱氣的水，突然竄進河來，才發出銀鈴般純正而又歡快的脆鈴鈴的聲音。

　　走過拱橋，楊柳依依、石欄斜倚，伊水在這裡拐過山前，河面為之一闊，又像是那多情的西湖。幽美的湖光山色，又多麼像是當年白素貞借傘的地方啊！

　　從石拱橋南行不遠，就是禹王池，池子不大，有湧泉突出，一年四季恒溫26℃。稍稍站遠一點看，池水是藍的；慢慢走近一看，池水是綠的，這大概是池水十分清澈，而池底又密密麻麻長著水藻的緣故吧！池中有一太湖石筍，高高聳立，相傳是大禹治水鑿開龍門口時，用過的石砭。仔細思之，偌大的龍門，這小小的石砭如何鑿開得了？當年禹王爺

有再大的力氣，這沉沉的石砭又如何舉得起來？這傳說當然是無稽的。然而，再細思之，一個人祇要為人民做了些有益的事情，人們就要牽強附會於一山一水一木一石，編造些神奇的傳說發揚他的光輝，目的是要後代子孫永誌不忘啊！

再往南行，就是龍門石窟了，是我國三大石窟藝術寶庫之一。從北魏太和年間至宋、明，歷代都有造像石窟，而兩次開窟造像高潮，是北魏和唐。龍門現有窟龕二千一百多個，造像十餘萬尊，最大的17米以上，最小的僅兩釐米。碑刻約三千六百塊，佛塔四十餘座。這些琳琅滿目、巧奪天工的藝術瑰寶，是古代勞動人民一錘一鑿精心創作出來的血汗結晶！

古代藝術家們、能工巧匠們，依山就勢開鑿出這麼多形態萬千的石洞，有的洞仰頭觀看，看不清洞頂上的花紋；有的洞要彎著腰才能進去，一不小心就會碰了腦門。有的洞陽光滿照，清新明朗；有的洞昏昏暗暗，寒氣逼人。還有頂上開一朵大蓮花的蓮花洞；還有四壁坐滿了小佛的萬佛洞。有的洞走進去像是進入了童話世界，美麗的飛天手持鮮花好像要將花朵向你拋來；有的洞走進去，金剛怒目，大眼珠鼓出眼眶外，看一眼就想快點躲開。有的像披著輕紗，能看清紗裡的肌肉；有的像腳踏魔鬼，魔鬼咬著自己的嘴唇好像鮮血在流。有的像那樣暴躁，有的像那樣溫柔；暴躁的兇狠狠，好像要抓起你丟向河裡，溫柔的那聰明的樣兒好像能把你的心事猜透。在堅硬的石頭上不僅能鑿出柔軟飄動的衣衫，還能鑿出人的千變萬化的情感！誰能相信，這些是出自一錘一鑿的時代的勞動人民之手！

我想特別提到的，是龍門石窟的代表、龍門石窟的精華——奉先寺。這裡沒有鑿洞，而是劈崖就石鑿造的一群雄偉的石像，開鑿於唐高宗初年，用了二十餘年時間，到上元二年才完工。當時武則天以皇后的身份，捐獻了脂粉錢兩萬貫。主像盧舍那，按照佛經的說法是佛的報身像，也就是表現佛的智慧的形象。梵語盧舍那是光明普照的意思。盧舍那通高17.14米，頭高4米，耳長1.9米，微微上翹的嘴角顯得那樣溫柔，寬寬的前額充滿著慈祥。她好像在把無窮的愛，不斷地灑向人間。有人

說，當年的藝術家們是按照武則天的模樣修鑿的盧舍那，所以鑿成一個中年婦女形象。我站在各個不同的角度仔細看了她，總像浸沉在她的慈愛裡，我想，這一定是訛傳，武則天哪有這無邊的善良！

盧舍那兩旁的弟子、菩薩、天王、力士，都各有性格、各有形象。聰睿的阿蘭是那樣虔誠；肅穆的菩薩是那樣恬淡。嚴正的天王渾身是正氣；勇猛的力士滿眼是火光。以盧舍那為中心，構成了非常完整統一而又和諧的畫面。這是古代藝術家們，通過新穎的藝術誇張，巧奪天工，渾然一體，集體創作出來的美術史上的奇跡。

我默默地站在奉先寺的臺階上，長久地不忍離去。人世間有這樣神奇的藝術，誰能不為之心動神飛？

說倀

倀，據說原來也是人，被老虎吃掉以後，魂魄就變成了似煙非煙、似霧非霧、不清不楚、不明不白的——倀。倀不離虎的左右，用他特殊的身份掩蔽虎的兇猛，好讓虎能吃到更多的人。

其實，倀一生中最大的痛苦，是老虎給的，是老虎不讓他再吃那香甜的食物；是老虎不讓他再親吻自己的兒孫；是老虎剝奪了他溫馨的夢想；是老虎不讓他再見到燦爛的陽光……是老虎嚼爛了他的肌肉；是老虎舔盡了他的血漿；是老虎啃碎了他的骨頭；是老虎吞咽了他的肚腸……是老虎在春花秋月的現實世界中把倀消滅得不留一絲痕跡。

為什麼倀會成為倀？是老虎的淫威與兇猛嗎？是老虎的專橫與跋扈嗎？是老虎自封的山神大王嗎？是老虎能法力無邊嗎？好像都不是。被老虎吃掉的那麼多的鹿為什麼沒有成為倀？被老虎咬死的那麼多的野豬為什麼沒有成為倀？被老虎吞下的那麼多的兔子為什麼沒有成為倀？被老虎撕碎的那麼多的山羊為什麼沒有成為倀？

這些生靈犧牲後沒有成為倀，我想是它們的品質裏沒有倀那樣的無恥、下流。倀成為倀以後，他不記恨虎的奪命之仇，反而切齒嫉恨活著的人還活著。倀想：「我被老虎吃了，也不能讓你們好活！」於是，倀認賊做父了；於是，倀助紂為虐了；於是，被老虎撕碎的骯髒魂魄，倀又一針一線地縫補起來了。

當然，主要是，那些不會成為倀的生靈，是他們的祖先沒有遺傳下那種能成為「倀」的不分黑白的寡廉鮮恥的「奴性」基因。

可怕的煙霧

　　那是個多麼黑暗的時代！那黑暗是赤裸裸的，沒有在黑暗的週圍裝一環萬丈金光。嵇康被押赴刑場，司馬昭就是不管幾千太學生請願，毫無顧忌地下令——殺！野獸就是野獸，他不把自己裝成神，皇恩浩蕩躲躲閃閃甜言蜜語地賜你一條白綾去上吊，也不煞有介事大義凜然地逼你去沉江。司馬昭殺嵇康，就像一頭猛獸撕噬著一隻羔羊。

　　這種蠻橫而又狡詐的專制文化在這神州大地烏煙瘴氣地糾纏了幾千年。這是一種什麼樣的煙霧？連李白和杜甫這樣絕頂聰明的偉人也常常把自己丟失在這煙霧之中。李白赧顏躬腰地說：「但願一識韓荊州」；更不用說杜甫那誠惶誠恐的「致君堯舜上」了。我還想到山濤的推薦，如果是李白，他會揖呈「謝恩書」；如果是杜甫，他會跪進「感恩表。」因為那是他們走南闖北、嘔心瀝血、夢寐以求的想望啊！李白有時似乎清醒過來寫什麼「安能摧眉折腰……」實際上還是未能真正清醒過來，如真的醒悟了，怎麼會在年近花甲的高齡，不問青紅皂白迫不及待地去為李璘高唱：「雲旗獵獵過潯陽」呢？還有更讓人作嘔的「春日遙看五色光」，這裡的李璘被頌揚得好像就是堯舜了。當我想到李白為李隆基和李隆基霸佔的兒媳寫《清平調》的時候，真想大哭一場，這與他那滿身詩的靈光是多麼不協調啊！這煙霧把李白迷惑得在臨終前不久，身體那樣病弱，還想隨李光弼去建功立業，這是他至死也未能醒悟的遺憾。

　　這是一種什麼樣的奇怪而又可怕的煙霧？它遮掩美化野獸的猙獰；它混淆顛倒人的真假。在翻騰中，獸把獸的利爪舞得淋漓盡致；人把人

的真性丟得乾乾淨淨。良知未泯的，誰能不是血跡斑斑？

這是一種什麼樣的奇怪而又可怕的煙霧啊！

祇有嵇康，祇有嵇康是這煙霧中的一道光芒！是非的徹底，在嵇康這裡明明白白；自尊自重，在嵇康這裡真真切切！他生命的律動，點點滴滴，絲絲縷縷，一錘一錘，實實在在地響在他那沉重的鐵砧上。

嵇康這樣認真愛重自己，是不是太自私了呢？是的！然而，這又是一種多麼痛苦與無奈的自私啊！在專制文化那黑暗醜惡的煙霧中，不願丟失自己的自私，那是保護自己心靈上的一片陽光的自私。

這是多麼可憐的自私，自私得像是溪邊的一根小草，耳邊祇有流水的聲音，心上祇有天外的風嘯，它不會去搶佔別的小草的一點泥土，也不會去掠奪別的小草的一點水份。

這又是多麼可愛的自私，有了這樣的自私，人才不會變成豺狼。

漫談崔杼弒君

　　文天祥在他的《正氣歌》裡歌頌的浩然之氣，「一一垂丹青」裡排在第一的典故就是：「在齊太史簡」。在文天祥心目中，這太史兄弟三人是同天上的日星、地上的河嶽一樣，永垂不朽。

　　自從知道齊莊公為什麼被殺後，我倒很有些同情崔杼了。又覺得那三位太史，不值得與日星同在，太史的忠君行為，也不應該與河嶽共存。不是不怕死都是正義的，日本侵略者中的武士道精神也不怕死，可那是一群祇忠於天皇的橫暴的野獸。

　　崔杼是齊國的大夫，他的妻子名棠姜，生得楚楚動人，齊莊公看上了，與她私通。有一天，莊公偷偷溜到崔杼家，與棠姜幽會，崔杼知道了，就帶領隨從去捉姦，莊公逃跑時，被崔杼的隨從射死了。於是，太史就在《簡》上書一筆：「崔杼弒其君」。殺父殺君謂之弒，這是大逆不道的行為，誰得了這個「弒」的名聲，就不是人了，是禽獸一樣的千古罪人，是不恥於人類的狗屎堆。崔杼當然受不了，他就把這個太史殺了，這太史的兩個弟弟接替哥哥，「大義」凜然地照樣寫，又被崔杼殺了。第四位太史照寫的時候，崔杼的手軟了，殺不下去了，從此，他永遠揹著弒君的罪名而遺臭萬年。看來，崔杼的天良還未泯滅，他無可奈何地情願揹負著這惡名而沒有再殺下去，說明崔杼仁義之心還在。我想：這太史們，要是碰上敢滅你十族、敢開棺戮屍的強暴，能容忍你接二連三地侮辱自己嗎？

　　崔杼殺莊公不是謀反，不是篡位，莊公死，崔杼馬上立莊公同父異母弟景公為國君。這完全是一場情殺，太史為什麼不實事求是地在簡上

寫「莊公姦臣之妻被殺」呢？崔杼明明是殺姦夫，你硬寫成「弒君」，他能不砍下你的腦殼嗎？

由此我想到也是春秋時的齊桓公，他有一個寵臣叫易牙，善於飲食調味。有一天，桓公得意洋洋地（可能是開玩笑）說天下的美味他都吃過，就是沒有嘗過人肉。易牙記在心裡，回家就把自己的兒子烹了，做成人肉羹獻給桓公。想到易牙能用自己兒子的肉做羹調味的時候，誰能不為之心魂顫慄呢？如果桓公看上了易牙的老婆（這是完全可能的），他定會將妻香湯浴之、香衾裹之、親自揹之，獻給桓公。

比起易牙，我看崔杼還算得上是一條漢子。他媽的，你禍害我老婆，管他媽君不君，射了再說。這是用大丈夫的血性來保護自己的尊嚴，何罪之有？

千百年來，一直把崔杼推在罪惡的一邊，而三位不怕死的太史卻是正義忠貞的典範。這是不公平的！難道國君姦淫別人的妻女，是可以天經地義地不算姦夫？難道殺了一個流氓國君也是罪大惡極？這不問青紅皂白一條心忠君的思想和行為，是不是應該仔細尋思尋思──這是不是中國文化的嚴重缺陷？

我想，說明白了，文丞相是會同意我的看法的。

一件後悔的事

　　那一年我出差到佳木斯組稿，佳木斯文聯負責同志把我安排在一家賓館二人一室的房間裡。第二天上午，我訪問了幾位當地作家，下午在賓館整理訪問記錄。我埋頭書寫的時候，服務員送進來一位客人，一看是位年輕人，他一直沒有瞅我，我就不好同他搭話，他放好自己的旅行袋後，就拿著毛巾衣物進衛生間洗澡去了。這時，我收拾好筆紙躺在床上休息，他洗完走出衛生間，也不向我這邊瞅一下就拿起他帶來的報紙往床上一躺，看他的報紙。我心裡納悶：這是個什麼人物？如此傲慢。

　　晚飯後我回到房間，不見那個年輕人，突然電話響了，我拿起聽筒，「喂！你是孫縣長嗎？」

　　「不是，你等會來電話吧！」掛上電話，啊！原來是個「官」，難怪對老百姓連瞅也不屑一瞅。一會他回來了，一會電話又響了，那孫縣長躺在床上不動，電話鈴響一陣又一陣，他還不動。我怕是文聯或哪位作家打來的，就接了。「孫縣長嗎？」我說：「等一等。」我把話筒放在桌子上說：「你的電話。」他仍不瞅我，也不回聲地拿起話筒就嘮起來。嘮完了放下話筒也不向我說聲謝謝，又拿起報紙一躺。

　　我心裡一驚！怎麼會有這樣的縣長？這個人連起碼的家庭教育都沒有，怎麼能當一縣之長？他能讀報紙，說明他上過學，怎麼學校教育在他身上也不留一絲痕跡？他當了縣長，黨對他「為人民服務」的教育肯定是有過的，他怎麼就把黨的教育原湯原汁地全都拉出去了？我百思不得其解！

　　突然，我一下子明白了，古往今來人們所說的「小人得志」，這

大概就是具體的答案。人和小人的區別是：人，除了「自己」這個個體以外，還有別的許多個體和別的「自己」，自己的自己和別人的自己之間，有一些自古以來就形成了「平等、友善、關愛、互助」之類的美好行為，這些美好的行為充實了的「自己」，就是所謂「人」。這些能充實「自己」的內容沒有了，祇剩下他自己的自己，當然，這個自己作為「人」自然就「小」得多，所以我們的老祖宗叫這種人是「小人」。當然，小人從來也不覺得自己「小」，小人認為他的這個自己比地球還重，比宇宙還大，所以他隨時隨地要抬高他這個自己，也隨時隨地要別的個體來抬高他這個自己，抬得花殘樹倒也要抬，抬得屎尿橫流也要抬，抬得天旋地轉抬得血流成河……小人的自己也決不會從別人的自己的肩頭跳下來。

　　第二天，我在一位老友家聊天，回到賓館已是深夜十一點多，我遠遠就望見我住的那房間亮著燈，我想那縣長肯定未睡，為了不給服務員添麻煩，我直回房間。我敲了幾下門，未開，停一會我又敲幾下，又未開，我斷定那縣長不在，就去找服務員，門一開，氣得我魂魄都在冒煙，那縣長一隻肥腿翹在另一隻肥腿上正躺著看報紙。我沒有做聲，睡下後折騰老半天也睡不著。後來我後悔了，當時我完全應該大罵一聲：「你這個王八蛋！」

作協與做鞋

報載林默涵先生的信「不該嘲笑」，讀後，我是同意林老的意見「不必嘲笑」「不必搖頭」的。但有一點林老沒有提到，這位服務員應該認真學習。多少年來，我們滿足自己的無知，結果做了許多無法挽回無法原諒的蠢事。這位服務員不加強學習，仍然把「作協」當做「做鞋」，假若葉文玲在這賓館得了一場急病，正好又是這位服務員當班，要她通知河南作協趕快來人送醫院搶救，而她卻不停地給河南做鞋廠打電話，耽誤了搶救，那時，不祇是搖頭，我看要痛哭了。

知識是多麼重要啊！它可以創造美好的生活，它可以改造我們的物質世界，還可以純潔我們的心靈天地。沒有知識，就沒有人類的文明，滿足自己的無知與蟲草何異？

作為服務員，不必弄清「曲面延伸地計算」，也不必弄清「墨家思想的淵源」。但「作協」「音協」「美協」這些普通知識是應該弄清楚的，因為你要接待從這些單位來的客人。

身份不是糖

一位朋友告訴我一件事，我不相信。我的朋友發誓說：「我要撒謊就是一隻癩皮狗。」朋友說得很認真，而我半信半疑很難相信有這樣的事實。

朋友說，他在北京時，有一位畫家在北京賣畫，一般的畫價，一幅都在一千元上下。而這位畫家提出他的畫，一幅最低開價要六千，原因他是全國××委員，賣低了與他的身份不合。

這位畫家把身份當做糖，把藝術當做麵粉，揉在一起了。這是多麼古老的、人類進入階級社會初期的、原始的高人一等的壓迫意識！在這文明時代，怎麼還有這樣的陳舊觀念，難道思想也能返祖？這真是不可思議的事。這畫家不明白，如果藝術是麵粉，這糖不能是別的，祇能是道德和真情。藝術的優劣與身份的高低是毫無關係的，完全是風馬牛不相及的兩回事。李煜在文學上的不朽，不是因為他是南唐的皇帝，而是他當了俘虜以後流露的那些真情；李清照的不朽，也不是因為她是太守府的夫人，而是她成為流落越州等地的難民以後的那些傷心的血淚！

畫家想用他的身份來抬高他的畫價，畫家沒有想到，這樣，他的身份也就成為商品了。從畫家自己的要價來看，扣除畫價一千元，他的身份祇值五千元，這身價是不是也太低了？

我想可以這樣說：把身份看得重如泰山的人，那他的道德真情良知一定是鴻毛，輕如炊煙的鴻毛。

「仁」，不在天上

　　老工頭好幾次發現前院劉師傅的兒媳到他家的豬圈裡偷糠。他納悶，偷這不值錢的玩意幹什麼？他沒有聲張，不能為這點小事弄得鄰里難堪。

　　這天，老王頭見劉家媳婦又偷一小盆糠走了，過一會，他躡手躡腳走到劉家窗前偷偷一看：老劉師傅正在燒火，劉家媳婦正在把和好的糠往鍋上貼糠餅子。天啦！這是劉師傅家的一餐飯！

　　老王頭不識字，他沒有讀過「堂前撲棗任西鄰」，也不知道杜甫是誰。而他此時的心情比杜甫還要沉痛，他用那粗糙的黑手抹了一把渾濁的淚，再把巴掌在衣服上蹭一蹭，嘴裡叨咕著：「人怎麼能同牲畜吃一樣的東西啊！人怎麼能同牲畜吃一樣的東西啊！」

　　老王頭的生活也不輕鬆，他餵了兩頭母豬，近年來餵豬的太多，小豬崽賣不出好價錢，加上稅又重，要保本都很費勁。可是他一想到劉家三口都在一個工廠，全都下崗，他更為劉家著急，可他無能為力啊！

　　自那天以後，老王頭每天一早起來，餵了豬以後，再在糠堆上鋪一層厚厚的包穀粉。

范仲淹到過岳陽

最近讀已故作家汪曾祺先生的作品自選集（灕江出版社出版），讀到《湘行二記》中的第二記《岳陽樓記》（原書第72頁），其中有這樣的記述，現照原文節錄一段如下：

> 寫這篇記的時候，范仲淹不在岳陽，他被貶在鄧州，即今延安（按：此處係作家誤記，鄧州在河南，延安當時稱延州），而且聽說他根本沒有到過岳陽，《記》中對岳陽樓四週景色的描寫，完全出諸想像。這真是不可思議的事。他沒有到過岳陽，可是比許多久居岳陽的人看到的還要真切……范仲淹雖然可能沒有看到過洞庭湖，但是他看到過很多巨浸大澤。他是吳縣人，太湖是一定看到過的。我很深疑他對洞庭湖的描寫，有些是從太湖印象中借用過來的。

作家在這裡提到范仲淹根本沒有到過岳陽是聽說的。聽說的事，有可信的，也有不可信的。遺憾的是作家在這裡沒有作深入考察，輕易地相信了「聽說」，於是得出了對岳陽樓四週的景色的描寫完全出諸想像的結論，進一步闡明「他沒有到過岳陽，可是比許多久居岳陽的人看到的還要真切。」

作家沒有說清楚，描寫沒有見過的景物，這「真切」從何而來？如果出諸想像的描寫能描寫得比久居岳陽的人還要真切，這倒真是不可思議的事。作家也可能覺得這推斷的結論不夠有說明力，於是說范老夫子

是吳縣人，見過很多巨浸大澤，太湖是一定見過的，對洞庭湖的描寫是從太湖印象中借用過來的。於是作家給「出諸想像的描寫也能真切」的結論劃上了圓滿的句號。

世界上不會有兩個完全相同的人，也不會有完全一模一樣的兩個湖。太湖和洞庭湖在風貌上、氣質上是完全不一樣的，一借用，肯定會風馬牛了。別的不說，就說太湖的山，那完完全全是沉沉地壓在湖波之上，這裡用「托」、「舉」都不行，完全是「壓」，那范老夫子輕輕的「銜遠山」的「銜」是從何處借來？「吞長江」的「吞」就更不用說了，那是太湖根本沒有的氣象。我認為借太湖來描寫洞庭湖的說法是非常牽強的，是作家想當然耳。

寫到這裡我記起1997年3月讀到黑龍江《生活報》上張放先生一篇談范仲淹的文章，也說范仲淹沒有到過岳陽而寫出了不朽名文《岳陽樓記》。還記起了1985年10月在滁州「醉翁亭散文節」上，一位天津的編輯發言，他說作家不一定非要寫親身經歷的題材，舉例說范仲淹根本沒有到過岳陽，而他的《岳陽樓記》卻寫得那麼好。大江南北都有人這麼說，口頭上、報紙上、著作裡都有人肯定這一說法。

那麼，是從什麼時候、是誰最早這樣想當然說的呢？以訛傳訛傳到今天，傳得這樣廣，若要查的話，可能不容易查清楚了。

實際上，范仲淹是到過岳陽的。讀過范仲淹傳記的人都知道，他曾在洞庭湖邊吟誦過屈原的詩：「嫋嫋兮秋風，洞庭波兮木葉下」，這是傳記中記載的情節。不過，那時他不叫范仲淹。

范家原籍河北，後遷居江南，定居蘇州吳縣（今蘇州市）。范仲淹的父親名范墉，在徐州（今江蘇徐州市）任武寧軍節度掌書記。范仲淹就出生在徐州官舍，兩歲時，他父親病逝，他母親改嫁，繼父叫朱文翰，給他改姓名——朱說。

朱說隨著做縣官的繼父到過很多地方，如池州（今安徽貴池）淄州（今山東淄博市，他切粥苦讀的故事就發生在這裡）。朱文翰調澧州安鄉（今湖南安鄉）出任縣令時，帶著朱說母子從岳州（今岳陽市）乘船橫穿洞庭抵達洞庭湖邊的安鄉。《范文正公集》附錄《褒賢祠記》卷二

《文正公讀書堂記》，便記有朱說在安鄉嘗讀書於老氏之室，曰：興國觀者，寒暑不倦。當時，岳州給他留下了很深的印象，所以才有後來：「銜遠山、吞長江，浩浩湯湯，橫無際涯……」這麼親切這麼自然這麼準確地描寫！不是親眼所見，怎能寫得如此準確？沒有到過岳陽，這「銜」、「吞」二字從何而來？這是杜撰不了的，也是無處可借的。這時，朱說已是胸懷大志，能吟誦《離騷》的少年。

由此，我們知道，范仲淹是到過洞庭湖的。

朱說登第以後，被派到廣德軍（今安徽廣德）任司理參軍，管理獄訟。離開廣德到亳州任節度使推官時，才上表請求恢復原姓，這樣，他才叫范仲淹。這是北宋天禧元年的事，他已經二十九歲了。

隨感二則

電視裡播放京劇《將相和》，趙王任藺相如為丞相，廉頗嫉妒，回家在廳堂裡憤怒地唱：「藺相如小孺子有什麼本領……」這廳堂掛了一幅大中堂，中堂右側掛一立軸，上書張旭詩：「隱隱飛橋隔野煙……」左側也掛一立軸，上書李白詩：「玉階生白露……」舞臺上分明佈置的是趙國將軍廉頗的廳堂，掛上的卻是唐代詩人的詩作，那行書雖然嫵媚流暢，但怎麼看怎麼都覺得彆扭。因為廉頗同張、李二詩人相隔好幾個朝代，張、李要晚出生差不多一千年，他們的詩作如何能掛在廉頗的廳堂裡？而且那時候也沒有紙質的中堂、立軸。導演如安排廉頗以前的一些經書上的格言，刻在竹木上，那就不會讓人感到彆扭了。

無獨有偶，電視劇《清官于成龍》裡，于成龍救了許多窮人家的孩子，後來給那些孩子每人做了一身新衣服，親自送上船。有人為了感謝于大人，叫那女孩唱隻歌給大人聽，那女孩說：「我會唱越劇天上掉下個林妹妹」，於是十足的浙味越劇大聲唱將起來，于大人聽罷也帶頭鼓掌，歡樂之情在河上飄蕩。

如果你查查《辭海》就知道，于成龍生於1617年，1679年去世，曹雪芹生於1716年，1764年去世，他們生活的年代相差一個世紀，那無論如何于成龍也不會聽到「天上掉下個林妹妹」。再說「越劇」是1942年才正式定名的，原是浙江嵊縣一帶的地方戲，名曰「擔擔戲」，越劇的誕生還不到60年，于成龍時代哪來的越劇？可編劇就這麼編，導演就這麼導，演員就這麼演。當然，觀眾就不一定這樣看了。

從事文化工作的人，應該豐富自己的常識，提高自己的文化修養，讓于成龍聽越劇，不等於讓曹雪芹坐噴氣式飛機嗎？

門鏡

　　門上裝一隻小小的門鏡，像長出一隻銀亮的小眼睛。忠厚樸實的門，突然變得聰明了，充滿了智慧。這小眼睛，好像能分清是非；好像能明辨善惡；好像一切卑劣的東西都逃不過這小小的眼睛。

　　友人從北京回來，給我捎來一個小門鏡。

　　我拿著門鏡，閉上一隻眼睛，對準坐在我身邊的友人。不可思議的現象發生了，這小紐扣一樣大小的玻璃竟歪曲了我的友人的形象，把他變得那樣小，而且還向後推得那樣遠，小胳膊小腿，像一個侏儒，他坐的沙發也變成玩具沙發了。我開始認識到門鏡不實事求是的驕橫性格，也認識到它是死心塌地為人世間最不乾淨的私心效忠的。

　　我要門鏡幹什麼？它不但醜化了站在門前的友人的形象，還會讓友人感到失去了我對他們的信任。

　　再說，敲響了門，從門鏡望去，是一個陌生人，我又怎能不開門呢？如果他是迷路者、如果他是尋人者、如果他是口渴者，我又怎能不給以幫助呢？

　　我把門鏡拿在手上撫弄再三、思索再三……終於，我把它扔進垃圾桶裡了。

小狗「吃醋」

　　一位女士抱著一隻卷毛小黑狗，在林蔭道上漫步，碰見她的女友抱著孩子迎面而來。兩人笑嚷了一陣後，女士放下小狗，雙手接過女友的孩子，連連說：「好漂亮的娃兒！好漂亮的娃兒！」小黑狗見此情景，急得汪汪亂叫，兩隻後腿站立起來，兩隻前腳搭在女士的腿上，假啃女士的腿，然後又撲向那女友亂抓亂汪……女友驚慌地連忙抱過自己的孩子，說：「狗也知道吃醋」。女士抱起小狗，小狗安靜了，趴在她的手臂上一動不動，女士也說：「連小狗都懂得吃醋，何況人呀！」乍聽，似乎有道理，小狗都會吃醋，何況人乎？但仔細尋思，又覺得不對了。狗，祇有「私欲」，「吃醋」是爭取滿足私欲的一種表現。人也是有私欲的，但人不應該祇有私欲。有的人確確實實是除了私欲之外別的什麼也沒有，這就值得認真尋思了。

出土文物有感

「四人幫」倒臺後，在報紙上讀到一位作家把自己比做「出土文物」。乍一聽，覺得比喻貼切、新鮮。仔細一想，就浮想聯翩了。

我見過不少出土文物，有硬邦邦站立著的陶俑；有刻著可怕花紋的三腳鼎；還有樸樸實實的尖底陶罐和精巧的塗過油漆的小木盒……我還在幾個博物館中看到過出土的寶劍。那些寶劍差不多都鏽成了泥，那黑灰黑灰長條條的東西，拙劣的形狀，很難叫人相信它們有過叱吒風雲的歷史。

寶劍鏽成了泥，連一根枯草也割不斷，更不用說殺雞了。即使有過光輝的歷史，而今鏽變了模樣，鏽變了質，那躺在金絲絨匣子裡的殘缺肢體，怎麼能叫人聯想到易水上的荊軻和臥薪嚐膽的勾踐？

文物當中，當然也有可愛的品質優良的物品，那些陶罐、木盒，儘管他們不曾有過驚天動地的過去，但它們盛過水，裝過食物，而今也是可以使用的，它們樸實的形象至今還有生命的光澤。

淺談寫小詩

　　那是一個夏天的夜晚，我第一次讀完了泰戈爾的一部詩集，我滅了燈，從後門走出去。夜色，全變了，昨夜還是平庸的星星，突然全都活躍起來，閃爍著動人的光華。遠處的山影、近處的溪流、彎彎的月亮，都在向我傾訴著無邊的愛情……

　　多麼奇妙的詩啊！一絲兒風，一朵兒雲，一盞燈，一叢綠葉，無不充滿著純潔無私的情愛。是泰戈爾的詩把我引入人生、大自然的感情世界，這世界裡的一切是那樣優美，是那樣和諧，是那樣使人深深地眷戀！

　　從此，當我蹣跚在自己坎坷的人生道路上，不管碰到什麼樣的狂風暴雨，我總感到生命（包括那些小花、小草……）是美好的。因此，我常常寫些小詩傾吐自己對人生的熱愛，對光明的追求，對醜惡的東西也無情地鞭笞。

　　我寫這些小詩時，常常是借物抒情的，讓這些「情」裡多少有一點人生哲理。如「一隻小飛蛾／死在油燈下／它很幸福／因為／來自黑暗中」。一般的說法是「飛蛾撲火自焚身」，意思是自己找死。我想：飛蛾為什麼要撲向燈焰裡？啊！它追求光明！它知道會燒死的，但見到了光明，哪怕是瞬間的光明也比生活在黑暗中幸福啊！古往今來多少英烈為了追求光明犧牲自己，不也是這樣的情懷麼？從這裡，我們不是也認識到：在黑暗中的生命，即使活足了天年，那又有什麼意義呢？這是「借物抒情」，把「理」向深處推進一層吧！

　　我也試探著用想像得美一些的形象來說明這個「理」。如：「是誰／點燃了黎明前的那顆星／啊／是飛去的螢火／它最懂得／夜的深

沉」。我想，啟明星亮了，大好的光明就要來了。然而，啟明星是誰點著的呢？無疑一定是螢火蟲了，在漫長的黑夜，它提著寒傖的小燈籠，在山前湖畔艱辛地探著求生之路，還有誰能比它更渴望大好的光明呢？這想像是虛構的，但要有可信的「理」把虛構的想像立起來。再如：「滿山的杜鵑／開了／那是／從朝霞裡飛來的一群蝴蝶／把天上的顏色／帶到人間」。這群蝴蝶雖然比不上普洛米修斯的事業轟轟烈烈，然而，美化人間，不也真誠可愛嗎？

我寫這些詠物哲理小詩，有時是信手拈來，有時是冥思苦想。

有一天，正是春杪飛花季節，幾朵楊花飄落在我的陽臺上，陽臺被我掃得乾乾淨淨，沒有半星塵土，也沒有水。我看著那彷彿在顫動的小絨球，惋惜地想：「而今你該怎麼辦啊？」於是我寫：「一朵楊花／落在我的陽臺上／楊花啊／你怎麼能／不假思索地隨風飄呢／而今／你把根／紮向哪裡」。這確實是信手拈來的。有些人常常隨心所欲去做自己不該做的事、去自己不該去的地方，後果不是同我陽臺上那朵楊花一樣的不堪設想嗎？

有一次在拙政園碰上了雨，我穿過一座亭子，走進一條長廊，走了一會，突然聽到一陣很響的雨聲，跟別處的不一樣，我向廊外望去，原來是一叢芭蕉在作怪，這芭蕉多像那些腦滿腸肥聞著風就是雨的、不實事求是大喊大叫的胖子，於是我寫：「肥大的／芭蕉葉片啊／你為什麼／要／誇大雨的聲音」。這裡我沒有直接了當說責怪的話，我想讀者是能領略到責怪的情緒的。

有一個月夜，我在玄武湖邊漫步，欣賞著動人的湖光月色。一會，一陣風來，湖面蕩起一片漣漪，把湖裡的月亮弄得飄忽不定，一陣感觸，我寫道：「天上／一個月亮／湖裡／一個月亮／天上的月亮／不怕風／湖裡的月亮／見了風／一會兒變細／一會兒變長」（去年我讀到一首臺灣詩人『詠月』的詩，頭兩句與我的詩句相同，我這首詩是發表在1980年9月號的《北方文學》上，臺灣詩人也不會讀到《北方文學》，因此，它們毫無姻親關係）。寫這類詩，我總注意把點「理」放進拈來的形象裡。

有的信手拈來完全是白描的，如：「白鵝／劃過河來／春水／把它的腳／洗得更紅／把它的羽毛／洗得更白」。再如：「兒子／把一片紙／放在臉盆裡／他說／我的船／要遠航了」。這裡完全是白描的，是沒有什麼「理」的，祇是表達一點純淨的藝術情趣吧！

　　再談談冥思苦想的例子吧。有一次在動物園裡，見到大鐵籠裡一隻瘦瘦的老虎，它繞著圈兒匆匆忙忙地走，連尾巴都沒有工夫甩動一下，焦灼的眼睛什麼也不看，祇望著自己的「路」。我想：它為什麼這樣無休無止地焦急地走呢？餓了？角落裡分明有一塊肉啊！我思索著……晚上，我寫下了：「老虎／在鐵籠裡／匆匆忙忙地走／無休無止地走」……老虎那瘦凌凌的骨架，那焦灼的眼睛，那下垂的尾巴，都在我眼前晃動。我思索著……突然，一陣心酸，我寫下了「……老虎啊／不是在覓食／而是／執著地／走著回家的路」。鐵籠裡的老虎永遠也走不回去，而它那橫下一條心一定要走回去的精神是多麼值得人同情啊！

　　也是在動物園裡，我站在籠子跟前，幾隻丹頂鶴走過來，仔細看一看：它們的丹頂，確實像扣上一頂紅紅的小帽兒。這帽兒無疑是它們的母親給它戴上的，為什麼一代一代都要戴這小紅帽兒呢？我思索著……思索著……啊！我記起了鶴的家族有「高鳴常向月，善舞不迎人」的高潔自愛的家風，所以它們一代一代的母親都要給自己的孩子戴上小紅帽。於是我寫：「丹頂鶴／你的母親／為什麼／給你戴一頂小紅帽／啊／要你記住／太陽的顏色是紅的／心的顏色也是紅的」。

　　草草地寫了些我自己是怎樣寫詠物哲理小詩的。我祇寫了些自己的創作體會，談不上是什麼經驗，希望得到大家的批評。

詩的含蓄

　　詩的含蓄，是詩人把自己對事物的認識及因事而發的最深摯的思想感情，不一語道破，而是讓它溶解在詩的字裡行間，正像花的馨香隱藏在婀娜多姿的花瓣中，溶解在飄動的空氣裡⋯⋯

　　大家都熟悉李白在黃鶴樓送孟浩然的那首絕句，在一個美麗的春天，李白送他的友人離開這裡，他是多麼捨不得友人離開啊！這種感情，他沒有明白說出來，而是讓它溶解在詩人創造的蒼茫而又淒清的詩的意境裡。「孤帆遠影碧空盡，唯見長江天際流。」這是多麼普普通通的詞組成的普普通通的句子，即使不識字的人，也能一聽就明白。為什麼這樣普通的詞組成的詩句，千百年來這樣強烈地感染著一代又一代的讀者？正是詩人把千百年來人所共有的純真的真摯的惜別之情，溶解在這普普通通的詩句裡，啟發讀者的深思，增強了詩的藝術效果。

　　詩人看到的江水是多麼浩淼而又遼闊啊！他一直看到友人的帆影消失在水天相接的地方，忘記了時間，忘記了週圍的一切，默默地佇立在黃鵠磯頭，我們不也就感到了詩人一腔惜別之情，化作了一江春水，追隨著帆影無窮無盡地流去麼⋯⋯

　　詩的含蓄，可以使你深思，可以使你回味，可以加深你對詩情的理解，從而使你得到純真的美學上的享受。

詩的「雕琢」

論詩，有一句老生常談的話——「詩的『雕琢』」。雕琢違反了「天然去雕飾」的詩教，不自然，不歸真返璞……也就是說，「雕琢」會把詩引向荊棘叢生的邪路。

實際上，詩的語言的錘煉，詩的語言的晶瑩，就是靠雕琢得來的。不雕琢，一塊普通的石頭怎麼能成為深情的維納斯？所以，詩的語言，是要下功夫去雕琢的。要雕琢得美，要雕琢得巧，要雕琢得自然，要雕琢得有聲有色，要雕琢得使讀者驚心動魄地感歎！

應該把詩的語言的雕琢，看成是姑娘修改自己不合體的衣裳，小夥整理自己平庸的髮式。不能把「雕琢」看成是損害詩的行為。嚴格說來，不雕琢就沒有詩。破壞詩的審美價值的雕琢，是感情的雕琢，不是語言的雕琢。有一位詩人說：「真，是詩的靈魂」。詩人的感情是不能雕琢的，感情一雕琢就糟了，就失去真了，失去靈魂了。詩如果沒有靈魂，那就是一堆討厭的文字空殼了。有的詩人在感情上根本沒有那回事，硬要寫那回事，雲天霧罩的「啊」！天上地下的「啊」！人們說這是玩弄辭藻，實際上是玩弄感情。

所以，破壞詩的審美價值的，不是語言的雕琢，而是感情的雕琢。

新詩的「內在韻律」

　　我們的新詩，幾十年一直在艱苦地跋涉，始終沒有走出困境。我想，是前一代新詩人邯鄲學步留下的「爬」。他們把幾千年的中國詩歌優良傳統一筆勾銷，西方那種拼音韻律又無法強加在方塊字上，祇能搬來一些披頭散髮的形式。詩人們，真乃是畫虎不成了。

　　新詩不能琅琅上口受到無情指責的時候，不知是哪位先生自欺欺人地站出來說：「新詩強調的是『內在的韻律』」。這一「內在」理論還真的把人們都唬住了，風靡一時，竟成了有些新詩人的一把發光的保護傘。這一「內在」理論幾十年來竟成了他們那一盤散沙的詩句的生存根基。從此，有些不講韻律的新詩人，可以肆無忌憚地「啊、呀、喲」了。好像世界上真的有一種「內在」韻律，不要人工琢磨，天然長在詩裡頭。

　　韻律是屬於聲音的，它是外在的。常識告訴我們聲音是唇、齒、舌、喉的事，與心腦無關。韻律是屬於聲音，像星星屬於天空一樣，誰也不能把它當麵湯喝到肚裡去。韻律屬於聲音，是讀來琅琅上口，讓人聽來悅耳的，有些新詩人異想天開把它硬吞到肚裡去，恐怕他自己也祇能在夢裡才能聽到這內在的韻律吧！

　　這裡我要說清楚，我不是說沒有韻律就不是詩，自由詩不講韻律，也有很好的詩，也有不朽的寫自由詩的詩人。

　　我也不是談新詩要不要韻律，我祇是說新詩根本沒有「內在韻律」這一語言現象。

傳統觀念的詩人形象

有　篇文章：〈對詩的追求〉，作者說：「傳統觀念裡的詩人形象，當是個儻不羈、能歌善飲——『斗酒詩百篇』的風流才子。嚴峻的歲月未能把我造就成那樣的一個幸運兒。」

……

作者在這裡把傳統觀念的詩人形象完全弄錯了，「能歌善飲、風流倜儻」的詩人形象是市井文學裡編造的，如點秋香的唐伯虎；被蘇小妹三難的秦少游；要楊玉環捧硯的李白等等。作為民間文學是可以這樣編造故事供人茶餘飯後一笑，但決不能把它當作真實的歷史，更不能將這些編造的故事說成是傳統觀念裡的詩人形象。

什麼是傳統觀念裡的詩人形象呢？我看：「長太息以掩涕兮，哀民生之多艱」；「朱門酒肉臭，路有凍死骨」；「白骨成山丘，蒼生竟何罪？」「夜闌臥聽風吹雨，鐵馬冰河入夢來」……把自己的詩歌與祖國人民的命運緊緊地聯繫在一起的詩人們，才是偉大的中華民族孕育出來的傳統觀念裡的不朽的詩人形象！

前面說到的那篇文章，我懷疑作者祇聽過「評彈」和「大鼓」，沒有讀一讀《中國文學史》。作者如果讀過幾頁隨便什麼本子的文學（史或文學）簡史（幾頁就讀到了屈原），也不會自鳴得意、自我陶醉地標榜自己是前無古人的最完美的詩人。

「斗酒詩百篇」，是杜甫對他的好友李白的才情如海、下筆有神、不畏權貴的豪邁精神和崇高的人格力量歎為觀止而發出的「李白斗酒詩百篇，長安市上酒家眠。天子呼來不上船，自稱臣是酒中仙」的讚頌。

千百年來，再也沒有另外一位詩人當受得了這樣的讚頌。「斗酒詩百篇」幾乎是李白專有的藝術形象。而作者把人類歷史上這樣一位偉大的詩人說成是「風流的幸運兒」，確實是太欠思考的事。

從扶桑樹下走來的詩人
——淺談馬合省的詩

　　近年來，在詩壇上，常常碰到一些粉墨登場的詩人，有的給自己抹了個紅臉蛋，有的在自己的腦門上點了點吉祥痣，還有的給自己畫了個大花臉，無論如何，也看不清這些詩人的本來面目。

　　讀馬合省的詩，像一陣陣純樸的感情在生活的深谷裡迴盪的聲音，不管是長空電裂，還是大海掀騰；不管是柔風輕搖竹影，還是母親燈下低吟……都是那樣自然、真實！媽媽給了他一條這樣的聲帶，他不曾拉長，不曾加厚；不曾削薄，不曾剪窄，詩人就是用這一條帶有中原大地黃土顏色的聲帶來高歌低唱他所認識的人生！

　　馬合省是軍人，所以他的詩大多是寫部隊生活的。軍人的生活，如果不深入下去，很容易寫成概念的、綠呼呼的豪情一片。而馬合省捕捉鮮明的形象，把單調的部隊生活寫得妙趣橫生。他寫的在邊關的戰士「鋪一片草地，枕一隻手臂；我愛在假日的邊關，沐浴著陽光暢想，並在暢想中睡去……」多麼單純憨厚可愛的形象。詩人描繪的，在哨所站崗的戰士，吹柳笛的戰士，在小溪邊洗臉的戰士，撩開夜幕走路的戰士，無不虎虎而有生氣，在讀者的心上留下了真實的音響。

　　詩人在抒寫戰士的精神面貌的時候，也擺脫了慣用的豪言壯語，如：「……但是，當祖國需要我時／需要我生／需要我死／需要我用自己的血／澆平生活的彈坑／我都不會驚恐／我知道，我是／軍人，無論什麼時候／都應敢在血的河流裡／大笑著，鍛煉水性！……」這些平淡的毫不裝腔做勢的而又燃燒著烈火的語言，把一個大無畏的戰士的英雄形象豎立在讀者面前。詩人在這裡把戰士的感情昇華到敢在血的河流裡

大笑，一個塗脂抹粉的詩人是不會有這樣感情的昇華的。用這樣鮮明的形象表達軍人的豪情壯志，收到了詩應該收到的美學效果。

軍人，不祇是刀光劍影，向前向前向前……軍人的精神世界也是絢麗多彩的。馬合省在這方面也有新的開拓，他寫戰士對家鄉的思戀，是那樣深厚而又纏綿。如：「我從中原故鄉來／我來自黃河岸／我就是黃河／壯烈的黃河……」詩人在這裡用簡練而質樸的語言，把戰士和家鄉的深遠關係，表達得多麼準確、深刻。黃河岸邊來的戰士，告訴人們，我來自黃河，而他和黃河的關係呢，古往今來多少事，要說清楚，那該要用多少感人肺腑的語言啊！而詩人在這裡沒有娓娓道來，而是祇用了五個字：「我就是黃河！」我的故鄉在黃河邊，我就是黃河，黃河就是我，戰士那種樸實的與家鄉割不斷的愛情，盡在五字中！故鄉，那貧窮寒酸的故鄉，在戰士的心中激起過多少沉重的思戀的浪花。那花轄轆大車，母親笨重的織布機，土布兜肚，去供銷社換鉛筆的雞蛋……這些在別人是毫無意義的瑣事，而詩人拾將起來塑造戰士的形象，使得戰士更加純潔，更加厚實而又詩味無窮。

上面談到的這些，我們說詩人馬合省的作品是符合「出語平淡、立意精深」的詩教的。馬合省的詩並不是照像式的、平淡的自然主義。他的詩，有極美的意境，也有極巧的語言，在藝術上他是有所追求的。袁簡翁說：「詩宜樸不宜巧，然必須大巧之樸；詩宜淡不宜濃，然必須濃後之淡。」簡翁在這裡說的「大巧」和「濃」是指詩的藝術構思和思想內容的厚重，也就是要求詩人在生活中要有新的探索新的追求。

讀馬合省的詩，能看出詩人艱辛地探索的足跡。當我們讀了：「心頭常掛著故鄉枝頭的秋棗，它平凡渺小，卻紅過都市的燈籠」、「人生的路原本是一條征途，有時候，不匍匐就不能前進！」、「雲給咱拋下一條小繩：——啊，山中這條崎嶇的小路！」這些句子是很平淡的，也是很美的，詩人把濃烈的詩情溶解在這些平淡的語言裡，不做艱辛地探索是不可能達到的。

為了更深地理解馬合省在探索中的追求，我們完整地讀他的〈古老的神話〉吧！

流傳了千年

流傳了萬年

古老的神話

踏平了我童心的門檻。

我英勇的后羿射落九顆太陽

為人間清除了九大災難⋯⋯

聽膩了，不想再聽，

誰知道這故事是不是欺騙；

不想再聽，也不想再信，

我想重新理解后羿的弓箭。

天庭上為什麼祇能有一顆太陽，

那九顆冤魂為什麼不能平反！

迎著照耀今天的太陽，

我們淘金在北國的深山。

蕭殺的風裡，我感到渾身寒冷，

眼前的砂金，卻使我心頭溫暖。

哦，它們是當初被射碎的太陽嗎？

忍受苦難之後，依然閃爍著光焰！

天上這一顆太陽，它是幸存者嗎？

幸存者該不會滋生專橫和獨斷。

那麼，就讓我們開採古老的黃金吧，

用火一樣的熱情和不惜血汗的勇敢！

舉起一千顆、一萬顆富強的太陽，

——人世間本該擁有更多的溫暖！

　　多麼平淡的語言！多麼深沉的思想！多麼雄奇的意境！當詩人一躍而起，從心上噴出一股股烈火大聲疾呼的時候，我們看到了一個太陽的衛士，在扶桑樹下吹口哨捉蝴蝶，突然回頭沒有看到那九顆太

陽，不假思索地從朝霞裡走來，尋找那射碎了的太陽，把正義、把溫暖交給人間！

　　從扶桑樹下走來的詩人，尋找太陽的詩人，剛剛尋了三十個春天。我們相信，詩人為人民、為祖國一定能尋到更多璀璨的太陽！

淺談「性靈」
——給賈平凹先生

　　在2000年2月12日《新晚報・紫丁香》版上讀到賈平凹先生為別人著作寫的一篇「序」，賈平凹先生評述了作者許多好處之後，激動地說：「他肯定不屬於性靈派，不在風花雪月閒情逸致上一任自在……」讀到這裡我非常驚訝，賈先生把性靈派與風花雪月等同起來了，說明賈先生還沒有弄明白「性靈派」是怎麼一回事。

　　首先來說「風花雪月」。風花雪月不是什麼「派」，甚至也不能算是一種文化，它是一種被歷代人們所鄙棄的社會現象，是指那些有閒階級文化思想淺薄又好舞文弄墨的文人所寫的脫離生活、空洞、沒有真情實感吟風弄月的詩文，無病呻吟也屬這一類。而那些有生命的歌頌大自然的作品，如陶淵明的菊，孟浩然的鳥，王維的琴，李白的月，林和靖的梅以及袁枚他們那些風景詩等等，都不能歸入這一類。中國歷代文學派別很多，任何一個文學派別都不會接納「風花雪月」，因為它沒有生命。

　　再說「性靈派」，有的文學史稱「性靈說」，這是一回事。最先提出「性靈」說的，是明代公安派袁氏兄弟（袁宗道、袁宏道、袁中道），當時他們提出「獨抒性情，不拘格套」，要求文學充分表現作者個性，反對復古派在文學表現方法上所定下的種種清規戒律，打擊了當時「文必秦漢，詩必盛唐」的復古文學潮流，給文學帶來了新鮮血液。

　　繼承並發揚這一學說的，是清代的袁枚，他進一步提倡「性靈」，反對各種各樣的形式主義，要求解放傳統的束縛，要求文學上的自由，

號召作家要寫真性情。這一主張在中國文學史上是有積極意義的，這是文學史上和研究文藝理論的專家們一致承認了的。

「性靈說」是幾百年前明、清時代封建士大夫創立的學說，當然有它局限片面的地方。我想，要重視的，是它在歷史上所起的積極作用，不能歪曲歷史，更不能用現代的思維去要求古人。當時與袁枚相呼應的有趙翼、張向陶這些卓有成就的詩人，給當時沉寂的文壇帶來了蓬勃的生機。

古往今來，一切有生命的文藝作品，都是抒發真情的，「性靈派」的這一主張似乎還沒有過時。賈先生有的短篇（包括他有些散文）寫得樸實動人，充滿著感染人的真情，應該歸入「性靈派」。賈先生在「序」中提到作者的許多好處，也屬「性靈派」。而賈先生的長篇小說《廢都》裡，有許多脫離生活、毫無意義淺薄的「自然主義」描寫，就應該歸入「風花雪月」了。

從聽一張舊唱片談起

　　聽已故京劇藝術家馬連良先生的一張舊唱片，那清麗的唱腔把我帶入纏綿的夢境。想到這是六十多年前的錄音卻還能這樣動人，我深深感到藝術的不朽！

　　真正的藝術是不朽的！我們讀李白的詩，哪有一千多年的距離？每當桃花盛開，總會想到「桃花帶露濃」、「桃花流水杳然去」這些清新的感情形象。誰說李白過時了？他那不朽的藝術青春不總是閃耀在飛瀑中、江流上？每當看到發音還不清晰的幼兒背誦「床前明月光」時，誰能說這藝術生命已經老朽？一切真正的藝術都是不朽的！誰見到龍門石窟奉先寺盧舍那造像的面容能說它的慈愛已不存在？誰見到岳王廟裡岳飛草書「還我河山」四個大字，能說它的悲憤已經消失？一代一代偉大的藝術家，把他們純潔的感情光輝，永遠留在人間，照亮著後人崎嶇的生活之路。

　　近幾年，常常聽到藝術家們談論的一個大問題，是藝術上的創新與突破。這是對的。如果一切藝術活動僅浮於無動於衷的墨守成規，祇能使藝術窒息、消亡。要創新，要突破，但怎樣去理解這創新？怎樣去理解這突破？我有一位畫家朋友，解放初畢業於一所名牌美術學院，有很深的素描功底。當年，我非常喜歡他畫的白樺林。近幾年，他常告訴我，不能老一套，要創新、要突破才有出路。有一次，他把樹幹畫成蛇形，曲動在紙中央，把樹枝畫成烏賊的觸腕，散漫在幹的四週，把葉畫成雞糞蛋和鉤端螺旋體，散落在枝、幹之間，枝、幹、葉團在一起，紙上不露一絲空隙。他說這樹最美妙之處，是你把它想像成什麼都可以，

甚至可以想像成過去或是未來最美的生命。我說當年的白樺林使我聞到了樹的清馨，過去和未來的生命我一無所知，這樹我什麼也聞不到。他說我保守，跟不上時代的腳步，聽不到時代的聲音。突然，對他所說的時代，我模糊不清，深感不知是他說的時代喝多了酒？還是他喝多了酒？創新與突破是什麼？我想應該是蛹咬破繭，鑽出來變成飛蛾，因為它們都有生命。

　　一切藝術的目的，是藝術家最完美的情感與人們心靈上的溝通，給人美的撫慰，給人美的激勵，使人能無私純潔地愛。一切創新，一切突破，祇能在生活的廣度、思想的深度、藝術的高度上去開拓探索，不能離開這個根本。祇有那被名利所蠱而失去理性的人才敢站在大街上狂喊：「李白算老幾？」其實他自己也清楚，就是當代的人，也愛背誦李白的詩而不背他一個字。喊李白算老幾，這大概也是老祖宗留給他的精神勝利法吧？這空虛的自我滿足，在他自己來說，也算是「美」吧？

　　一切藝術的創新、突破，不能是形式上的耍弄，李白把詩提到「泣鬼神」的高度，他沒有在五個字七個字、四行八行上糾纏什麼，而仍用五個字把你帶入嶄新的「舉杯邀明月」的純淨的遠離世俗的精神境界。這是感情上的創新、突破，這才是真正的藝術上的創新、突破。一切藝術形象，祇有注入你最真摯的情感，才能有最新的突破，感情上最完美的昇華，藝術上才能最完美地創新。

　　從事一切藝術活動，與從事一切科學工作一樣，首先要勤勤懇懇、老老實實，來不得半點自欺欺人。成就有高低，根基的重量卻是一樣。一切藝術的創新、突破，要經得住時間的審美追問，這不是某個人說了就算數，也不是某個藝術權威說了就算數的。

張岱的「周」與「比」

《論語‧為政篇》裡有一句話：「子曰：『君子周而不比，小人比而不周』」。歷代的學者對孔子這句話的解釋是：「君子是團結而不是勾結；小人是勾結，而不是團結。」有的解釋為君子能團結大多數人而不偏袒私黨；小人偏袒私黨而不能團結大多數人。「周，合也。」也就是團結的意思。「比」就是勾結、偏袒，拉攏一小撮。這些解釋，足夠讓我們能理解什麼是君子，什麼是小人。

明末著名學者張岱有部著作：《四書遇》，是他讀四書時寫的筆記，書名的意思是遇到什麼問題就談什麼問題。他對「周」、「比」的理解是：「『周』與『比』不在量之廣狹，而在情之公私。情公，即一人相信，亦周；情私，即到處傾蓋，亦比。以普愛眾人、專昵一人分『周』『比』者，誤。」

讀到這裡，心胸豁然為之開朗，真有「柳暗花明又一村」的感受。張岱說，分辨周和比不是能團結人數的多少，而是感情上的公私。如果你是公心，哪怕祇有一個人相信你，這也是周；如果你是私心，就是有眾多的人擁護你，那也是比。以普愛眾人、專昵一人分周、比，是錯誤的。

分辨周、比的標準，是情的公私，這畫龍點睛、認識透徹、入木三分的結論，是張岱讀書不鑽前人留下的許多圈套，而是自信地把自己的思索伸到了問題實質的最深處！這一情之公私，使得君子與小人就像被泡在顯影液裡，更加黑白分明了。人類歷史上很多事情就是這樣的。希特勒、東條英機之流，能鳩合那麼多人到處殺人放火，難道這也是

「周」嗎？林和靖潔身自愛，孤寂的祇與梅、鶴為侶，也算是「比」嗎？再如文化大革命中，北大的造反派們那麼多人到處貼大字報揪鬥馬寅初教授，猛批他的「反動」人口論，難道這也是「周」嗎？馬教授當時孤立無援，難道也算是「比」嗎？張岱的認識真如解剖刀，割開胸腔，讓我們見到了跳動的心臟。

「情之公私」不是衡量君子與小人惟一的尺子，但它是最準確的尺子，是代表真理的尺子。這是一把人類社會永遠也不會過時的尺子。用它來量量自己，可能泰然自己是「周」，也可能羞愧自己是「比」，還可能赧顏自己一半是「周」一半是「比」……

張岱離開我們好幾百年了，我們不要忘了他，常常用他那閃著智慧光芒的尺子量出自己的「周」與「比」吧！

歎貧

　　「老來貧困實堪嗟，寒氣偏歸我一家。無被夜眠牽破絮，渾如孤鶴入蘆花」。這是明末清初福建詩人林古渡歎貧的詩作。

　　一位龍鍾老人，在無邊的嚴寒裡，怨老天爺把所有的寒冷都降落在他身上。「寒氣偏歸我一家」，如果不是心兒快凍成冰了，怎能有如此切膚的感受？詩人在這裡洩露了一腔不平的怨氣，冤枉了老天而又簡練深刻地勾畫了自己。

　　詩人寫的貧窮，不是哀傷的海洋上那一片淒涼的破帆，而是一朵白雲。雲不像帆那樣，為海洋所羈，一切都得任海洋擺佈。

　　雲雖然在哀傷的籠罩中，卻有自己高潔的形體，有自己飄搖的道路，還有自己無窮的樂趣。

讀袁枚兩首詩

　　那是乾隆四年，詩人袁枚才24歲就考中了進士。真是少年得志，前途一片輝煌！當詩人初穿宮服時，寫了一首這樣的詩：「學著宮袍體未安，藍衫轉覺脫時難。呼僮好向空箱疊，留作他年故舊看。」

　　脫掉藍衫，換上宮袍，這是封建時代讀書人夢寐以求的大事。多少莘莘學子追到兩鬢蒼蒼、兩眼昏花，還脫不掉身上的舊藍衫。換上宮袍，當然是讀書人生死攸關的大事，也就是說，從此進入了一個新的階層，改換門庭，光宗耀祖了。換上宮袍，就可以主宰別人，榮耀自己。難怪「頭懸樑，錐刺股」；難怪范進看到高中的報帖而精神分裂……千百年來，封建功利的車輪轉得多少人飛黃騰達，又輾得多少人血肉橫飛。

　　我們的詩人，在那樣年輕的時候就能站在人生的高度，不為利祿所蠱，認識到了生命的根本、做人的尊嚴。榮耀的宮袍，沒有使他眼花繚亂；顯貴的花翎，沒有使他得意忘形。

　　當詩人拿著宮袍，好不自在，他沒有神采飛揚地想到從此要高人一等，而是身上的藍衫是那樣依依不捨地難以脫下來。這與得到了功名利祿連父母妻兒都不要的人比起來，是多麼不同顏色的兩種靈魂啊！

　　無可奈何，詩人祇好呼喚家僮不要草率，把舊日的藍衫好好疊起來，放在乾乾淨淨的空箱裡，保存著，懷念它的時候，再拿出來看看。因為在詩人心中，沒有污染的藍衫，永遠是值得人眷戀的。

　　　　暮雨蕭蕭旅店來，自看孤枕笑顏開。
　　　　黃粱未熟天還早，此夢何妨再一回。

這是袁枚辭去江甯縣令後，朝廷第二次起用他去陝西為官，赴任途中路過邯鄲時所作，詩題為《邯鄲驛》。

詩人隱居隨園，本無心做官，專心詩藝。當朝廷委任他，他還是接受了這次派遣。從詩裡，我們感受到詩人去上任，與一般的庸吏是不一樣的，他沒有春風得意地虛榮流露，也沒有故作無可奈何才出山的假清高，他沒有蔑視功名，沒有看重功名，也沒有遊戲功名。去做官與做一椿普普通通的事，本來沒有什麼兩樣，祇是一幫庸人扭曲事實的真相，庸鄙地把「官」弄得如此神聖。詩人看清楚了這一點。

詩人走進了邯鄲旅店，看到床上的孤枕，想起那古老的故事，詩人笑了，他不是躺在故事裡笑那醉心追逐功名的愚盲，他是站在故事外笑呂翁無端把功名弄得如此虛渺。呂翁是在宣揚人生的短暫與虛幻，而虛幻中那轉瞬即逝的，不是邪惡的享受，是辛勞的人生一大美好的慰藉啊！詩人似乎是對呂翁說：「黃粱還未熟，天還早，別裝了，讓我也做一回這樣的夢吧！」又似乎是對盧生說：「喂，小夥子！你做過一回這樣的夢，不要理那些高士們的訕笑，天還早呢，再做一回又何妨？」

祇有對人生理性的清明、感性的醒悟，祇有不被利祿所蠱的人，才能寵辱不驚。

讀范成大的《邯鄲道》

「薄晚霜侵使者車，邯鄲阪峻且徐驅。睏來也作黃粱夢，不夢封侯夢石湖」。

南宋范成大出使金的時候，過邯鄲想起了「黃粱夢」這個故事，寫了這首題為《邯鄲道》的詩。

詩人乘坐的車子，慢慢行駛在傍晚寒霜鋪滿的山坡上，山坡是險峻的，行駛在敵人佔領的自己的國土上，當然也就感受不到寒霜、險峻外的歡愉了。詩人在這裡流露了一絲極為自私而陰暗的哀傷。

到邯鄲，自然會想到黃粱夢，范成大當然也想到了，他說睏了也作黃粱夢，但他夢到的不是封侯，而是夢到他準備隱居的安樂窩——石湖。

這類隱逸詩，前代詩人寫過很多，著名的如陶淵明的「採菊東籬下」和孟浩然的「把酒話桑麻」，都是厭惡污濁的現實，不同腐朽的統治者合作，自我解脫的高潔表現，這似乎沒有什麼更多可指責的。

但此時，范成大過邯鄲卻寫起隱逸詩來太令人費解了，這就好像看到自己的母親被強盜霸佔受盡凌辱卻不知道流淚、憤怒一樣令人費解。他好像麻木到不知道敵人一南下，石湖就不是安樂窩。他的同代詩人陸遊遠在山陰還寫：「僵臥孤村不自哀，尚思為國戍輪台……」而范成大親到北國，看到淪喪的國土而沒有悲憤，還夢他的石湖，這是兩種多麼不同的心靈音響，這是兩種多麼不同的人格表現。知識份子這種自私、昏聵、不辨是非而自保的一面，是很令人憎惡的。

這首思想庸鄙、品格低劣的詩同「胡未滅，鬢先秋」的陸游比起來，真是好比地上的蠅虱與天上的雄鷹。

讀景雲和尚的《畫松》詩

「畫松一似真松樹，且待尋思記得無？曾在天臺山上見，石橋西畔第三株。」

詩人第一眼看到這畫的松樹，感歎它像真的松樹。突然感到似曾相識！好好想一想，是在哪兒見過它？啊！記起來了：「曾在天臺山上見，石橋西畔第三株。」

詩人在這裡僅僅交代了一下這畫的松似真的松，真的松是誰都知道的，但到底這松似仰臥的蒼龍？還是像刺天的長劍？詩人沒有說清楚。讀完了這四句詩，也無從知道這松是胖？是瘦？是老？是少？詩人沒有描繪它的外貌形狀。

千年後的今天讀到這首詩，從詩人清幽的感情活動中，也領略到這不是一棵平凡的松樹，它是保存在詩人記憶中的那棵松樹，它一定有超俗的外表、高逸的品質，不然，怎能見它一眼就永遠難以忘懷？而且還牢牢記住是第三株，它肯定有比第一、二、四、五……株不同的動人風貌。不需要知道它的具體形狀，就從它一直深藏在詩人的記憶中，這一點就足夠令人神往了。

我們還知道，這棵松樹是神品，天臺山是仙人居住的地方啊！劉晨和阮肇就是在這裡遇到了仙人，住了半年再回到人間，已經過了幾世幾代了。當他倆再入山尋找仙人，就什麼也找不到了。這座石橋也許就是他們遇仙的地方，也可能是他們尋仙不著坐著懊悔的地方。當然，石橋西畔的第三株松樹是知道這一切的。詩人在這裡完全沒有用文字表明這個著名的典故，而這典故隱含在詩情之中，更增加了詩的神秘色彩。

聽京劇清唱《月下獨酌》

聽京劇清唱《月下獨酌》，深深感動了我。那蒼涼的聲音就是李白！我非常感動，倒不是與詩的寂寞無奈相通，而是「相期邈雲漢」那空靈浩杳的長歎，把我的心兒飄得很遠……很遠……不是世俗地逃避人生苦海，也不是一己之利地追逐生命的永恆，我祇能說是空渺沉濛地向宇宙呼喚！無盡地呼喚！

李白輕輕走到花叢間，拿著一壺酒，喝下一杯，四顧寂然，百無聊賴。抬頭，看見天上的明月，它也是孤寂的，舉杯一呼：「月啊！」一下子縮短了人天的距離。原來，宇宙也在人的精神世界裡，月亮自然可以與人親密無間。

月光輕撫著詩人，詩人那馨盈的影子彷彿也有了靈魂。這無言的三位情誼，把「獨酌」的「獨」字溶解得無蹤無影，飄開了好一個晶瑩清淨的心靈天地！實在了好一個帶著花香的清飲！

詩人高歌，月亮聽得清清楚楚，徘徊不忍離去。詩人隨歌起舞，影兒隨舞而有些手忙腳亂。詩人啊！在這大千世界裡，沒有了月亮的高，沒有了影兒的低，一個渾然的我，享受著凡人無法理解的空靈純淨的交誼與歡悅。這裡沒有世俗的自我安慰，更不是淺鄙地故作婀娜，詩人的情絲，此時漫成了茫茫宇宙。

詩人醉了，月亮啊！影兒啊！我們都歇一會吧！我們永遠也不會改變的無私的友誼，使我們將相邀到天外更純淨的地方，在那裡輕歌，在那裡曼舞，因為那裡沒有塵煙。

這是一首抒寫寂寞的詩，寫得清綿而又高遠。京劇獨唱的編導刪去

中間四句，後六句反復唱，使得詩情渾然而瀉。

　　被刪的五六七八句，與詩的主題沾不上邊，鄙俗不堪，我懷疑是後人加進去的。

銀河集（一）

一

《隨園詩話》載唐青臣落第詩：

> 不第遠歸來，妻子色不喜。
> 黃犬恰有情，當門臥搖尾。

　　這隻狗見了遠道而歸的主人，還當門而臥，祇是搖搖尾巴而已。

　　有一次我暑假歸來，正在河灘上行走，我家一隻名叫友林的老黑狗，遠遠看見了我，一口氣奔到我跟前，後腳立起來，兩隻前腳撲在我胸前，喘著粗氣，急促有力地左右甩打著它的尾巴，慌忙地用鼻子在我胸前亂聞，好像是要一下子傾訴完它無盡的相思。

　　遠道歸來，自然是多時不見，冷冷地當門而臥，漫不經心地搖搖尾巴，何情之有？唐生如知道我家友林，當淚濕藍衫耳！

二

《隨園詩話》裡錄陶庭珍〈豆盤驛〉：

> 叢山如破衣，人似虱緣縫。
> 盤旋一線中，欲速不得縱。

比喻可謂新巧。然而，說山像破爛的衣裳，讀之似聞腥臭；說人像爬行的蟲子，更是醜陋不堪。「不得縱」卻又像用繩子牽著的玩具老鼠，踽踽蹣蹣滑稽可笑。虱非蚤，何能言縱？

三

兒時背一首詩：

庭除一古桐，聳幹入雲中。
枝迎南北鳥，葉送往來風。

大人口授，未見文字，也不知是薛濤幼時與她父親合作。

長久以來，我背成：「知音南北鳥」，也理解成：不管是南方還是北方飛來的小鳥，全是梧桐的知音好友。

如果真是這樣，倒是別有情懷，別有風韻矣！

四

我坐在從大同開往北京的列車上，廣播響了：「開車的時間到了，送親友的同志，你們放心，下車吧！」

一句開車前普普通通催人下車的話，加進「你們放心」四個字，內容沒有變而情感全變了。它使人感到親切，它讓人得到安慰，它往人們離愁別恨的心田裡，流去一些兒溫存。

從這四個普普通通的字所起到的感情作用使我想到寫詩，也應該善於用普通的詞語使詩的境界全新。

五

喜歡綠色的人，可以給自己穿上綠色的衣裳，掛上綠色的窗簾，鋪上綠色的地毯，擺上綠色的花瓶……

可萬萬不能戴上綠色的眼鏡，說世界上再也沒有別的顏色了。

寫詩者，亦然！讀詩者，亦然！

六

　　雨是發亮的鐵絲
　　斜索著虎丘，
　　……

　　詩人的構思是新的，斜下來的雨絲把虎丘密密地縛著……然而，斜過來的鐵絲，使人聯想到勞改營的鐵絲網、關老鼠的籠子、戰場上的障礙……詩人用了「發亮」這樣的形容詞，但必竟是不能喚起人們美感的鐵絲。

　　斜索著虎丘的雨絲，應該是晶瑩的、清麗的、柔情的……
　　鐵絲，恰恰沒有這些。

七

　　一位詩人有這樣的詩句：「讚美經年不褪色的甜吻」。這裡分明說的是「甜吻」，祇要是邏輯思維沒有紊亂的人，都知道：「甜」祇是感覺得到的「味」，甜的祖祖輩輩也不曾有過漂亮的「色」啊！

　　關於「吻」，更是盡人皆知的表示愛慕之情的行為，它和嘴唇是兩回事。唇是有顏色的，是紅的，發高燒的人是深紅的，貧血的人是慘淡的，血液不乾淨的人是深紫的。

　　人們，總不會說唇的顏色就是「吻」的顏色吧！

八

　　有一位詩人自我介紹：

　　　　我愛詩，我寫詩。
　　　　我的生活是混亂的，我的詩也是混亂的。我常常把似乎毫不相干的東西混在一起：人和樹；露和星；森林和海；啼鳥和雷鳴；採參人的索撥棍和詩人的筆；沈默的火山湖和歷史的笑聲……

天長日久這樣混亂下去，那鞋和帽子、臉和臀也會混在一起的。我想，即使是精神失常的人也不會有這樣混亂的生活。這些無法相混的東西，是誰也混同不了的，正如水和火、吃飯和睡覺是不能相混的一樣。

　　詩人在這裡說的被他混在一起的東西，其實他自己明白，他從來也不曾混過，就是在夢裡也不曾混過。實質上，這樣的自我介紹是詩人耐不住寂寞，為了嘩眾取寵、標新立異，要人們注意自己而欺騙讀者的「假瘋魔」。

九

有一句這樣的詩：

> 他喜歡穿爸爸的膠皮靴，
> 靴統高得齊到腰，
> ……

　　喜歡穿，自然是經常穿了。而這靴統有孩子的腰那麼高，如果硬要穿，這孩子就祇有豁出性命從肚臍眼那兒往下劈成兩半，不然，是穿不上的。

十

> ……
> 並且為我昇起了鐵錨。」

　　在詩人眼裡，鐵錨和帆是一般重，不然，怎麼昇得起來？在普通人眼裡，鐵錨是昇不起來的，它太沉了，我們的老祖宗也沒有留下昇錨的技藝。鐵錨如果落在「力拔山」的項羽手中，大概也祇能舉起來吧！

　　如果我們多用些纜索，多用些水手，也能把錨昇起來。但昇錨幹什麼！它不能把風兜在懷裡讓船兒前進呀！

十一

詩人，不是賣花的販子，縣太爺喜歡牡丹就奔向洛陽；縣太爺的太太喜歡茶花又奔向雲南。

奔來奔去，難免馬失前蹄，不碰掉門牙也得滾一身臭泥巴。萬一，萬一，還會嗚呼！尚饗！

十二

誰沒有過離別的哀傷呢？詩人用說話一樣的語言：

> 臨別的時候／哦／還記得嗎？臨別的時候。

「還記得嗎」四個字說明詩人是在懷念一位離別的親人時的無奈心境。四個字挑著前後兩句相同的「臨別的時候」，使得詩情綿綿收到了一詠三歎的效果。

第三句：「你贈我一支簫」，這臨別贈物，在別後的感情生活中，它是多麼珍貴！如果在深深懷念的情感的火光中，詩人真實地燃燒自己，是可以創造出灼人心魄的藝術境界的。

遺憾的是詩人祇注意到追求新巧，而脫離感情真實地寫道：

> 哦／我把它輕輕地插在泥土裡／祈禱它長大／風裡雨裡／我聽著美妙的音樂了……

詩人是說把簫插到泥土裡，長成竹子，風吹雨擊，葉兒的聲音就是親人的聲音，變成美妙的音樂了。誇張了的生活真實達到藝術的真實，這是一首好詩所必需具備的。如果失去了藝術的真實，那想像得再巧妙也不是詩。

詩人沒有想到，祇有精神失常的人才認為把簫插到泥裡會長出竹子來。

再說，日夜思念的親人臨別贈物，怎捨得插到泥裡！

十三

實事求是，是做一切事情的準則，寫詩也是這樣。詩，是可以誇張的，但這種誇張不能把耗子說成老虎。「疑是銀河落九天」這樣的誇張可以加深我們對飛瀑的審美理解；「一腳踢破天」就是癡人說夢了。

有一首詩：〈假如我會變〉，作者說了許多他想變成什麼而又不能變成什麼，有一節詩：

> 假如我會變／就應該變成列車上的輪盤／走上崗位就不停地旋轉／而不是孤獨的電線桿／分配了工作就不願動彈……

詩人在這裡把電線桿鄙視成脫離群眾不動腦筋、飽食終日、無所作為的廢物。這是多麼可怕的顛倒是非的歪曲！信口開河不負責任的歪曲！我們的電線桿，不管是在荒涼的原野，還是在險惡的深山；不管是嚴冬還是酷夏，它們永遠默默地堅守自己的崗位，它們排著長長的隊伍，嚴格地執行自己的任務。

多麼可敬的電線桿，它從不計較個人得失，把最新的消息最快地傳到四面八方，又幫助人們把遠方的親人呼喚！它分擔著人民的歡樂與憂傷，還把光明送到黑夜的工地和你的房間。

詩人啊！你的無私可比得上這電線桿？

十四

> 釣罷歸來不繫船，江村月落正堪眠。
> 縱然一夜風吹去，祇在蘆花淺水邊。
>
> （《江村即事》唐・司空曙）

這位漁人想多釣一些魚，去早市多賣點錢，才這樣深夜釣罷歸來的吧？在勞動中，他忘了時間的飛逝，月落才意識到該睡了。船都顧不上繫，說不定腳還未洗就上了床。

這漁人勤奮的勞動，超俗的性格，被詩人毫不費力地勾畫出來了。纜繩一丟，睡覺去了，何等灑脫！

漁人知道，就是吹一夜的風，他的船也是吹不遠的，它不會滑出這蘆花淺水，何必多事把船繫住呢？這也向我們暗示一種生活哲理，你知道的事物，就不必繁瑣地思慮權衡了。

那種唯唯諾諾謹小慎微的人，就是上岸站一小會，也會把船纜住，還會用腳踢踢纜樁，看是否牢靠。

人活一輩子太不容易，處處沒有必要的謹慎，步步沒有必要的留心，那該是活得多麼疲勞啊！

十五

俱懷逸興壯思飛，欲上青天攬明月。

李白在這裡所說的逸興，應該是他對生活真誠的認識，對理想純潔的追求。不管是對山、對月、對友情、對生活，他那種絕對真誠、絕對純潔的情懷，總是閃耀著明潔的光華。所以，他思飛，是飛得上去的；他想攬月，是攬得住的。

我願摘下耀眼的星星／給新婚的嫁娘／作她們閃光的耳環／我要挽住輕軟的雲霞／給辛勤的母親／作她們擦汗的手帕。

這是一位當代詩人想摘星、挽霞的抒懷之作。很明顯，這星星他想摘卻是摘不下來的；他要挽住一片霞，主觀地要，異想天開地要是不行的，這片霞他是無論如何也挽不住的。我想，可能是他對生活缺乏真誠的認識，對理想缺乏純潔的追求所致的緣由吧！

十六

扁竹蓮，尖尖的葉兒向上展開，像那美麗的鵝毛扇。

粉紅的花朵是嬌豔的，六片不同大小的瓣兒組成別具一格的花朵。一串串花朵前前後後開在一根花梃上。

扁竹蓮，它那與眾不同的葉和花，構成自己獨具特色的形象。那我們為什麼要叫它竹？為什麼要叫它蓮？

十七

每當我讀到那些美妙的短詩，深深感到這是詩人用自己的生命在生活的岩石上撞擊出來的火花！詩人那撞擊的艱辛、閃光的歡樂，給我們帶來無窮的藝術享受。

因此，我愛短詩，也學著撞擊，也希望能撞出火花來。

十八

小詩，有的像鑰匙，能打開我們對生活的認識之門；有的像顯微鏡，能幫助我們看清楚肉眼所看不見的微妙的事物。小詩，有的告訴我們作人的道理，淨化我們的心靈；有的能使我們在複雜的生活中認清是非、辨別善惡。

十九

如果你想把詩當作翅膀，讓你飛黃騰達，那就沒有詩了。如果你想把詩當作金橋，當作你通向黃金的路，那就沒有詩了。

詩是什麼？是勞動時的汗珠，是傷心時的淚滴，是歡樂時的大笑……

詩是最平凡、最新奇、最純淨、最真實的人的性靈。

銀河集（二）

一

一樹碧桃，它還不理解這世界，就洋洋灑灑地開了。那純淨的花朵，那嬌媚的顏色，傾訴著一片無盡的清柔。

沉思在桃樹下，我心裡有風，我心裡有雨。

我心裡還有：使我顫慄的倒春寒。

二

當你的車輪捲起一陣輕風，馳去了的時候，你是否知道，有一顆心，就在這車輪裡。

旋轉的鋼絲，數不清；

祈禱與懸念，也數不清。

三

含苞的月季，用她那細細的瓣兒，把自己包得嚴嚴實實的。她好像有什麼怕人知道的秘密？

一夜之間，月季明白了，私心地包裹會窒息自己。

於是，月季開了。

四

午夜，窗外的路燈，把所有的寂寞都聚在它的光束裡。

我望著窗外，良久……良久……

路燈微笑著，彷彿在告訴我：「發光的東西是不會有寂寞的。」

五

讓我變成你的什麼呢？最好是眼睛。

在這茫茫人海，我相信，你會看到最值得愛的東西。

六

濛濛雨，像一張夢的網。

它網住了我的懺悔，它網住了我的眷戀，它網住了我迷茫的嚮往……

濛濛雨啊！

它灑在我的頭髮上，鋪一片粉沫珍珠；它灑在我的月季上，添一層迷人的冶豔。

濛濛雨，是一張夢的網啊！

七

躺在沙發上，望著案上的臺燈，它還是那樣亮。

臺燈啊，你亮著，怎麼一點也不疲倦呢？光明的心、光明的靈魂就永遠也不會疲倦的麼？

我思索著……

我心上有黃風？

我心上有烏雲？

八

如果你心裡有一棵樹，我希望那棵樹是我。親愛的，我知道你需要一片清涼。

如果你心裡有雷，我希望那雷也是我。親愛的，在你心靈的天地裡，我決不會有恐怖的音響。

九

一股寒流，頃刻之間，什麼都凍了，成了冰的世界。

上帝如果讓我變成一股寒流，我接受寒冷，但也要保留自己的溫暖，該凍的——凍！不該凍的——扼住嚴寒！

十

你的心是一座大山，我注定要在這崎嶇的山間小路上坎坷一生。

我決不嚮往平原上的陽關大道，沒有我的跋涉，大山的靈魂就沒有真實的回音。

十一

淡淡的月光，懶懶的蛙聲，你第一次輕輕喚著我的名字。我那平庸的普普通通的包含著虛榮的兩個字，突然改變了它的內涵。

那一夜，我眼前閃動著這兩個字，我耳邊迴旋著這兩個字。

上帝啊！這兩個字加進去了多少不可捉摸的什麼？它竟是如此地使我癡迷！

十二

在沒有你的日子裡，沒有愛的波浪流成的小河，沒有蝴蝶搧動斑斕的翅膀，沒有繽紛的花瓣落在草葉上。

沒有你的日子，是一串連在一起的休止符。

我的弓，我的弦，還有什麼用呢？

十三

黎明時分，鄰居籠裡的小鳥又叫了。據說，這是在呼喚它的親人。

我想到了森林，想到小鳥三三兩兩神速地在綠樹間穿飛……

聽到小鳥的叫聲，襲來一陣一陣淒涼。可憐的小生靈，每天黎明到來，即使沒有森林，身陷囹圄，它也忘不了對親人的呼喚！

十四

那是一條懶懶的河，胳膊，腿，還未伸直，就隨隨便便彎腰拱背地躺在那裡。太陽曬不暖它，風吹不醒它。

這條河忘了，它也應該有澎湃的波濤。

十五

山坳裡，有一叢野花。

早晨，朝霞把山風引到這裡，露珠乾了，花瓣更鮮豔。　大片藍天在她的頭頂，有時白雲的影子輕輕蓋在她身上。厚厚的山土使她的根鬚隨便伸展而不用盤根錯節。

野花不知道，花進了城，有人拿去賣錢。

十六

一場初雪，懶懶洋洋，稀稀拉拉……

雪啊，你休息一年了，怎麼還這樣倦怠呢？一年了，應該是鋪天蓋地呀！

雪啊，你是見到了什麼而闇淡了你的熱情？你是聞到了什麼而失去了你的歡樂？

十七

封江了。

那一排排樹，光禿禿的。樹啊！是嚴寒脫光了你的衣裳的吧！

天，不會憐憫你；風，不會憐憫你；太陽，也不會憐憫你。你祇有用你的根，在泥土深處，緊緊地抓住誰也看不見的春天。

十八

你的心，是太陽。又不是，它有太陽沒有的那種溫暖。

十九

你，不要吆喝了。

我曾聽過西峰深夜怒吼的松濤；也聽過大海上劈天的雷暴。

你的吆喝有什麼意義呢？

二十

世界上，如果少一些專橫的「自以為是」，那合理的橋，就會讓我們踏過險惡的波濤，到達光明的彼岸。

二十一

我在自然之中，自然在我心裡。用清風洗心上的塵垢，用月光洗靈魂的污跡。讓自己同大自然融為一體，你就不會因私欲而傷心，你就不會為貪婪而流淚。

附錄
懷念與思索

哭雷雯兼談他的詩

姜弘

　　近年來常常聽到熟人去世的消息，同輩人一個接一個地相繼走了。開始的時候還感到震驚和悲傷，後來聽得多了，也就習慣了，平靜了。在這種時候，就很自然地聯想起魯迅先生的詩句：「故人雲散盡，我亦等輕塵」——是啊，都是古稀老人了，終歸要走向終點的，不過遲早而已。這是自然規律，無須震驚，也用不著傷痛。

　　然而這次聽到雷雯兄去世的消息，卻令我感到很意外，非常難過，而且久久不能釋然於懷。因為在他病重返鄉後的近一年時間裡，我竟然不知道他已經回來，沒有去看他，連最後的訣別也沒有。是他囑咐家人，不讓我知道他已經回到武漢，免得我過江去看他，因為他擔心我的眼睛不好，外出不便。像多年來在書信和電話裡反覆叮囑我要愛護眼睛一樣，到了這個時候，他所關切的還是我，我的眼睛！當我知道這一切的時候，忍不住熱淚奪眶，在心裡呼喊：「不應該啊，你不應該這樣啊！」——四十年的友情，十多年的思念，歷史、現實，學界、文壇，我們之間有多少話要說啊，可連這最後一句訣別的話都沒有說，你就匆匆走了——「此別成終古，從茲絕緒言」！

　　燈下翻檢舊信，找出了雷雯寫來的二十多封。重讀這些信，不由得又一次眼熱喉哽，心緒難平。在眾多給我寫信的朋友裡，他是唯一的一個稱我為「弟」的。這也是實情，他年長我五歲。雖然一些年長我許多的友人，也都按習慣稱「兄」，偶而有稱「老弟」的，但那是親切而

又客氣。祇有雷雯，來信總是直書「姜弘弟」，有時連上我妻子一起稱「姜弘、張焱二弟」。我的兩位胞兄早已不在人世，世間祇有我的幾位胞姊在信裡呼我為「弟」。由此可知，我和雷雯之間的感情，已經超過了一般朋友之間的友情。

這種超乎一般友情的手足之誼，充分體現在他寫給我的書信裡。在這些寫於上世紀八九十年代的帶有明顯歷史印跡的信裡，他最關切而著重提及的有三件事：一是右派改正前後，他一再催促我寫申請，爭取回原單位工作，並以黑龍江那裡認真落實中央有關政策的事實為證，鼓勵我據理力爭。二是反自由化和後來的政治風波中，他關心的是我的思想情緒和態度，因為我這人一向偏激執拗，所以他提醒我，在堅持真理的同時，要控制情緒，保持冷靜。三是他特別關心我的眼睛，怕我的眼病惡化，一再囑咐我要愛護眼睛，及時治療——讀著這些兄長般的諄諄話語，我不能不追悔自責：由於多年來疏於問候，不瞭解他後來的情況，以致在他生命的最後階段也未能見上一面，給他以些許慰藉。如今，也祇能深深的遺憾而永遠無可挽回了。

近四十年來，我和雷雯之間過往並不太多，而相知卻很深，這是因為我們兩人的命運和遭際太相似了：1949年以前參加中共的外圍組織新青聯，1949年以後成為最早的共青團員（那時叫「新民主主義青年團」），同樣從事文藝工作，又同樣在1955年的反胡風運動中開始遭難，被開除公職，開除團籍，送勞改農場勞動教養了四年多。活著回來了。為了繼續活下去，又都成了代課教師，輾轉於各中學的課堂上；在那裡，遇上了文化大革命，成為小將們的革命對象。好不容易，又一次闖過了煉獄，又活過來了，可萬沒想到，就在這個煉獄中的煉獄裡，他染上了最後致他死命的那種職業病。

「文革」以後，上世紀的八九十年代，我們所走過的人生道路和心路歷程，我們的奮鬥和覺醒，喜悅和憂憤，也都大體相仿。所以，即使一段時間音信全無，我們也可以猜想到對方在一些問題上的看法和態度，因為我們確實互相瞭解，互相信任。也許正因為如此，後來逐漸聯繫少了。直到前年秋天，他從他小弟弟那裡要到了我的電話號碼，撥通

了我的電話。當時我聽到第一聲問訊，就立刻喊出了他的名字，他也為我立刻就聽出了老友的聲音而驚喜異常。那以後，我到南方去了幾個月，再以後，就是突然聽到噩耗了。

回想起來，往事歷歷。我同雷雯的第一次交談，談的是一個學生的寫作才能問題。那是1965年秋天，我們在同一個學校教語文，我教初三，他教初二。我們都是文學編輯出身，八、九年的編輯生涯，在我們身上留下了深深的印記：一是語言文字上的潔癖；二是對有寫作才能的人的珍視和愛護。這是五四新文學運動的傳統，是魯迅、巴金、胡風的傳統，當年教我們做編輯的主要是三十年代上海亭子間來的老文化人，因而這種癖性和傳統也是我們罹難的原因之一。不過當時我們並沒有意識到這一點，而是把精力無保留地用在了學生身上，像當年培養初學寫作者那樣。那次談話，是雷雯要我評定一個學生的作文。他在班上發現一個女生很有寫作才能，因而對她格外重視，批改作文時常給以高分，並在課堂上誇讚她課下寫的小詩。於是，非議來了，說他「偏愛」，而且扯到這個學生的家庭背景上。這個學生的父親是個高級幹部，曾擔任過中共某一元老的秘書，是個知名的文化人。其實，雷雯並不知道這些，他祇是看到這孩子文筆清麗，自然純真，沒有當時流行的革命氣、八股腔。須知，那是「文革」前夕「學習雷鋒」、「學習解放軍」的高潮中，孩子們已經被引導到誦經念咒的宗教邊緣，發言為文都要引語錄、呼口號。這個學生的作文完全沒有這些惡跡，自然真實，清純流暢，確實難得。當時雷雯還拿給我幾首她課下寫的小詩，純係少年口吻，稚嫩鮮活，確實很有靈氣。於是我說了我的看法，全力支持雷雯。由此我們開始有了交往。這是一種不關利害得失，無涉政治經濟的純粹志趣相投所建立起來的友誼。後來誰也不曾料到，這個很有點靈氣的女孩子，竟然幹出了一件大事──「大義滅親」，造自己父親的反。那是1966年秋天，從北京刮起的「紅色風暴」席捲江城，這個女孩子也穿上了綠軍裝，戴上了紅袖章，引領一幫紅衛兵，抄了自己的家，把父親的藏書堆在院子裡付之一炬，還逼迫父母跪在大火前請罪。雷雯知道以後，非常震驚也非常難過，說這簡直是沒有人性，是畜牲。這件事對他

震動很大，使他深感憂慮，而且也是他此後不願再教書的原因之一。他認為，這種迫害自己親生父母的違情悖理的野蠻行徑，完全是社會造成的，是教育的結果。他說：讓孩子們今天學這個，明天學那個，就是不讓他們成為正常的、真實的自己。學雷鋒、學雷鋒，把買早點的錢上繳，換取「拾金不昧」的名聲；趁放學的時候人多，搶著攙扶老人過馬路；做好事不留名，又設法讓人知道；一方面照顧不相識的老人，轉過臉來批鬥自己的親生父母……這都是什麼呀！從小教他們弄虛作假，沽名釣譽，教出些兩面派、巧偽人，將來會成為什麼樣的世界啊！他認為教師是個神聖的職業，是民族精神和人性之所繫，站在講壇上對孩子們吹牛撒謊，而且要信誓旦旦地以假當真，那太可怕也太可恥了。——後來，他真的不再當教師了。

　　「文革」初期，「橫掃一切牛鬼蛇神」，一陣「紅色恐怖」之後，我們幾個代課教師被趕出了學校。後來，經過「批判資產階級反動路線」，說那是「打擊一大片，保護一小撮」，錯了。於是校長親自登門，請我們回去。我回到了學校，雷雯沒有。他曾向我解釋說：他一不願再去哄騙孩子們，二不願再在知識份子圈子裡爾虞我詐，寧肯和樸實的工人一起出賣勞力。他的身體好，有本錢。就這樣，我們各奔東西。我繼續代課，他去當了冶煉工人。當然，後來，我們誰也未能逃脫厄運，在接踵而來的階級鬥爭大捕獵中，我們又都成了革命對象，雖然都是「老問題」、「死老虎」。而他，更其不幸的是，除了政治壓力之外，還因為從事最苦最有害於健康的勞動，讓毒素侵入了肌體，導致了最後的不治之症。

　　對於這件事，原來我祇是簡單地以為是他太「迂」了，走錯了一步，多吃了許多苦，而且造成了他最後的不幸，因而祇是同情、惋惜，並沒有想得更多。後來，當我知道了他早年的另一件事，兩相對照並聯繫他平日的為人，我才一下子明白了，看到了老友的內心深處，進一步瞭解了他的精神品格，因而在深受感動的同時，不能不產生一種愧疚之情─近年來，我一直對他有些懷疑和誤解，在他的婚姻家庭生活方面。

二十多年來，雷雯一直居留東北，很少回家。按照近年來的世俗新風，老人新婚是尋常事，而且多半是好事。因此我和幾個朋友都推測乃至判定：雷雯一定是在哈爾濱有了新的家。詩人曾卓和管用和都問過我，我也在電話和信裡直接問過雷雯。他並未解釋，祇簡單地回答：「沒有。」此後我們也就不再問了，這畢竟是個人的私事。我們的這種懷疑和猜測，當然都是善意的，而且包含著美好的祝願，願他晚年生活幸福。但誰也沒有想到，這實際上是對他的一種刺激，一種傷害，觸動了他心靈上的傷痕——婚姻家庭生活的遺憾。

　　那是特殊的社會歷史原因造成的特殊的婚姻關係。簡單的說，他出生在一個舊式家庭，是長子，早年遵父命締結了舊式婚約。當他參軍以後，準備解除這一並非自願的婚約的時候，社會歷史的巨變使對方家庭遭到極大不幸，處境極其困難。在這種情況下解除婚約，將使對方陷入絕境。恪守舊道德的老父親阻止了他，並用「誠信」、「惻隱」的古訓勸導他。一向孝敬父母的雷雯，不願忤逆父母，同時也覺得父親的話有道理，應該設身處地為對方著想，不能在危難之際如此絕情。於是他不再提解除婚約的事。不想，1955年把他打成「胡風分子」，以及此後接踵而來的一波未平一波又起的政治運動，把他和他全家都捲了進去。二十幾年過去了，待到風浪稍稍平息，雙方都已年過半百了……

　　知道了這一切，我為老友的命運和精神深深感動，深深歎息：他的一生太苦了，太不幸了！然而，這苦痛和不幸之中自有其意義和價值。試想，幾十年間，在外面，出於社會責任感和正常的價值判斷，不肯去騙人、害人，寧可拼著性命去做苦工也不願再去教書，儘管那更適合自己也更輕鬆而且待遇也高些。同樣，在家裡，為了不忤逆父母，不傷害別人，他迫使自己接受了並非自願也並不美滿的婚姻，儘管他為此承受了幾十年的感情折磨。——也許，按照今日的時尚，會有人說他不現實、不明智，說他在前一件事情上太「迂」、「太傻」；在後一件事情上又過於「軟弱」，過於「傳統」……

　　然而，我卻聯想到了遙遠的過去，想到了半個多世紀以前，魯迅在〈為了忘卻的紀念〉一文裡說柔石的一段話：「無論從舊道德，從新道

德，祇要是損己利人的，他就挑選上，自己揹起來。」——這裡所說的舊道德和新道德，不是泛指一般的道德規範，而是指一種做人的態度，一種人文價值取向，那就是對人、人的命運的關切，對人的生命、人的價值和人的尊嚴的重視，這實際上就是一種人道主義精神。雷雯命運中的苦痛和不幸，就大都與此有關。

重讀他的來信，聯想到以上種種，內心裡自然會有傷感和不平。可是，當我把他的詩拿來重讀的時候，就有了另一種感受，產生了另一些想法，從而也對老友有了更全面更深一步的理解。

雷雯是詩人，一生中除了那些不幸遭遇而外，全都是從事詩創造——自己讀詩、寫詩，做詩歌編輯，選詩，培養新人。在對詩的理解和態度上，他始終強調和堅持的是：真實人的真實感情。既不為傳統思想所束縛，又不隨時風眾勢所轉移，正如清人袁枚所說：「詩在骨不在格也。」

雷雯每出版一本詩集，就及時地寄給了我。我收到後覆信表示感謝，卻沒有談過對他的詩的看法。多年來我從不對新詩發表意見，因為我覺得新詩尚未形成，加上當時我所信奉的那種現實主義理論很難用之於詩，所以我從不評論詩。對雷雯的詩，我是收到一本讀一本，祇有當時的零星感受，並未形成總體的看法。這次集中起來重讀，我才發現，我真的是辜負了老友的誠意。他每寄詩集來，總要我談談「印象和看法」，而我祇是感謝他的贈書，並未對此加以回應。今天把這幾本詩集通讀一過，才看出了它們的特點和價值——感情奔放，議論深沉，形象新穎，語言明暢，筆調靈巧，不事雕飾。特別可貴的是，他努力追求自由、民主的思想和創新精神，深深打動了我。我早該這樣做的——認真讀，認真想，對他說出自己的印象和看法！

我覺得，雷雯的詩有這樣幾個特點：一是題材廣。他所寫的詩不算多，而觸及的題材範圍卻很寬廣，確實是大至宇宙，小到一蟲一石，以及古代人物、歷史遺跡等等，幾乎無所不包。但是，他的詩裡沒有標語口號，也沒有豪言壯語，更沒有宣傳味道。他說過，並不是任何什麼都可以入詩的，詩有自己的邊界，這邊界就是感情。沒有感情的句子排

列，不管它多麼有意義，多麼美麗鏗鏘，也不是詩。這就是雷霆的詩的第二個特點：感情真。他的詩全都是他在唱自己心裡的歌，說自己心裡的話。他真誠地袒露自己，把自己的一切，不管是正確的還是有爭議的，都交給詩，在詩的領地虔誠地耕耘。就是那些看似詠物、詠史的，實際上也都是在抒情言志，借外物抒寫他當下的所感所思，借古人的杯酒澆自己的塊壘。他筆下所寫的那些東西，全都與他的心靈相通，都是有生命有感情的。寫到它們，並不是在客觀反映，而是在同它們交流、對話，和它們處在同一個場。這不僅僅是一般修辭上的比喻、象徵、擬人手法，更是一種物我為一、情景交融的藝術思維，一種審美境界。在這裡，詩人的自我，他的主觀精神起主導作用，因而他的性格氣質和命運遭際自然會在詩裡留下深深印記。雷霆的詩的另外兩個更重要的特點即由此而來，這就是：立意新、感慨深。

早年的戰亂災難，後來的坎坷憂憤，使得雷霆性格中多了一些憂患意識和懷疑精神。表現在詩的創作上，就是立意新和感慨深。他在觀照外物時所取的角度往往不同一般，因而詩的意象就顯得新而富哲理意味。從〈玉皇頂無字碑〉和〈五大夫松〉這兩首短詩，就可以看出這種特點。他沒有歌頌泰山山勢的巍峨，也沒有描繪那幾棵松樹外形的婀娜，而是從精神上去觀照它們，與它們交流。他覺得無字碑在誇耀自己「比泰山還高一節」，於是就告訴它：「知道麼／如果／把泰山突然移開／你會摔個粉碎」。

人和事物的偉大、崇高，都是有條件的、相對的。無字碑如果不是立在泰山頂上，不過是一塊未經鐫刻的石料。它的受人注目，是時空條件造成的。詩人並沒有說理，而是直觀的感覺、感受、感觸，卻發人深思。同樣，對於五大夫松，先就寫出了他的不佳印象：「為什麼這樣矮／為什麼這樣瘦／沒有松的氣質／也沒有松的風度」？然後恍然悟出並發問：「啊／是不是／自從受了封／你就不敢抬頭／也不敢伸手」？受封，就是成了皇家的人——臣子，也就是奴僕和工具，沒有了獨立人格和自由意志，所以才那樣卑躬屈膝，俯首聳肩，一副奴才相，失去了松樹的氣質和風度。——這兩首詩都寫於上世紀八十年代前期的大轉折年

代，人們剛剛從那種「無限忠誠」的宗教狂迷中走出來，多數人的頭腦並未真正清醒。在那個時候寫出這樣的詩，夠前衛了；就是在今天，其啟蒙精神也並未過時。

雷雯的這種知識份子情懷，在另外一些小詩裡有更充分的表露。有一首題為〈刃〉的寫石頭的小詩，兩節七行：「流水／把鵝卵石／磨得溜光滾圓／當／砸碎鵝卵石的時候／它照樣／有鋒利的刃」。大潮大浪衝擊石頭，石頭也相互撞擊，棱角碰掉了，身軀磨圓了；可是石質未變，一旦受到更大的打擊，破碎了，就會顯出棱角，有了「刃」。這是寫石頭，更是寫人，是寫一個時代，一種理想，那種知識份子應該具有的雖歷經磨難而不變的精神品質——詩言志，雷雯的許多短詩都蘊涵著這種旨趣，像〈心〉、〈火種〉、〈手杖〉、〈年輪〉、〈蒼蠅〉、〈回音壁〉等等。

在另一些詩裡，反映出雷雯精神的另一個層面，就是那種仁愛的胸懷，悲憫的心腸。

他到了曲阜顏回廟，由一口孤零零的古井感悟到先賢「那聖潔的靈魂」，寫下了「永遠記著別人的饑渴／才能有／最真實的生命」這樣的詩句（〈陋巷井〉）。在杜甫草堂，他記起了那首〈又呈吳郎〉，寫下了〈尋棗樹〉一詩，說「我想摘幾片棗葉／送給我的親人／我們永遠也不能忘記／杜甫饑腸轆轆的時候／還在周濟別人的貧困」。

他的詩裡提到過好幾位大詩人，值得注意的是，提到這些前人，主要還不是因為詩、文學，而是另外的原因：一是因為他們熱愛自然，追求自由，像李白、蘇東坡；一是因為他們悲天憫人，心裡總記掛著別人的不幸，像杜甫、白居易、蒲松齡等。這兩方面，其實都是對人、人的生命的珍視和對人的命運的關懷，這也就是當年人們所最珍視而如今又被淡忘和漠視的人情、人性和人道主義精神。

正因為他懷有這種精神，這種感情，才寫出了〈秦俑三首〉和〈遊驪山有感〉及〈弩〉、〈劍〉這樣一些不同一般的佳作。說不同一般，是指這些詩的視角和感情傾向，與幾乎所有媒體都完全兩樣。近年來中國的考古發掘和宣傳，在有力地助長著人們的民族復古主義情緒，

秦始皇陵的陪葬墓—兵馬俑的出現，更助長了那種阿Q式的「我們先前闊多了」的盲目自大心理。人們驚訝、讚歎、自豪，就是很少有深入的思考。雷雯沒有為這股復古崇祖情緒所影響，因為他從這些東西上看到了歷史，看到了人。歷史不就是過去的人的生命和命運的記錄嗎？他的思緒沒有被「民族」、「愛國」之類的概念所規範，而是自由地擁抱對象，滿懷同情地去感覺、去感受，於是就有了那三個活了的秦俑：一個倒在地上，好像在睡覺；一個挺身而立，卻雙眉緊鎖；一個是失去雙腿雙腳的老兵。詩人從心裡走近他們，進入想像：睡著的可能在做夢，夢見了母親的辛勞和妻子的哀傷；站著的大概在悔恨，因為長期守衛在這裡而不能回家和親人團聚。詩人也同情那個殘廢的老兵，卻不能接受那個使他致殘的原因—為滿足獨夫的欲念而大興土木，大動干戈。那種用千百萬人的血淚屍骨築起的宮殿和紀念碑，再巍峨閎麗也不值得讚美。

〈弩〉和〈劍〉這兩首小詩，同樣反映了詩人的這種人性、人道的審美價值取向。他沒有注意那些古代兵器的冶煉技術和工藝水平，這本來不是詩人的事；他是從另一角度表達自己的感情態度，指責它們「不分善惡／不辨忠奸」，「把災難射向人間／而又忠貞地／保衛著阿房宮的輕歌曼舞」。

這中間，最值得注意的是〈遊驪山有感〉。這首詩既反映了雷雯個人的精神特徵，又具有那個時代的特色，即啟蒙主義精神，而且構思獨特，寓意深遠。在構思上，情與理、虛與實、歷史與現實，以及個人情懷與普遍理性，都結合得非常自然；看似平淡無奇，實則巧妙而深刻。題目標明「有感」，即觸景生情，從眼前人人得見的景物，引發出個人獨特的情思。那是一連串帶著憂思和熱望的想像和聯想：嬴政躺在那裡——他睡著了，在等待徐福取回不死的藥——如果他真的活到現在，兩千多年來不斷地焚書坑儒，那就會使歷史退回到洪荒時代，世界上祇剩下他和石頭、草木——幸虧他沒有活兩千年，中國才有了張衡、李白、孫思邈、蘇東坡這些真正傑出的人物——秦始皇一直睡在那裡，徐福永遠也採不回不死的藥。

詩人在嘲笑這個暴君的橫暴、貪婪和昏聵，像魯迅所說，他想一個人喝盡一切空間和時間的美酒，既要統一天下，又要傳之千秋萬代，萬歲萬萬歲，萬壽無疆。在這裡，詩人推出了四個歷史人物，與之對比，突出那種你死我活的緊張關係。值得注意的是，既然否定焚書坑儒，為什麼不提董仲舒和朱熹、程頤、王陽明，卻提出了比較生疏的張衡和孫思邈？為什麼不提杜甫、韓愈而提李白、蘇軾？這些人不是和儒家的關係更直接更深嗎？稍加推敲就不難看出，這裡有一種矛盾，一個標準，那就是人和非人的矛盾和界線。嬴政所代表的是專制暴政，張衡、李白等代表的是人的幸福和自由。張衡精天文，孫思邈精醫藥，都是中國古代少有的自然科學家，他們的事業有益於一切人而與專制政治較少瓜葛。李白、蘇軾都是一生坎坷，一生追求自由，在他們身上有較多的「個人」、「自由」的色彩。這裡的科學和自由雖然並不就是後來的科學與民主，但在珍視人關懷人這一點上，它們之間卻是相通的。詩人在嘲笑專制暴君的同時，表明了他對這些人物的敬重和推崇。顯然，在他的心目中，這些人才是中華民族的英雄人物、風流人物。

　　雷雯的這種感情態度，這種目光和思想深度，是既傳統（五四）又超前的。君不見，近年來一些人在鄙薄五四啟蒙精神的同時又在歌頌專制暴君，二月河的美化雍正可能有無知的成分，張藝謀的一再吹捧秦始皇，則顯然是倒退、墮落。中國人一向崇拜英雄，夢想強國，卻很少或根本沒有想到自己的權利和責任。這種「無我」即缺乏公民意識的英雄崇拜和強國夢想，實際上是一種奴性心理的反映──崇拜權力，懼怕暴力，甘願和安於做奴隸。這是一向受壓迫受欺凌的漫長歷史造成的。英雄人物和強國盛世當然不能一概否定，問題在於肯定什麼樣的英雄，什麼樣的強國盛世。雷雯這種以人、人性為轉移的取捨，既否定了嬴政以降的諸多專制暴君，當然也否定了他們的業績，那些顯赫一時的盛朝強國。

　　早在一百多年前，馬克思就說過，專制制度的唯一原則就是輕視人，蔑視人，使人不成其為人。專制君主總是把人看得很下賤，眼看著人們為他辛勞為他受難而無動於衷。這樣的強國盛世是以人民的苦難為前提為代價的，這就是常說的「國富民窮」、「國強民弱」。

這樣的強國盛世是不可能長久的，秦二世而亡，元朝才八十多年。在西方，古代的斯巴達和後來的第三帝國也都壽命不長，它們在人類歷史、人類文明史上都沒有留下什麼東西，連自己的歷史都是別人寫的。西方有人稱讚斯巴達的尚武精神，卻很少有人讚美納粹德國的強盛，因為他們分得清愛國主義與民族主義、國家主義的不同。我們親歷了那多年「從勝利走向更大勝利」的「強國盛世」，現在應該清醒了，不想還有人依然用專制暴君的眼光和標準看待歷史和現實。正是在這一點上，雷雯與張藝謀們大不相同，他這自由的靈魂，不為一切專制世俗的陳規陋習所羈，也正是在這裡，顯示出作為真正詩人的雷雯的精神品格。

　　最後，我還要提出兩首我最喜愛也最重視的佳作，來簡單說說我的看法，這就是〈風雪黃昏後〉和〈趵突泉〉。這兩首詩都比較長，三十行，從形式到內容都更完整更成熟，他的審美認識把我們帶到了一片純淨的藝術天地中，我個人認為能代表雷雯的創作成就。

　　〈風雪黃昏後〉是一曲懷念友人、歌唱友情的詠歎調。吟詠這首詩，能勾起人的感情記憶，記起以往那種寒夜中的溫暖，絕望中得到的慰藉。在以往那些年月裡，講的是「階級情」，個人之間的友情是不健康不合法的。至於對落難者的同情和撫慰，則更是大逆不道，因而也就更為難得更為可貴。這首詩寫的就是這種境遇中的情誼：「又是／一場風雪黃昏後／我怎能忘懷／那一雙溫存的手」——這既是真的自然環境，也是政治上精神上的處境，一開始音調就顯得深沉而悠長，帶有追憶、懷念的味道。中間換一種節奏，述說在寒夜中所得到的慰藉、規勸和鼓勵以及對這一切的眷戀。整首詩感情真摯，音調和諧，一唱三歎，跌宕起伏。

　　特別是結句用了李白〈贈汪倫〉的典——「哪有那無窮的桃花潭水／來量出你的深度」，更顯得餘音嫋嫋，意味深長。這首詩確實如《詩序》所說，是「情動於中」而發出的「詠歌」和「嗟歎」。

　　〈趵突泉〉寫泉城濟南的自然景觀，抓住了特點，寫得真實生動。然而這又分明是在寫人，寫人的一種經歷，一種精神。詩的節奏略有些急促，顯得那樣堅決，那樣執著：「趵突泉的水／帶著遠方沉悶的雷聲

／來得那樣急／走得那樣猛」「泉要走啊／——要走！／沒有翅膀／也要飛騰」。泉水不同於溪水，是從下往上走，不但要穿過層層石壁沙礫粘土樹根，還要戰勝地心吸力，那道路不但迂迴曲折，而且恐怖陰森。這中間，「如果有一絲兒猶豫／那泉的道路／就會化為一攤不能自拔的泥濘」。泉水是這樣，人又何嘗不是這樣？在以往那一波未平一波又起的運動、鬥爭中，人們所走過的道路同樣曲折艱險，恐怖陰森。一些人的道路也確實像一攤泥濘，說不清道不明。雷雯的一生和他的詩卻如一泓泉水，那樣清澈、明淨。所以，可以把〈趵突泉〉這首詩看成是詩人的自況。這首詩也確實反映了詩人的人生道路和精神風貌；作為詩，在藝術上也可以代表他的創作成就，因為這首詩更具有詩的藝術特徵，更豐富更完整。黑格爾把詩視為藝術發展的最高峰，說詩要求把觀念和感情，把造型藝術提供的外在形象和音樂所表現的內心生活很好的統一起來，〈趵突泉〉不就是這樣嗎？

至此，可以說我對老友的文學成就有了比較具體也比較全面的瞭解，從而對他的思想和人品也有了更深的認識。從這裡，我又想起一件往事：1982年我在北京時，曾和樓適夷老人談過雷雯的工作調動問題。樓老熱情的關心此事，認為他應該回故鄉工作。我向樓老介紹了湖北思想文化界的情況，說那裡左風甚盛，「凡是派」頗有勢力，雷雯回去很難有所作為。哈爾濱遠比湖北好，對雷雯的改正問題的處理和工作安排，都做得很好，令人心情舒暢。而且東北文壇也更開放、活躍，留在那裡工作才是上策。樓老把我的話寫信告訴了雷雯，以後再也沒有提讓他回湖北的事。——真是天可憐見，這些人半生坎坷，到頭來並不是要索取報償，要當官享樂，而是要做事，就像他筆下的趵突泉水，「好像世界上／有它緊急要做的事情」；對於他們來說，最重要的還不是「老有所養，老有所樂」，而是「老有所思，老有所為」。

至此，我才更加明確地意識到，雷雯最後二十年的滯留他鄉，主要還不是前面提到的家庭婚姻方面的消極原因所致，而是東北這片熱土吸引了他，讓他在那裡紮下了根，在那裡實現了「老有所思，老有所為」的心願，在詩的創作、詩歌編輯和培養新人諸多方面都有成就。

這一切，包括我對他的詩的看法（也包括我所不滿意的如歌頌屈原、長城的那兩首），都應該和他直接交流的，這裡的許多好話都是我未曾向他表露過的，我們之間從不互相恭維。如今，我想向他傾訴也不可能了。在他因病還鄉到他去世之間的大半年時間裡，我們錯過了重聚的機會，一江之隔竟成永訣，真是無從悔恨也無從抱怨，我祇有把這一切訴諸文字，寫下我的懷念，我的哀思和遺憾。

二○○四年七月於武昌東湖

　　（姜弘，文藝評論家，現居武漢市）

散記詩人雷雯

羅飛

記得雷雯的人，現在大約不多了。他是個「小人物」，漸漸被這個世界淡忘了。其實苦難養育了他，以那段荒誕的歷史為背景，他給世人有過「大印象」。早在解放初的1952年10月，他就在上海新文藝出版社出過一本詩集《牛車》，1953年10月還重印過一次。他逝世後，他七弟李文熹先生為之蒐集遺著出了一本近八百頁厚的《雷雯詩文集》，由北方文藝出版社於2005年7月出版後，我和王元化都收到了贈書。在上世紀八十年代我就對雷雯的受難略有所聞，而元化還就是從這本書上才知道雷雯不幸也曾被反胡風的政治漩渦捲進去過：誰又知道他之被定為「胡風分子」的罪狀之一，竟然是由於我們當時所在的新文藝出版社出版了他的一本詩集。我對元化說，用何滿子的話說：我們竟還是「團友」呢！

有次元化和我談到這本「詩文集」，他問我，你記不記得《牛車》詩集是誰責編的？我說記不得了。我祇記得我們倒是看過幾本東北文聯介紹過來的解放軍年輕軍官的好幾部書稿，有詩有小說。我們採用了不少這類軍旅作家的稿子，大概《牛車》也是其中的一本吧！另一次我同元化談到阿壟。因為當時《粵海風》上正發表了我的〈為阿壟辯誣〉，談到阿壟的詩，這時他又談到《牛車》的作者雷雯，他說雷雯的詩我欣賞它的短小，頗有冰心和泰戈爾的味道，讀起來有回味，可惜我現在眼睛不好，不能為他寫點什麼。不過，我可以把這本「詩文集」介紹給上

海的幾家書店去代銷。後來我在上海季風書園及幾家地鐵站旁的書店裡果然都見到有這本書出售，李文熹告訴我，這就是元化託人送去的。

前些時，「舊信重溫」發現了雷雯給我的幾封信。可能有些沒有得到保存，祇留這麼兩封了。我同他往來不多但並不算疏遠。同他見面，偶然又偶然。1980年的某天，我去北京東中街人民文學出版社家屬宿舍牛漢家。我進門，他出門。牛漢送他到門口，我們碰面了。牛漢站在門口，這就把他和我相互作了介紹。知道我們是編書的同行，一個在東北，一個在西北，於是握手、寒暄，就這麼淡淡的，算是相識了。我進屋後，牛漢把雷雯的遭遇說了個大概，這才知道，彼此，彼此。他也莫名其妙地被捲進1955年那場反胡風的大風暴，被整得死去活來。

在這之前，我們從沒有語言和文字上的任何交流，這之後我注意從東北的報刊上讀他的詩。不知由於詩還是由於苦難，似乎有種天然的親近感。

因為同行，就交換各自責編的詩集。後來我們通信。現在這保存下來的兩封信都是談互贈別人的詩集的事。我記得我們也互贈了自己的詩集，但願以後能發現其餘信件。

已發現的第一封信：

> 你寄給我的綠原同志的詩收到多時了，一直想找到貴社的廣告後再給你寫信，廣告未找到，信也未寫成，實在對不起你。請原諒。前次寄的公劉的詩想已收到。今寄上曾卓、黎煥頤詩各一冊，請收到後告訴我一聲。每出一冊當即寄你，出齊後再補寄前幾冊。
>
> 如有有關詩、詩話、歷史之類的書籍，寄我一些，那是十分感謝的。祝你
>
> 新年好！
>
> 雷雯十二月三十日

此信寫於1983年年底。信上所說「綠原同志的詩」是指綠原在我所在的寧夏人民出版社出的《人之詩續編》，這之前綠原編的《人之詩》

詩集由人民文學出版社出版，這本「續編」，由我擔任責編，是綠原平反以後，所出的第二本集子。他寄我的公劉、曾卓和黎煥頤的詩集是當時由「詩刊社」編輯，由黑龍江人民出版社出版的「詩人叢書」中的幾本。

大概我收到書給他去過信，不久，1984年剛過新年他又覆我一信：

> 剛剛把曾卓及黎煥頤同志的詩集寄給你，就收到你送給我的《遲來的愛情》，謝謝你！
>
> 上次寄給公劉的詩，也是我寄的，好像給你寫了信的，也可能忙一些，忘了。
>
> 我們這裡正在調整機構，我不編《北疆》了。仍然回到文藝室編詩和散文。難呀！我編的書全是不能賺錢的，領導卡的很嚴，不像你介紹你們的情況，那樣開明。
>
> 寄上兩冊書，你想要些什麼書？來信說一聲。
>
> 《遲來的愛情》印得很漂亮，封面很新，顏色很花但不刺眼。
>
> 冬安！
>
> 雷雯一月四日

信上《遲來的愛情》是由我責編的黎煥頤從流放地青海回到上海後的第一本詩集。信內提到《北疆》，這是一本東北出的十六開本大型文藝刊物，頗有分量，他在編輯這本刊物，我曾讀過他寄來的幾期，想把我業餘寫的詩稿寄給他，所以他信中提及「他」不編《北疆》了。後來還有信件，互相寄過各人的詩稿。

當時社會上流行一句很振奮人心的話：「把失去的時間找回來」。這句話恐怕後代人會愕然雙目圓睜：「時間怎麼會失去，失去了怎麼還能找回來？」「時間」怎麼可以像個什麼可以隨便要拿來就拿來、要扔掉就扔掉似的東西呢，擺出來給人們看看。那麼當然誰也無法應命。但我們從苦難中跋涉而來的人會坦然說，我們曾經確實在牢獄中，在懲罰性的「勞動」中，在挨整的批鬥中，感覺到「時間」是像水似的白白流

淌。有時是一滴一滴點滴消失，有時又像大河奔流汩汩而去。「子在川上曰：不舍晝夜。」

為了把失去的時間找回來，我們都珍惜每分鐘每秒鐘的時間，大家都忙。這樣也——就逐漸「相忘於江湖」了。

後來，我去北京組稿，雷雯也到北京出差，又見過一面，當時談了些啥，現在已記不起了。祇是這一次不知從誰那兒知道雷雯原來是樓適夷的部下。他是尊稱樓適夷為「部長」的。在我印像中樓適夷是「左聯」作家，並與胡風有交往。解放前上海出的《時代日報》，我讀到過樓適夷編的副刊，怎麼到雷雯口中他就成了「部長」呢？

想起來了，雷雯隱隱約約同我談起過，他落難之前樓部長曾經指導過他寫稿。從他那兒知道：在部隊樓是正師級部長，雷祇是個副排級幹部，本來他們祇有工作上的聯繫，所以分別後各自東西，從無私人往來。直到雷雯被捲進「胡風冤案」，進了大牢、繼而進農場勞改，叫天天不應叫地地不靈的絕望之中，求生的本能促使他不得不向原先認識的軍級師級首長寫信求救。可是用雷雯自己的話說：「信寄出去了，在痛苦地等待中，我祇收到樓部長一個人的回信。信中，樓部長勸我好好勞動，不要厭惡身邊那些人，還說高爾基就是在下層人群中積累了寶貴的生活素材寫出了那麼多不朽的作品。」雷雯把這第一封信視為「丹柯手上的那一顆心」，照得他居住的黑洞四面有光。等到1979年2月雷雯平反後，從武漢回哈爾濱路過北京，去看望「部長」時，樓適夷已是老態畢現。雷雯當然也已失去了寶貴的青春年華。這以後他們的往來不是首長與戰士的關係，而是一個長輩與孩子的關係，「他常常要我把旅社的房間退掉住到他家裡去，我們不祇是談書稿和創作，還談家常。」

這裡我特別要提到的是，為什麼雷雯的那麼多高級首長都不敢給雷雯片紙隻字，他們如此噤若寒蟬，並不意味著他們都是膽小如鼠的懦夫，恐怕不少人還是因為被巨大的謊言所蒙蔽和震懾。

雷雯留下了一部《往事非煙》回憶錄。他寫的是實錄，當讀者進入到讓人窒息的那種氛圍之中去，就會感到似乎也和作者同時在黑暗的隧道裡摸索和掙扎。其中首篇〈淮北的枳〉，是寫他飛蛾投火的人生寫

照，——他怎樣仰慕光明，卻又如何被蛛網所糾纏。字字見血痕，筆筆現淚花。

　　用他自己的文字當比轉述更加可信：

　　　　還是從頭說起吧！

　　　　那是1951年3月，我從齊齊哈爾二七步校調往瀋陽東北軍區後勤政治部宣傳部。當時我三弟也在瀋陽，他在東北軍區空軍政治部宣傳部。三弟告訴我，說詩人牛漢在他們那裡，是抗美援朝從北京參軍來的。三弟要我把我的詩整理一些，他拿去給牛漢提些意見。不幾天，牛漢寫了好幾頁意見，也是三弟捎來的。有一個星期天，我去空政，同三弟一起到牛漢的辦公室，隨便瞎扯了些詩的問題。那時大家都很忙。兩年多的時間我們同在瀋陽，一共也沒有見過幾次面，從來也沒談過家常……我肯定牛漢也會認為，我們相識和交往是非常非常一般的……牛漢當時在我心目中，完全是一個崇高的布爾什維克高大形象。

　　就是這個由頭，等到1955年反胡風運動一來，厄運找上他了。原本兩個青年軍官間談文說藝的交往，變成了反革命活動。這還了得，敵人不投降那就消滅他。於是雷雯墜入被批鬥的漩渦之中，那種折騰人的顛倒黑白的無窮無盡的逼供中，使無法交代罪行的雷雯極為氣憤：

　　　　我像一隻耗子，被孫和董這兩隻惡貓抓來抓去，這時，我的魂都是破碎的。我常常想：「這樣活著幹什麼？」又想：「這太混帳了，還要看個究竟，心裡不但不害怕，反而有一種輕鬆的坦然，許許多多的問題如大夢初醒，也如酒醒了想到醉時的荒唐。我突然成熟了，在生死掙扎中成熟的，我把投向我滿身的刺，咬著牙拔出來，當做針，縫著那被砍斷了的滴血的神經。」

他鄙夷地面對打手，不是到曠野去默默地吮舐滴血的傷口，而是咬著牙拔出滿身的刺，並且還以刺當針，縫補砍斷了的神經……這需要多大的勇氣，其忍受力可見一斑。

但是當他被處分之後，知道了牽連他的牛漢本人受的處分都比他還輕時，他實在無法接受這個現實，他忍耐不住了，他憤怒了：

> 我心裡就像掀起了大海的狂濤，這算怎麼回事？我的處分比牛漢還重，真是大和尚吃肉沒事，小和尚喝湯遭殃。這時是真正的怒火中燒。週身的血每分每秒都在沸騰。

於是他

> 憑著怒火，一揮而就。在材料裡我大罵孫、董是屠夫，是打手……寫完後，我還加上一個標題：〈我用眼淚和鮮血來控訴〉。

這就種下禍根，被戴上翻案帽子，被開除公職送去「勞教」。實際上狐假虎威的狐狸比老虎更毒辣，等他明白過來，是在他夢醒之後：

> 我居然想為自己申冤，在這黑白顛倒的時候，是不允許含冤之人憤怒的。

倔強的詩人一次致命的憤怒，從此使他陷入絕境。週圍的人大都像遠離瘟疫那樣不敢與他接近。當然也有例外。他的回憶錄裡寫到他的中學同學張善鈞就是個「例外」。他在收到雷雯告知被打成了「胡風分子」的信後，不但沒有斷絕他們之間的友誼，而是馬上給他回信。這是過去與雷雯有通信關係的除家庭之外的親友中的唯一的回信，給了他很大的撫慰。

這是一封多麼不尋常的信啊！收到它，使我重新記起了人的感情溫暖，我好像是跋涉了一望無際令人不敢回首的生死攸關的大沙漠，重新又獲得了一片恬靜的濃蔭，這濃蔭就是人的最純真的友情。誰能理解死裡脫生的生命得到友情赤忱的親撫？那是久旱逢甘霖也解釋不了的！那是什麼？我說不清楚，祇能問我當時心跳的聲音。

那時，最不應該給我回信的應該是他，他面臨畢業分配。如果校方查出哈爾濱常來的信是胡風分子寫的，那他的一切都不堪設想！很有可能會開除他的學籍把他也抓起來沒完沒了地批鬥交代。他能不知道這些嗎？他能不害怕嗎？不是的。鬧得全世界都知道的胡風問題比瘟疫還要恐怖，把「胡風集團」宣傳得比國民黨還要兇惡，又是「特務」，又是「叛徒」，又是「地主」，又是「洋奴」，鳩集在一起，像是一群青面獠牙的野獸瘋狂地向黨進攻。反胡風反得全國上下杳杳兒兒草木皆兵，他能不害怕嗎？他能不知道利害嗎？然而，這時他肯定沒有考慮自己，不假思索立即給我回了信，還繼續不斷地通信，他是在同情遠離故鄉在痛苦中掙扎的友人與兄長！寫到這裡我淚如雨下！……冒這樣的風險同情自己的友人，這是什麼樣的胸懷？沒有一點基督精神的人理解得了嗎？

這裡應該看到更深層次的內涵。這不僅僅是對弱者的同情和憐憫，對不見容於這個社會的雷雯這樣苟活下來的卑微的小人物，我以為他投去的是一種鼓舞，一種啟示，使落難者知道這個社會裡還有這樣的為維護被侮辱與被損害者尊嚴的人在，讓受害者振作起來。

在回憶錄中雷雯也為那些同樣被塗炭中的生靈傳神寫照。他們有老有小，有的原可以成為社會的精英卻被整成了「社會渣滓」；有的原本是純潔的工人卻被誣陷成了妖魔化的「反革命」；有的原本是粗獷憨厚的大漢，最後被整得瘦骨嶙峋埋在深山裡；有的祇是不懂事的

小孩因玩彈弓射擊紙像而「撞禍」……；有年輕的熱愛音樂的小提琴手，有留學法國講美術史的白鬍子老教授，他們都被命運安排到了這個具有中國特色的「改造場所」作長期的「煉獄」之旅。雷雯自然也為那些披著人皮的兩腳獸留影：它們以折磨「犯人」為樂趣，更讓落難者的精神和肉體受到雙重摧殘。雷雯寫出的細節驚心動魄，是任何無此生活體驗的作家所無法向壁虛構的，因為他們想像的觸角永遠無法達到那個地方。當然，他寫到黑暗的地獄裡也有閃光的螢火，除了寫到難友的相互關心與幫助之外，也寫到了某些「管教員」的人性的光芒，雖然僅微弱地一閃而過，但到底證實在這樣的群集裡也不失照見鬼眾獰惡嘴臉的亮光，畢竟「地獄」裡也還有隱隱約約人的影子。這不能不讓我想到他的面對兩腳獸的短詩：

一首是：

你看見了麼
我的眼睛裡
在冒火

我多麼奇怪
你走路
居然也用腳

還有一首是：

他想
摳掉我的眼睛
因為
我看透了他的靈魂

不用說，從字裡行間我們就可以感受到詩人在挨整時內心噴發出的灼人的怒火！當然如果沒有這種經歷的讀者，眼光也許會不經意地從字

面上滑過；相反，曾經有過類似經歷的受害者已經麻木了的神經，也會受到震撼；若是當年的施虐者讀後肯定會怵然觳觫。雷雯為自己，也為他所見到的無辜受難者以文字立碑，同時他也以文字為殘暴的施虐者建造了恥辱柱。我相信歷史不會忘記他。

雷雯因詩遭難。我斷斷續續讀完他的詩文集，我特別欣賞書中的詠物小詩。比如有一首〈向日葵〉，一見題目就讓我聯想起梵高的同題畫，感到一股奔放的生命力撲面而來，給我以視覺衝擊。但雷雯表達的卻是另一種心緒，他祇寫了四行：

　　向日葵
　　一輩子低著頭

　　它從來沒有過
　　自己的真正方向

向日葵永遠面向太陽，追求光明，本是向陽花。但有一段時間在中國，它卻成了個人迷信的象徵物，詩人卻以此短詩賦予了奴性以具象，促人警醒。

看得出，雷雯頗喜歡杜鵑花，以〈杜鵑〉為題他寫了好些詩。有一首寫道：

　　滿山遍野
　　舖山蓋地

　　是那憤怒的火
　　帶著血在燃燒

我以為這首詩熱得發燙，寫出了詩人的真性情。而另一首，也以〈杜鵑〉為題，我喜歡它詩思的獨特：

喲
那一山瀉紅的杜鵑
誰能有這樣潑辣的愛的火燄

杜鵑啊
你紅給誰看
山裏人煮菜
沒有鹹鹽

　　這首詩既直白又含蓄，豐富的內涵留給人以較大的想像空間，讓人們根據自己的經歷去作各自不同的體驗和感受。
　　這類詩過去有詩人提倡過，稱之為「微型詩」，也有好幾位寫得很有特色。我的想法是：詩，還是從內容出發，由內容去定長短，大可不必讓感情為形式囿限。雷雯寫過短文論述他對這類小詩的思考。他說：「我常常寫些小詩傾吐自己對人生的熱愛，對光明的追求，對醜惡的東西也無情地鞭笞。」他一生坎坷，愛愛仇仇都反映在他的詩裡。雷雯本人說：「一代一代偉大的藝術家，把他們純潔的感情光輝，永遠留在人間，照亮著後人崎嶇的生活道路。」在我的印象中，雷雯一生都在作這種崇高的追求。

2012、3、30、上海。

（羅飛，詩人、作家，現居上海市）

我的「心中和美」論
——讀雷雯作品

艾若

詩人雷雯去世十年了，大家還在讀他的作品，談論他，懷念他。由此我想到，一個人在去世十年後，天南海北，不分國度，不分年齡，還有那麼多的人在讀著他的作品，那他的去世僅僅是生命的定格，而作品則和時間一起延續著他思智的光芒。

文學藝術真的可以使作者不朽！但前提必須是這個文學藝術本身得有不朽的內涵才行。唐代王之渙祇留下七首小詩，但在第一流的文學作品中永遠有他一席之地，沒有哪一部文學史不專文寫到他。而清代乾隆皇帝留下了四萬多首詩，格律工整，但心中很空，寫得再多，卻不能入流。

那麼，什麼是真正能打動人的文學藝術呢？真的品質，美的意境，善的追求，愛的情懷。雷雯留下的2500餘首詩歌，是體現了這幾個方面的卓越典範，和我喜歡併提倡的「心中和美」是一致的。

我喜歡的這四個字「心中和美」，也是我的人生觀、道德觀、價值觀。我還以為這應該是每個人的生活態度的核心，在「心」，在「中」，在「和」，在「美」。人的道德，有一個永久的東西，在「心」、在「中」、在「和」、在「美」。永久的不是固定不變的，而是萬變不離其宗的，萬變不離列祖列宗、以致全人類祖先的宗仰、宗旨。（也祇有「開宗」，才能「明義」）或謂萬變不離其「源」（源

頭），不離其「法」（師法），不離其「總」（總匯）。這個「源」「法」「總」「義」，是我們祖先中的大師們謂之「道」、「德」。其核心，就是「仁愛」、「慈悲」、「道德」。與西方人的「愛」、「博愛」，是相通的，可通的，一個範疇中的東西。即人的、也是人類的，共同的、也是共識的「人性」。這「人性」，無論天生的自然的人性，還是後天的社會的人性，都在「心」「中」，都主要表現為「和」「美」。宇宙天地中祇有人的、人類的「心」「中」，才有這種自然的與社會的，合在一起的「和」「美」，其他一切動物，包括猿猴、蜜蜂、螞蟻，它們即使有「心」「中」，也不是「人類」與「人」所具有的能夠創造出人間世界，全靠「心」「中」所產生的那種東西。而「精神」，即發自人的「心」「中」的那種看不見的東西，才能創造地球這個世界。這「精神」的內核，深藏「心」「中」。它是一種「道」「德」，「良知」「人文精神之核」，「愛的源頭」（由母愛始生），同時又是一種「心」「中」的「智慧」。（我們的祖先常謂「智」「仁」「勇」。「智」之打頭，為先，在於「智」乃「心智」。「心」「中」之「智」，離不了「心」與「中」，然後才有「仁」與「勇」。或謂然後才有「愛」與行動的「膽識」即「勇」。）故爾，子思曰：「中也者，天下之大本也。」也就是說，中也者，在乎心。人之心者，天下之大本也。有了這「中」這「心」，這愛的源頭，人才生存於世是有價值的。否則，沒有價值。虛此一生而已。即人的存在，在於「心」「中」發出的「精神」。一是「精神」中的「道」「德」；一是「精神」中的「膽識」，敢於創新，善於行動。即人心中的「道」「德」與「功」「能」，（即人的能力、能量、本領、作為）這二者是合一的。這二者都取決於「智慧」，即「心」「中」的「和」「美」「智能」與「道」「德」是合為一體的。即：人文精神與科學能力是融為一體的，然後才有世界。世界永遠是人所創造的世界。故子思曰：「和也者，天下之達道也。」。

　　我同時還想到在知識分子心中，這四個字應該有什麼樣的份量，現時代的知識分子應該有什麼樣的擔當。

我長期迷失在內心的盲目忠誠和迷信中，失去了客觀的判斷能力。一個信仰科學和民主的人，卻在愚忠和迷信中迷失了四十多年，這不僅僅是我個人的悲劇，在我們這一代知識分子中，也大體相似。我從中得出的教訓是：迷信是真理的大敵，必須用科學和民主來破除形形色色的現代迷信，破除由忠誠所支持的迷信。

中國要實現現代化，必須回到「五四」，開展民主啟蒙運動。而這種啟蒙，首先必須啟知識分子自己的蒙，對自己過去所接受的各種思想進行徹底清理和反思，從人性的高度審視一切。

目前中國政治體制改革的呼聲越來越強烈，具體到改革路徑則分歧很大。例如，有些人主張，目前中國當務之急是實行法治，因為法治比民主更重要。其實，這是對民主的誤解。「法治」（rule-of-law）是與民主、自由、人權互相結合成為一體的概念，是指法律由公民通過民主程序來製定，目的是保障公民權利、約束政府，法律至高無上，人人必須遵守；在法律面前人人平等。因此，祇有民主政體才能有法治。民主必須始終如一地事事處處貫徹著自由、平等、法治精神。沒有民主制度，也就不可能有真正的法治。

民主不是無政府主義，而是以法治為基礎。民主不僅不是造成動亂的根源，而且是安定團結的可靠保證。因為祇有民主才能使人民同心同德，充分發揮主動性和積極性。要實行經濟體制改革而不進行政治體制的民主改革，那是跛足改革，是不可能成功的。因為經濟改革是關係全體公民切身利益的大事，重大改革措施必須得到多數公民的認同，這樣才能共同承擔困難和風險。

其次，對改革危害最嚴重的腐敗現象，不通過政治民主是無法杜絕的。歷史經驗告訴我們：不受人民監督的政權必然腐敗。正如英國歷史學家阿克頓於1887年說過的名言：「權力趨向腐敗，絕對權力絕對腐敗。」當前民憤極大的任人唯親、以權謀私、官商、官倒、貪污、受賄、浪費和官僚主義，愈演愈烈，如不能有效地制止，勢必導致改革的最後失敗，人民和國家將再受一場浩劫。

還有一種廣為流行的「民主素質論」，認為中國文化教育落後，

人民不會行使民主權利，搞不好會出現文化大革命似的混亂的「大民主」。

從歷史上看，民主祇有有無的問題，不存在大小的問題。所謂傾聽群眾意見的「小民主」或「民主作風」，根本談不上是什麼民主。至於把史無前例的「無產階級文化大革命」時期標榜的「無法無天」、以踐踏人權為「革命行動」的造神運動稱為「大民主」，這是對民主的褻瀆。這種「民主」，完全是假民主，實質是反民主的。因為真正的民主都是與自由密不可分的，任何剝奪公民自由的群眾暴政，都與民主無關。

要推動中國實現民主，首先要有一批具有獨立人格、獨立思想和獨立批判精神的獨立知識分子。他們不依附於任何權貴和勢力集團，而具有民主意識和社會責任感，主動承擔起民主思想啟蒙的重任。我所說的民主意識，不僅是真正懂得民主概念的正確含義，自身還應該堅持民主精神，不可自視高人一等，更不可以領袖自居，而應以平常心，做一個平常人。

但是我又從自己切膚之痛的反思中認識到，啟蒙首先應啟知識分子自己之蒙，徹底打破幾千年來形成的自我封閉和夜郎自大的心態，虛心學習那些代表了人類現代文明的基本制度，這些制度在先進國家早已成為人所共知的常識，而且行之有效地實行了幾百年。

嚮往自由平等，是人類的普遍人性，人同此心，心同此理。這是民主的基礎，正如兩千多年前希臘哲學家亞里士多德所說：人是理性的動物，人是政治動物。

中國實現民主的道路，應該是理性的、和平的、非暴力的，不應該再走武裝鬥爭和暴力革命的老路。民主要反對任何形式的專制，爭取民主的手段也應該合於民主原則，應該合情合理，光明磊落，不可採取以往各種造反運動所常用的秘密組織和地下活動，因為它們與民主精神完全背離，很可能成為培養幫派、特權和私慾的溫床，甚至淪為黑社會。

歷史已經證明，民主是最合乎普遍人性的政治制度，但是中國的民主道路將是漫長而崎嶇的，需要韌性，有遠見，不可浮躁，不可急於求

成。首要的工作不外乎於啟蒙，沒有廣泛、深入的民主思想啟蒙，沒有公眾的自覺，民主不過是空話。

我的結論：人之存在、價值在於精神，精神發自人的「心中和美」。這就是我讀雷雯作品後所聯想到的。

2013年2月

附艾若先生給李文熹先生一信

文熹老弟：

罹病一月，折騰過去，現在好了。什麼也沒有幹，沒有看。取決於腦血管的狀態，頭不暈就舒服，就能看點。比如雷雯先生的遺作，隨興翻翻，今人後人，不可不讀。

人間罕見的這半個多世紀的酷虐世態，並不都能隱埋於歷史迷霧之中。竟也有那大義堅韌之強人能人，長期處生命攸關的生挺過程，盡畢生精力，用文字予以揭示，保存下來。偉大雷雯這種奇蹟般文字壯舉，再現他所親歷的政治迫害之滅絕人性，將永垂後世，以儆效尤，以斷後患。

我讀了雷雯先生的散文，我的經歷，親見親聞，太熟悉他的描寫。他的心與我的心，是如此驚人地靠近。雖然追認也晚，但緣由與共，緣份常存，早晚一回事也。陳國屏也作古了，與他曾在一個中文系，而且是我的好友之一。還有李琦、龐壯國，當時就遐邇聞名，惜未得一見。

中國的老、中、青知識人，一建國就處天羅地網之中，無一幸免。眼下我們這一代，都是從生命攸關中生挺過來的，這方一見如故。見到閣下，還有正章，立刻知心，其實正常，彼此慶幸。閣下亦性情中人，自有中華文明傳承基因在，脫不了身心，也幸虧有它養育著。儘管大環境迫使我輩自幼至長，中華文化太缺、太缺，但也勝過完全的無知，並且靠這點工夫修身且傳道，成大不幸中之頑固者也。歷史與文化就是這樣流向未來。

好好活得自在一點，繼續領悟，蠻有意思，味在其中。我病癒之後，又來勁兒了。此信閱後，煩轉正章。人老懶極怠極，不恭，請予寬容。餘不一一。即頌

時綏！

艾若

2013年2月1日於北京

（艾若，周揚之子，教授，現居北京市）

「小」人物・大尊嚴

曉風

　　1993年，我主編的《我與胡風──胡風事件37人回憶》一書，在寧夏人民出版社出版了；11年後，在原書的基礎上，又編輯了《我與胡風增補本》，仍由寧夏人民出版社出版。當時的編輯宗旨是：所涉及的個人僅限於「榜」上有名者或是由於某種原因而與胡風關係密切者的回憶，已去世者則由他們的親人或友人來回憶。就這樣，第一部書就已達到66萬字，拿在手中是很厚很重的一本。到增補本時，更是達到了82萬字，這樣一來，一本書是無論如何都容納不下了，

　　祇好分成了上下兩卷。

　　儘管有了這兩本書，但我心裡始終放不下我曾收到的和曾看到的一些關於在「胡風事件」中受難的「小」人物的文章和事蹟。雖然他們與胡風沒有多少聯繫，甚至連面都沒見過，卻由於各種偶然的莫明其妙的緣故而被牽連了進來，甚至可以說是被「組織」進了這個「集團」。由此，他們受到傷害和侮辱，他們的前途被徹底改變，甚至最終失去生命！但他們始終保持著做人的尊嚴，維護著「實事求是」的原則，沒有人云亦云，沒有為「胡案」增添任何不實之詞。我曾起意將這些活生生的事實另編成一本書，還公道予這個無緣無故受苦受難的群體，讓世人瞭解他們的真實情況，在喧囂的經濟大潮中，從這些先行者得到一點道德的滋養。但此事終未能成功，給我留下了深深的遺憾。

　　前些日子，看到曾在上海擔任「胡風案件」預審員的王文正先生

的口述回憶《我所親歷的胡風案》一書，其中提到了他審訊林祥治的情形，而林祥治就正是上述這個人群中的一位。王文正的回憶使我對林祥治其人其事更加起敬，也引發了我想寫一寫這些人，為他們做一點事的宿願。

那麼，現在我這篇短文就從林祥治同志談起吧。

林祥治這個名字，我最早是從1989年出版的李輝《胡風集團冤案始末》一書中看到的。1991年秋，我陪同母親在成都參加「巴金國際學術研討會」時，林祥治的妹妹林祥淑（她大約是他在世上唯一的親人）來看望母親，並給母親獻上了一束鮮花。因時間倉促，沒來得及與她多談，也就未能知道關於她哥哥的更多的情況。

李輝的書中有一章〈受株連的人們〉，其中是這樣提到林祥治的：

> 羅洛在國統區時期，是成都學生運動的負責人之一。因他之故，一些當年一同搞學運的同學、領導人，難以解脫，被打成胡風集團的影響分子。一位曾與羅洛共事的地下黨員，林祥治，1948年曾到農村組織武裝暴動，這時被說成是羅洛在成都的代理人，以他為首，又牽連幾十人，直到1979年才平反。而林祥治，因為與羅洛關係密切，又與阿壠、方然要好，更和胡風通過信，結局更慘。他作為「胡風反革命集團四川組織」的「頭目」，妻子離婚，自己也神經錯亂，死於「文革」初期。但林祥治自1955年到死，從未抱怨過一句。平反追悼會上，稱他是「一位優秀共產黨員」。

王文正親自審問過林祥治，林給他留下了深刻的印象，他在書中給我們講述了他的這場審問。

當時，王文正由上海公安局調出到上海的「胡風專案辦公室」工作。詩人羅洛四十年代在成都讀書並從事進步活動（這時當然要說是「反革命活動」了），直至1948年夏天才來到上海。為了查清羅洛的

「反革命」歷史背景，王文正奉命來到四川，對羅洛在解放前的情況進行調查，並提審了與此相關的人員。林祥治正是其中的一個。

林祥治在解放前是一名地下黨員，在1948年前後與羅洛一同參加學生運動，由於對文學的共同愛好，他與羅洛成了好朋友，還和其他一些人辦了個小報《同學們》，組織了一個叫「同學們讀書會」的文學團體。這個「同學們讀書會」除了讀進步書刊外，還暗中做「聯絡人，爭取人」站到進步方面的工作，並在部分成員中傳閱《挺進報》等地下黨報刊，與羅洛他們一起閱讀學習《聯共（布）黨史》等。

林祥治熱愛詩歌，喜歡讀「七月派」的詩。方然、阿壟此時正在成都，所以林和他們有來往，成為朋友，是理所當然的事情。至於李輝書上說的「更和胡風通過信」一事，我沒有查到胡風日記上有這樣的記載。不過，我相信此事是有的，因為，文學青年向心儀的進步作家寫信表示敬意或問一些文學創作上的問題，那是很正常的事，哪裡想到會由此引起什麼天大的禍事！

在審訊中讓王文正這位預審員深感意外的是，林祥治面對著他的目光，是他從未見到過的那樣大膽，回答問題坦誠乾脆，不看審問者的臉色，也不揣摩問話的意思。答話直來直去，斬釘截鐵。

對於「羅洛這個人你認為思想怎麼樣？」這一提問，他的回答是：「羅洛當年從事學生運動是積極的，在思想上根本就沒有什麼想反對我們的黨。」

接著的問題是：「但他與胡風集團的人有聯繫呀！」他答道：「我知道的聯繫還是文學上的聯繫。同時，有聯繫也不一定要反黨呀！」

提問者祇好說：「那些信件可是事實。」

面對當時那樣的「輿論一律」，林祥治卻大膽無畏地直陳了自己的觀點：「那些報上公佈的信，東摘一句，西摘一句，信和文章是一個整體的，沒有人看到全文，怎麼能這樣定罪說那些話就是反黨的呢？作為一名黨員，我有些想不通，但組織上把我抓起來了，我也不抱怨。」「我們這些人都是愛好文學才認識的，最多也祇是一些文藝觀點相同，根本不是在文藝界組織反黨集團的！」

鐵骨錚錚，字字句句擲地有聲！表現了一個人格道義非凡崇高、真理在手的人面對強權的抗議。

　　審問者與他的問答繼續了三個小時，最後問他：「你能為你今天說的這些話負責嗎？」他的回答祇有兩個字：「當然。」

　　這樣的實事求是地據理力爭，才使羅洛避免了一場更大的災難。而林祥治卻被定為「胡風反革命集團嚴重影響分子」，受到了開除黨籍、行政降三級的處分。

　　當年他的一位「讀書會」的同學，1955年也被牽連進了「胡案」。今年7月，他用筆名「枯魚」寫了篇文章〈鐵骨錚錚一男兒——記林祥治同志〉，其中說到，當他解除審查後，在看審查材料時卻發現了外調人員寫的一張字條：「林祥治很頑固，不承認是胡風分子」。這一段記敘正好從側面印證了王文正的所言。

　　可是，就是這個林祥治，後來卻在關押中得了精神病（他相信組織相信黨，從未說過半句抱怨的話，但他實在是想不通，他內心的矛盾和痛苦怎能不使他精神錯亂呢？）。曾是親密戰友的妻子與他離了婚，孩子跟了妻子並改姓妻子的姓，視父親為路人。

　　這之後，他的病時好時壞。犯病的時候，他往往蓬頭垢面，衣衫襤褸，在街上亂走，被一群起哄的孩子們追趕著。後來，在他妹妹的安排下，給他辦理了提前退休，回到故鄉成都，由妹妹照顧他的生活。

　　在中共中央十一屆三中全會做出了「平反一切冤假錯案」的決議後，1979年，四川省委組織部及時為林祥治平反恢復名譽，使他能在生前看到了自己問題的解決（李輝所說他「死於『文革』初期」應為誤傳）。這之後不久的1980年春，他便因病離開了人間，年僅五十五歲。彌留之際，他還關心地詢問「劉少奇的問題解決了嗎？」

　　在1980年3月的林祥治同志追悼會上，宣讀的悼詞中這樣讚譽他說：「林祥治同志的一生，是革命的一生，是忠於共產主義事業的一生，他無愧於一個共產黨員的光榮稱號。」

　　可嘆的是，這位優秀的共產黨員如果不是因為無辜地被牽連進了這場冤案，他將會為黨為國做出多少貢獻哪！

詩人、編輯雷雯，則是由詩人牛漢牽連的，但他的遭遇卻比牛漢本人悲慘得多。這也是較為普遍的一種情況。多數被牽連的所謂「影響分子」或「一般分子」，甚至祇是「內定」為「分子」的人的遭遇，往往比與他們有關係的「骨幹分子」的命運要悲慘得多。個中緣由，尚有待研究。

　　雷雯，原名李文俊。在上高中時，接觸到了「五四」新文化精神，服膺自由民主的思想，並開始創作詩歌。在時代的大潮下，他追求革命，參加了地下黨的外圍組織——新青聯，為黨做了不少革命工作。武漢解放後，他毅然中斷了大學學業，進入湖北人民革命大學學習，以期盡早投身新中國的建設中去。朝鮮戰爭爆發後，他參軍北上，到了東北軍區後勤部政治部宣傳部工作。朝鮮停戰後，他又聽從組織安排，於1954年底轉業來到剛成立不久的黑龍江人民出版社。

　　在他23歲的時候，出版了詩集《牛車》，同時也結識了他仰慕已久的詩人牛漢，見過兩三次面，通過幾次信。這樣一位追求進步追求革命又才華橫溢的青年，正在春風得意之時，但卻因為與牛漢的這麼一點關係而陷入了一場飛來橫禍！

　　雖然他從未見過胡風，也不喜歡胡風的詩，但祇因為牛漢是「胡風集團骨幹分子」，他就被勒令檢查交代是如何「帶著胡風集團的密令到哈爾濱佔領文藝陣地」的。雖然他主動交代並交出了牛漢給他的信，但領導並不滿意，後來去到他家搜查，將他的全部詩稿、日記、書信、書籍等都拿走了，並將他單獨關在小屋內寫交代，失去了自由。由於他的詩集《牛車》是由東北作家協會詩歌組審查後推薦給上海新文藝出版社列入他們的一套詩叢內出版的，而這個出版社正是「胡風集團的大本營」，這又成了一個大問題。

　　在一次次加碼上綱上線後，開了批判會。最後，宣佈了對雷雯的處分：免於刑事起訴，定為「胡風集團一般分子」，給予行政撤銷編輯職務、降級、降薪、開除團籍的處分，重新安排在資料室工作。

在得知自己的處分比牛漢和同案的其他人還要重許多後，他感到極度的不公平。幾次抗議無效，他便向上面寫了申訴材料，在材料裡對本單位的那些「打手」給予了不客氣的揭露和控訴。這可不得了，報復隨即到來。因為「翻案」，他被開除了公職，並在員警的刺刀下被押送至勞改農場教養。從此他在農場度過了四年半地獄般的生活。這另一樣的生活，後來被他寫進了回憶文章《往事非煙》裡。書中所寫的勞教犯人受到的折磨、蹂躪，簡直是太可怕了，令人不忍卒讀，而在飢荒時期勞改犯人由於飢餓難耐而不擇手段求生的情形，更是讓人揪心地疼痛！正因為此，這本小書，幾年前我收到後，祗讀了一遍，就再也無力去翻讀了。

1962年夏，雷雯被解除勞教。正如他七弟李文熹所說，那是「死裡逃生，像牲口一樣地活過來了！」

他回到了哈爾濱，原單位當然是不收他了。在那裡舉目無親，祗好回到家鄉武漢。生活無著，託親友介紹，1963年到一所中學代課，但在1967年「文革」中又被趕出學校，經街道分配，進武漢冶煉廠煉銅車間當工人達11年之久。而那是個癌症高發區的單位，工人大都是為生活所迫或有這樣那樣「問題」的人，勞動保護極差，車間裡充斥著有毒的空氣。

1979年春，雷雯的冤案得到平反，他二十四年受屈辱、受損害、受苦、受難的人生，被一句「撤銷原胡風分子結論」輕描淡寫地抹掉了。他回到原單位黑龍江人民出版社當詩歌編輯。除了本職工作外，在平反復出的二十多年間，他又創作了大量的文學作品。除早年的《牛車》外，先後出版了四部詩集，並整理了回憶錄《往事非煙》。

由於那幾年在冶煉廠呼吸的有毒物質長期潛伏在體內，致使他在平反若干年後，竟得了一種不治之症「骨髓增生異常綜合症」，也就是白血病的一種。2003年10月11日，雷雯終因這種不治之症，離開了人世。

我最早知道雷雯這個名字是在八十年代。當時他由他的老上級樓適夷介紹，前來我家為他們出版社約稿，想出版我父親早年的譯著《洋鬼》。那天，我似乎不在，也不記得他見沒見到我的父親。但這應該是

他與我父親的唯一的一次聯繫。當時，我並不知道他曾因「胡風」這個名字影響了一生，更不知道這次來訪給他帶來多少感慨！

近年來，我從他的七弟李文熹那裡慢慢瞭解到他的經歷。在七弟的努力下，他的一些作品陸續出版了，最後，結集為65萬字的《雷雯詩文集》於2005年7月由北方文藝出版社出版。

這樣一位一心革命醉心文學事業的詩人，被奪去了寶貴的青春受到非人的折磨，恢復工作能夠創作後，又早早因病離開人間。僅僅是因為與「胡風」這個名字搭上了關係！這真讓人不知說什麼是好了。

下面介紹的三個人——桂向明、胡顯中、劉振輝，曾不同程度地受到「胡風案」的牽連，且相互之間有著關聯。

桂向明這個名字，當今的文藝界並不陌生，是著名詩人和散文家。胡顯中則是著作甚豐的經濟學家和社會學家。祇有劉振輝早逝，已離世二十多年了！

劉振輝解放前在南昌心遠中學讀書，不久參加了地下黨領導的讀書會，這個讀書會出版一種叫《人民的旗》的地下進步刊物，主編陳夜（即詩人張自旗），撰稿者則有公劉、胡顯中等人。為了辦刊物，劉和他的同學舒光祿各拿出一塊光洋，後又積極推銷該刊。後來，劉振輝由胡顯中介紹，加入了黨組織，屬閩浙贛邊區黨委城工部領導。南昌解放，劉振輝先後調至南昌市軍事管制委員會房管處、省府辦公廳等單位工作，後來又回心遠讀書。朝鮮戰爭爆發，他聽從祖國召喚投筆從戎，在北京總後勤學石油化驗，結業後分到蘭州。他熱愛文學，由於舒光祿的「撮合」，與當時的青年詩人桂向明結識並開始通信（這事也成了舒的一大「罪狀」，招來了囹圄之災。他自己幹公安，和文學並不搭界，妻子是識字不多的農村幹部，卻同受株連。此冤向誰說去！）。

劉振輝喜愛文學創作，曾與胡風通信並見過一面。因此，他理所當然地被捲入了這場橫禍，鋃鐺入獄，半年後精神失常，保釋回家，直到胡案平反後才得以送精神病院治療。1983年7月24日，從病院出走，中暑暴卒，去世時年僅五十歲。

查胡風日記，關於劉振輝與桂向明的記載共有16條。第一條記於1952年8月26日「得M（即梅志）信，並轉來讀者桂向明信，及其友人劉振輝給他的信。」8月27日記：「復桂向明。」9月8日：「復劉振輝」。由於胡風的覆信已無處可查，所以其內容不詳。但胡風於1952年8月29日給梅志信中倒是提到了一句：「那位劉振輝，決非王。記不得通過信沒有。在群眾裡面，明白的人有的是，祇不過都給悶住了而已」。因此我想，他們來信應該是探討當時對胡風文藝思想的論爭吧。同年的9月25日還有一條記載：「劉振輝來」。其他則都是二人來信和胡風覆信的記載。不過，都未記詳情。

　　據「運動」時「揭露」，劉振輝到北京看望胡風，胡風很器重這個青年，向路翎和綠原作了介紹。就是這樣一種情況，導致劉被「運動」早早打了進去。這位才二十出頭的青年詩人，用桂向明的話說是「單純到近乎天真」的，他承受不了這樣異乎尋常的高壓，還沒有享受生活（沒有戀愛，沒有結婚成家）就被摧殘了，直至過早謝世。

　　比起劉振輝來，桂向明的命運算是好的了：揭發文章〈聲討胡風分子劉振輝〉稱他為「漢口某胡風分子」，因為劉是通過他和「集團」聯繫的。還算好，監護一年有餘，最終以「胡風影響分子」得以解脫，由部隊安排轉業，在地方上一中學教書。在「反右」時他接受教訓，不多說不多道，機智地躲過了那一劫。

　　1955年5月，正在東北人民大學讀二年級的胡顯中得知當年由他介紹入地下黨的文學青年劉振輝被報上點名為「胡風分子」，便誠實地向組織上彙報了他與劉的關係，以示對組織的信任。不料，立即受到了隔離反省的待遇，要他交待與「胡風分子」的關係。白白耽誤了半年的學業後，總算沒事了。但卻令他產生了許多疑問。

　　事情到此並沒有結束。1957年的那個夏天，他絲毫不接受「教訓」，反而主動「跳出來」為胡風辯護。他在一篇題為〈胡風等人是反革命嗎？〉的文章中公然為胡風一案提出置疑。

　　該文在校刊《東北人大》上公開發表之後，立即引起了輿論的嘩然，「階級鬥爭」的形勢一下子就緊張起來了。不單《東北人大》上連

篇累牘地發表討伐胡顯中的文章，連《長春日報》上也發表了長篇報導〈「應聲蟲」──東北人民大學胡顯中右派言論破產始末〉，省報發表了批判胡顯中的文章，省委宣傳部長在會上點了他的名。學校幾次開批判他的大會，集中火力猛攻。但他始終不服，大聲抗辯，據理力爭，結果是被開除了團籍。

胡顯中懷著滿腔的悲憤和自信進京去上訪，想找個說理的地方。當然沒人理他。他不甘心於「自絕於人民」，又想到馬克思所說的「我是一個世界公民」，「工人階級無祖國」，乾脆出國去找說理的地方吧！於是，他找到英國代辦處想辦理出國手續。雖然祇要了一份申請書，就回了長春。但前腳剛踏進校門，便被校方追問審查。於是，立即升級為「叛國分子」，受到新一輪的討伐。

1957年11月2日，胡顯中被捕入獄，幾天後被宣佈為：胡風分子、投敵叛國分子、右派分子，判處無期徒刑。

從這以後直到1980年獲「改正」，他經歷了無數非人的折磨與摧殘，但仍堅信自己的無辜與正確，幾次越獄逃跑未果，得到的是變本加厲更為殘酷的懲罰。

1981年平反後，他回到了吉林大學（原東北人民大學）經濟系，做教學行政工作。這時才得以結婚成家。他繼續著對真理的探求，寫下了不少專著，人們給予了很高的評價。特別是發表於1989年第2期《時代論評》上的〈三論胡風問題〉，一方面繼續了他於1957年所寫的那兩篇胡風問題文章的探討，同時也為了紀念五四運動七十週年。文中著重提出了：胡風定案的歷史教訓昭示我們，沒有民主就沒有中國的現代化。在五四運動過去七十週年的時候，我們仍然應該高舉當年的兩面大旗：民主與科學。

他當年所寫的政論文章〈縱論國是，兼評鳴放〉和兩篇論胡風問題的文章當時被校方列為三棵大毒草，並收入《毒草彙編》，是他當年被判刑的主要依據。二十年後，這些原件被中國國家博物館收藏，並作為革命文物保存。同是這幾篇文章，相隔幾十年後，命運竟然有了天壤之別！

上述幾個受難者，都活到了上世紀八十年代，看到了自己的平反，有二位現在還健在。但有一位曲裡拐彎地受到牽連的青年詩人、才華橫溢的理論家寒笳，卻過早地就在1955年8月15日於「運動」中因為實在「交待」不出他與「胡風分子方然、蘆甸等人的聯繫」，不堪逼迫，上吊自殺身亡了！

　　寒笳與方然、蘆甸有什麼特殊的聯繫嗎？實在是非常簡單，沒什麼特別的。且讓我們來看一下吧。

　　寒笳，原名徐德明，又名徐冰若。抗戰時期，他就讀於成都的成屬聯中高中和三台的東北大學時，就投身於進步的抗日學生運動。他與其他幾位文藝愛好者共同創辦了成都最早的學生抗戰文藝團體之一──華西文藝社，並在《華西文藝》創刊號上發表了他的第一篇文藝理論作品〈確立抗戰建國文藝理論〉。當青年詩人杜谷（1955年被定為「胡風集團骨幹分子」）邀華西文藝社的詩友葛珍、許伽、左琴嵐等人與從延安到成都的詩人方然一起成立平原詩社時，寒笳也高興地參加了，並寫下了詩歌〈我的心呀在高原〉，以抒發自己對革命聖地延安和中國共產黨的嚮往。

　　1947年初，方然夫婦由蓉赴渝，準備復員東下，暫時滯留重慶，托寒笳在他任教務主任的通惠中學安排一教職。這之後，他們又共同響應地下黨的號召，在學校裡發動青年學生積極開展反飢餓反迫害反內戰運動。因此，寒笳和方然同在1947年6月1日凌晨被國民黨特務逮捕。在獄中，他們又共同開展了反迫害鬥爭，終於在地下黨員和進步人士的營救下出獄。由此看來，他和方然的關係哪有一丁點兒「反革命」的聯繫呢？應該是、也祇能是革命的聯繫。

　　至於他和蘆甸的關係，那更祇是1945年8月蘆甸去中原解放區之前同在成都平原詩社為詩友的關係，那時的蘆甸自己都還未與胡風有任何聯繫，寒笳怎麼會通過蘆甸與胡風發生什麼關係呢？無論如何，這樣的罪名是安不上的。

　　但就是與方然、蘆甸的這樣一點聯繫，寒笳（徐冰若）所在單位四川省委黨校「經重慶市委批示，對徐進行了審查」，雖未查出問題卻並

不滿足，又於1955年7月改為將寒笳停職反省，他不得不做了兩次檢查，卻仍通不過。最後，這位在敵人的監獄中能堅持鬥爭取得勝利的共產黨員，在自己人的逼迫下，實在編造不出謊言來獲得解脫，祇好採取了含冤棄世這一解脫方式了。此時他才祇34歲，正值年富力強。

何滿子先生在抗戰時期曾與寒笳交往密切，友誼深厚。他在《回憶寒笳》中這樣說道：「他（寒笳）是一個非常隨緣、灑脫、凡事想得開，可稱是十分曠達的人，這樣的性格也會自己走上絕路，那就不知道他遇到的環境是如何地不堪忍受了。」當時的具體情況我們已無從知曉，我們祇知，在他去世後，還照例被那些迫害過他的人們誣成是「畏罪自殺」「自絕於人民」。真是天理何在！

在黨的十一屆三中全會後，經寒笳的親屬幾次要求，他所在單位才於1983年3月發了公函《關於徐冰若同志死亡問題的結論》，承認「徐冰若同志之死，是因為被審查造成的」，「當時對徐冰若同志的審查是錯誤的，應予糾正，恢復名譽」。但一直沒有公佈對他審查時的具體情景，並藉口說是「並未開除黨籍，也未戴什麼帽子，更未給親屬單位寫什麼材料」，而拒絕按照中央文件精神為寒笳公開平反並召開追悼會，致使死者的親屬至今仍為之感到寒心。

整個胡風案件究竟牽連到多少人？這是一個很難說清的問題。「胡風分子」共分三個級別：骨幹分子、一般分子、影響分子。按官方的說法是：「在當時全國清查『胡風反革命集團』的鬥爭中，共觸及二千一百人，逮捕九十二人，隔離六十二人，停職反省七十三人。到1956年底，絕大部分人都作為受胡風思想影響予以解脫；正式定為『胡風反革命集團』分子的七十八人（內含黨員三十二人），其中劃為『骨幹分子』的二十三人」（公安部、最高人民檢察院、最高人民法院黨組1980年7月21日的《關於「胡風反革命集團」案件的複查報告》）。但據我瞭解，這數字是遠遠不夠的。每一位正式定為「胡風分子」的，如路翎、阿壠、魯藜、賈植芳、牛漢等人，不僅牽連了他的親屬，還往往會牽連到數十個以至數百個與他有某些關聯的人，甚至於他的讀者或學

生。真可謂「順瓜摸藤」！另外，還有不少文學青年在運動中被定為當地的「小胡風」或「小胡風集團」。上述文件說到正式劃為「骨幹分子」的祇有23人，實際上由於各地的情況不同，到了「文革」期間，又升級補劃了一些「骨幹分子」，所以僅就我所知，就並不止23這個數。

我們看到，在那些曾被定為「胡風分子」的人中既有面對聲討「胡風反革命」大會的高漲氣勢敢冒天下之大不韙大聲疾呼「胡風不是反革命」，被何滿子先生譽為「六億一人」的美學家呂熒，也有不畏權威直陳「從根上說，『胡風反革命集團』案件全然是人為的、虛構的、捏造的！」的詩人和文藝理論家阿壟，也有在疾病折磨、衣食無著中堅持讀書獨立思考，寫下了十數萬字振聾發聵的讀書筆記（在上個世紀九十年代以《無夢樓隨筆》題名出版，震撼了我國文化界）的張中曉，等等……。今天，我筆下的這幾位雖然名不見經傳，但他們對正義和尊嚴的維護，同樣令我們肅然起敬！

有一位以「蘇州一同志」著稱於「榜」上的許君鯨同志曾歷經非人的待遇，差點沒被餓死，但卻於1981年在給友人的信上說道：「記得上次讀到胡風告讀者的話，裡面說到對受牽連的人們感到抱愧之類的話，其實是完全不必要的，能在一生中牽攀進一件公案裡，如果不說是充實了的話，至少也是點綴了自己的生活吧！」看到這話，我的心裡非常不是滋味。這話與其說是灑脫，毋寧說是無奈吧！雖然在為「胡案」第一次平反的1980年第76號檔中指出「造成這一錯案的責任在中央」，但對於被觸及的二千一百人（按官方統計）來說，由於當時並沒有《國家賠償法》，所以他們在物質上和精神上沒有得到任何賠償（平反恢復名譽不能算是賠償）。須知，有多少年輕有用的生命無辜被踐踏被蹂躪，一個人一輩子能有幾個二十五年哪！即使有一點補償，那也祇能是聊勝於無。我想，祇有依法治國，堅持「民主法治、公平正義」，真正構建一個和諧的社會，那麼，類似的悲劇將會在我們的祖國永遠絕跡，這才是對這一冤案受難者們的最好補償！

2007年11月

（曉風，胡風女兒，作家，現居北京市）

懷念，永遠的懷念

李琦

　　當我在電腦前要寫這篇文字時，我以為時間已經讓心頭的悲傷有所化解。可是，心還是這麼刀剜一樣難過，淚水無法控制地流過我的臉。這是我寫得最難的一篇文章，每每都是因為淚眼模糊心太難受而無法進行。我這才知道，去寫與自己生命相關的人，是這麼難！雷老師，此刻，你雖然已經遠去天國，可我能感覺到，你能看見我，你能感覺到你的孩子的悲痛！

　　我們相知太深，你肯定知道，失去你以後，我和合省經歷了此生最重的傷痛。

　　二十多年前，當我還是師範大學中文系的一個寫詩的學生時，通過我的老師，我知道了雷老師，那時的雷老師剛平反落實政策，重回出版社編輯隊伍。雷老師是一個真誠的編輯，對許多真正熱愛詩歌的作者，都給予了熱情的幫助。和我一起寫詩的龐壯國，永遠也不會忘記，作為青年詩人，他給當時雷老師所在的《北疆》投稿，每次都能收到字跡工整的回信。

　　有時，回信者還把他的錯字清楚地改過來。信上沒落姓名，祇知道是詩歌編輯。壯國心生感動，打聽到這個人就是雷雯老師，就給雷老師寫了一封信。雷老師在回信中說，孩子，你要是不知道我的姓名，我們就這樣通信下去，那多好啊！時隔多年，已是半百之年的詩人龐壯國每當說起這事，依舊感慨萬分：如今上哪去找這樣的好編輯啊！

我和雷老師的友誼，也是緣於一封信。當年，我收到了雷老師一封簡潔的信。他說，看了我的一些詩歌，覺得一個年輕人寫成這樣很不錯，讓我把自己的詩歌整理一下，可以考慮出版。他的字骨格清秀端正，字裡行間的誠意，讓初出茅廬的我，不僅對詩人，也對這人間有了深深的感動！

　　當時，我已經從我的老師那裡，知道雷老師是個非常好的人。老師說像那樣的不俗之人，實屬難得。也許正是這樣，我覺得不應該讓一個這樣的人失望，我就給雷老師回了一封信。意思是說我還年輕，詩也還不夠好，等過一段，我寫得有些進步了再考慮出書的事。

　　也許是這封信，讓雷老師對我也有了好感。後來，當我認識雷老師的時候，竟毫無陌生之感。站在我面前的雷老師個子不高，清潔儒雅。尤其是他的笑聲，像孩子一樣坦蕩爽朗。我從他的目光中感受到一種善良和友好，我覺得詩人大概就應該是這個樣子。他對我說話，就是一個父親對女兒的口氣。當我們成為親人一樣的關係後，我說，那封信對我的鼓勵太大了，讓我有一種溫暖，我從來都沒有想過，會有人想著讓我出一本詩集。雷老師哈哈大笑，說他也沒想到，都想出詩集的時代，一個小姑娘會說，先不著急，以後再說。

　　我和合省因為對詩歌的熱愛結成夫妻，是一種奇妙的緣分；同樣因為對詩歌的追求，我們兩人又和雷老師成為師生，而後逐漸變成沒有血緣關係的親人。上世紀八十年代末，當時的省作家協會領導誠懇地和合省談，希望他能從部隊轉業，到省作家協會來。當合省費盡週折辦妥轉業後，作協因人事糾紛，工作安排又出了岔頭。看到這樣紛紜的人際關係，對作協已經失去興趣的合省，就索性轉業到了出版社，和雷老師又成了同事。冥冥之中，命運之手把我們越拉越近。

　　年復一年，我們與雷老師從精神上的默契到生活上的相互關心，從對詩歌的熱愛到對人生的探討，漸漸成為親人，以至於我們的女兒小時候，一直以為雷爺爺就是她的親爺爺。尤其是合省，為了我，轉業到哈爾濱，在這個並非是他故鄉的城市，除了我，他可以說是舉目無親。所以，紅霞街上雷老師的家，就像他的家一樣。雷老師把家門的鑰匙給合

省，常常是，合省的腳步在樓道裡剛響起，老頭兒就知道是他來了。

雷老師少小離家，放棄優越的家庭環境，帶著三弟追隨真理，參加革命。他有過難忘的軍旅生涯，情懷高遠，很年輕就出版了詩集。剛進入一個詩人創作的最佳時期，天降橫禍，突然被打成「胡風分子」。因為實在是莫須有，他為自己申辯，結果又罪加一等。命運從此一波三折——勞改農場，回故鄉做工，名存實亡的家庭，數十年孑然一身，盡嘗人生的苦澀和辛酸。

有一次雷老師拿出影集，說讓我們看看，他年輕時像不像合省。我一看，果然很像，都是眉宇清朗之人。雷老師與合省心性投合，都是眼裡不揉沙子的人。共同的詩人情懷，使他們在精神上的默契已經遠勝於一對真正的父子。看到合省體形清瘦，雷老師就用南方老家煨湯的習慣為他煨雞湯、蓮藕排骨湯進補，看到合省喝得香，他就愛憐地大笑說：看看我這傻兒子！

合省也像一個真正的兒子一樣，記掛著他的冷暖。記得有一次，我們給雷老師打電話，很長時間沒人接聽。當時天色已經很晚，想他就是散步也該回來了。越想越擔心，我們怕老頭出事，趕緊打車前去。當合省氣喘吁吁用鑰匙打開房門，見到雷老師正在燈下讀書，這才長出一口氣。原來電話壞了，而雷老師自己並不知道。他看到因為走得急，合省腳上未及換下的拖鞋，連連說，我的傻兒子我的傻兒子！合省修好了電話，又檢查了煤氣、窗戶，這才放心。

雷老師後來跟我說，每次看見合省給他幹活，檢查他的煤氣、窗戶，聽到合省囑咐他，他就覺得自己有靠頭，有這樣的孩子，什麼事都不會有。

雷老師為人厚道，幾乎沒有防人之心。有一段時間哈爾濱社會治安不好，經常有人裝做收費之類的入門搶劫。合省對他不放心，告訴他來人敲門一定要問清楚再開門。說完後，還不放心，有一天就扮做來客敲門。果然，雷老師又是沒問一聲就開門，結果急脾氣的合省當時就把老頭兒數落一番，雷老師自知理虧，連連說：兒子，我錯了！

雷老師離休後，囑咐合省常到他那去吃午飯，吃完後還讓他小睡一

會再去上班。最有意思的是爺倆都是孩子脾氣。雷老師節儉，剩菜捨不得倒掉；合省怕他吃剩菜吃壞了肚子，就想法給他倒掉；還經常在廚房巡視，監督一樣看著他，嘲笑他捨不得扔東西像老地主。我常看見雷老師一邊惋惜地看著被倒掉的剩菜，一邊小聲咕噥，每當看到爺倆這一幕，我都放聲大笑。

許多個週日，我們一家都是在雷老師那間小屋裡度過的。有時，我們一起出去吃個便飯，有時也把雷老師接到我們家去。雷老師的家在江邊，夏天吃過飯後，我們就去江邊散步，一邊走一邊談古論今。我們還一起去太陽島野餐，去看遍地的秋葉，去看童話一般的冰燈。回想起來，那真是難忘的美好時光！天長日久，雷老師的老同事和老朋友都熟悉了我們。有時我們去了，正趕上他們在那聊天，他們就會站起來說：你孩子來了，我就先走了！每逢這時，我都能看見雷老師笑得那麼開心。

我們和雷老師交往的過程中，他的人格和學養，對我們的成長起到了提昇的作用。他手不釋卷，一盞青燈下，寫下那麼多明淨清澈的詩章；他心地單純，是我們一生中見過的最善良的人；他正直誠實，永遠不會為一己私利去做任何苟且之舉；他同情弱者，深懷悲憫之心，副食店的營業員、站在街上打短工的盲流，都成為了他的朋友。有一次他從菜市場回來，感歎唏噓說，那麼多人下崗，我退休了還掙著不少的錢，心裡不安啊！他從沒想過，他所謂「不少的錢」不過祇夠溫飽，能多買幾本書而已。他是出版系統同等資歷者中工資偏低的。因為被命運欺負，學問、資歷都不在別人之下的人，在離休時仍是一個副編審。他去世後，當我們讀到七叔（雷老師的七弟）為他編輯的散文《往事非煙》，真是心如刀絞！相知如此，老人也沒有把他經歷的苦難和屈辱全告訴我們。也許，這些心靈上的傷疤他不願再揭開。如果雷老師不是這麼單純堅強，他活不下來；而反過來，一個人遭受這麼多折磨，心靈還如此潔淨高尚，這又何其難得！

雷老師給我們的印象一直是健康的，他經歷了勞改那樣的歲月，都活過來了，又有什麼挺不過去呢？我們無論如何沒有想到，以為早已成為過

去的勞改歲月，已經在他的命運裡埋下了致命的隱患。前年，發現他開始消瘦，懷疑他得了糖尿病，去檢查，沒事。我當時還認為「人生難買老來瘦」，沒以為然。再說，雷老師的父母都是高齡仙逝，作為長壽家族，他自然也該長壽的。

當我送他回武漢老家去治療，與他擁抱告別時，我還未曾料想，雷老師竟得了白血病！當我們知道他的血液疾病很可能就來自當年在工廠改造時受到的輻射，真是悲痛無語！一個善良的詩人、一個最好的老人，為什麼承受如此的命運！那些日子，我們能做的就是祈禱上蒼，讓他挺過去這一劫難。

雷老師，就是今天，我也不能和合省多談論你。他已經習慣了和你二十多年的溫暖相處。對於他，你就是精神相依的父親。他放心不下去武漢看你時，還想著等你稍好些把你接回來。

你病危之際，他食寢難安，一說話聲音就哽咽。我們每天都要看武漢的天氣預報，因為這關係到你的冷暖。知道你必須不斷輸血後，我們開始有惶惶之感，怕死神真的把你帶走。我們甚至避免從紅霞街經過，因為惟恐觸景傷情。

你的離開對我們是重創！尤其是合省，他經歷怎樣的傷慟你一定知道！直到今年清明，他去武漢給你掃墓回來，為你燒了紙，心情才平靜些了。他相信在大別山那座安靜的松林中，您那顆歷經磨難的心，最終得到了安寧。

說到這裡，我們要感謝七叔。作為雷老師的弟弟，在雷老師去世前後他所做的一切，讓我們深為感動。儘管可以把這一切理解為兄弟情深，但我們知道其實不僅僅如此。七叔幾乎把全部精力都用在編輯雷老師的詩文集之上。他甚至就住在雷老師住過的房子裡，在這間留有雷老師痕跡的房間裡，感受著兄長的氣息，用自己的目光和心靈與作為詩人的哥哥溝通。他知道我們對雷老師的感情，在雷老師離開我們後，他又自然地成了我們的叔叔。感謝七叔把雷老師墓地的照片給我們寄來，以做永遠的安慰。

「詩人雷雯之墓」。這簡潔樸素的碑文對雷老師是再合適不過了。

他的品行和學養，一個詩人和一個君子的風範，永遠都是我們景仰和效仿的，也值得世人回味。

　　雷老師，我們的父親，我們的老師，我們最愛的那個乾淨的、笑聲爽朗、說話有些南方口音的老頭兒，安息吧！

2004年12月

　（李琦，女，詩人，作家，現居哈爾濱市）

花去雨中人不覺

黎煥頤

　　兩個月以前，收到湖北省武漢市的李文熹先生寄來的《雷雯詩文集》。雷雯，我是認識的，但李文熹，我剛素昧平生。一讀來信，才知道他是雷雯的胞弟。信上說：「先兄雷雯寫了一輩子的詩，為詩遭了那麼多的罪……」讀罷此信，我才知道雷雯已辭世兩年了。

　　嗟乎！花去雨中人不覺，杜鵑啼與草木聽。雷雯兄得弟如此友愛，可以無憾於詩國，我還能說些什麼呢？……記得上個世紀的八十年代初，詩刊社在嚴辰老師的主持下，編了好幾套《詩人叢書》，其中一套內有我一本名曰《春天的對話》，交由黑龍江人民出版社出版，雷雯就是我這本詩集的責任編輯。後來我去黑龍江開詩會，在哈爾濱專門去拜訪雷雯，這時我才知道，他是因詩而與牛漢認識，因牛漢而與綠原通過一封信，1955年遂因此而被株連打入另冊，勞動改造吃盡苦頭，直到三中全會才獲平反。他的詩一如他的為人：樸實、清純，沒有雕刻味。可是，就像他這樣一個不矜才、不使氣、十分善良的繆斯的信徒，居然一生不幸：青年時代的大好年華悉為政治賤民而灰；中年亡羊補牢雖未為晚，惜琴瑟不調一如維納斯之斷臂；晚年抱不名之症回故土悲苦而終。噫！何其不幸如此之甚！

　　果其然哉？繆斯不能頂禮，誰頂禮誰就會與痛苦結緣？

　　果其然哉？詩無機心。誰秉詩的原生態入世誰就會為世俗不容？

　　果其然哉？繆斯的神性禪心，祇能是明月松間照，清泉石上流？

　　果其然哉？詩乃精神的自由貴族，祇能是脫巾獨步遺世而獨立？

然而，神性即人性，繆斯從來就不是葛天氏之遺民，更不是首陽山上不食人間煙火的夷齊之流裔。她自始至終棲息於仙凡之界，出世而又入世。說她是仙，是其品格的高潔；說她是凡，是其高潔的品格不是如秋蟬之餐風飲露祇是一味的清唱，而是與離離禾黍同悲歡……

　　這就是風雅之所以為風雅，屈原李杜之所以為屈原李杜。因此，雷雯的不幸，恰好是凸顯其詩性無愧於他的同鄉先賢：從屈子到孟浩然；從聞一多到聶紺弩，煙篆傳承。一言以蔽之——雷雯是繆斯殿堂不朽的守護神。

　　說雷雯不朽，是說他合格，是說他秉詩入世的全過程，並沒有為世俗的浮名濁利而動，以詩充當名利場的浮世繪，或者是巧妙地化裝，充當名利場的清客、玩物，欺世媚俗。而是始終拒絕加入任何級別的作家協會，不幫忙不幫閒，低調做人，本色入詩。同時，他也是一個詩的性情中人，歷來性情人終有性情回報。在他抱病回武漢時，是詩人李琦的專程護送。離世之後的好幾個清明節，有詩人不遠千里萬里之遙，從哈爾濱、從昆明到大別山他的墓地為之掃墓……人生得一知己可以無憾，而雷雯得到卻不止一個。這比之浮名噪一時，而身後如飄煙的所謂「詩人」實在是莫大的反諷。嗚呼！「浮名似紙真嫌薄，佳句驚人不在多。」雷雯兄，你的《往事非煙》承受你詩的靈魂之重，並不薄啊！儘管你自認，你是卑微的呼號者，然而，卑微者的崇高，我再次從你身上得到體認。不是嗎？〈嘚嘚馬蹄聲〉從《往事非煙》之中就「嘚嘚」復「得得」，讓人切感生命的律動是如此不可侮！

2005年9月22日

　　（黎煥頤，詩人，已故）

懷念詩人雷雯

管用和

我出版了一冊詩與散文詩的合選集，托雷雯的七弟李文熹轉送給他。沒想到詩人已與世長辭了。我除了震驚、惋惜和悲痛，一時無言。慚愧，這位我的老師輩的詩人，生前曾多次將他的詩集贈給我，而我卻從來沒有過回贈。不是我高傲自大──我沒有這方面的本錢──是覺得自己出版的一些詩集裡的作品平庸，怯於給他。總想等到出了選集時再送給他。因為選集裡的詩是經過自己精選的，好拿出來。誰知盼到時來時已晚，他永遠也看不到我的詩選集了。

我是一個自卑的人，中國的詩壇上詩人燦若繁星，自己祇不過是湊湊熱鬧而已。基於自知之明，我與一些名詩人名編輯交往甚少，雖然我曾經多次和好多的名詩人和名編輯在一起開會、旅行，有機會與他們交往，但自卑感總使我缺乏勇氣。我寫作還算勤奮，當時的文藝刊物很多，稿子多了，就廣泛地投稿。自知作品淺薄，好壞從聽編輯安排，羞於去與一些名人拉關係，套近乎。因此，儘管我在全國的好多刊物上發表過一些作品，但向我約稿的編輯不多，外地的則更少。沒有料到的是，有一天，自北方來了一位長者，說是他們出版社創辦了一個大型文學刊物《北疆》，要我給他詩稿。記得當時我的抽屜裡確有好多詩稿，卻不敢隨意給他──這是一個外地刊物的編輯第一次登門向我約稿，我一時受寵若驚──得慎重一些啊，就答應過些時寄稿子給他。這位長者，慈眉善目，溫文爾雅，匆匆而來，匆匆而去，連清茶也沒顧上喝一杯。

來的陌生的約稿人就是雷雯。當時，我並不知道他是湖北老鄉，是一位受過苦難的資深德高的老編輯、老詩人，他自己也沒有說自己的身世和經歷。後來，我收到他寄來他的詩集《雁》。讀罷，肅然起敬。他的詩的確寫的不一般。我也去過他去過的一些地方，像泰山、嶗山。卻沒有像他一樣寫出那麼多的詩來；雖然我也寫過幾首，相比之下，自愧弗如。再後來，又收到他的一封信。他在信中問我是否有新的詩集要出版，並介紹某出版社出版計劃，叫我與正在編輯此詩歌叢書的某詩人聯繫，聯繫方式和通訊位址，寫得十分詳細。那種對我的關切之情，實在令人感動。好像我與他並非初識，而是老熟人老朋友。此後，我與他的弟弟李文熹認識，瞭解到雷雯受盡磨難令人慨嘆的一些經歷，我更加敬重這位老詩人了。雷雯1927年出生於湖北省黃岡縣。解放前，就讀於武昌藝術專科學校。1947年開始發表文學作品。後投筆從戎，在東北後勤部政治部做宣傳工作。1954年轉業到黑龍江出版社當編輯。不久，便被捲入所謂「胡風反革命集團」案，受冤23年，歷盡磨難。說實話，我過去也受過一些折磨，吃過不少苦頭。被降過工資，捱過批判，餓過肚皮，到「文教農場」（也叫右派農場）、「幹校學習班」幹過力所不及的重體力活，心身都受到莫大的損害。但與雷雯長時在生死線上掙扎相比，實在算不了什麼。他後來又約我寫過一篇散文，並來信說我這篇散文寫得好，鼓勵我多寫一些。但我從來也沒有主動向他投過稿，不是不想投稿，我知道，像他這樣熱心幫助別人的好人，手中的來稿一定很多很多，我向這樣的人投稿得十分慎重，深怕增加他的壓力和麻煩。

以後，雷雯或因公或回家探親來武漢時，總要找我聊聊。無外乎是問問我的創作情況，再就是聊聊詩歌，聊聊詩壇，談的十分親熱，儼然如同同輩老友。在他面前，我不再膽怯、拘束。我是一個向許多的刊物廣泛投稿的普通詩歌作者，也參加過一些有關詩歌的會議和活動。儘管我不大愛與人交往，憑旁觀和旁聽一些詩人在會下、私下的議論，對詩壇的狀況多少瞭解一些。勿容諱言，當時我們的詩壇上，是有著門戶之見的。在某一派或某一圈裡的詩人執掌刊物主編時，便冷落排斥另一派或另一種風格的詩及其作者。圈內的人發了作品出了詩集，便互相評介，熱情讚揚。對圈外的詩人的作品則熟視無睹，甚至鄙視。我也受到某些刊物和某些名人的冷落。但我卻不

屬於任何一派，也沒進任何圈子。祇不過我的作品在風格上與有些詩人接近或類似而受到冷落罷了。雷雯對此也有同感，頗有微辭。從我與雷雯的交談中，我感覺到他雖然受到所謂「胡風反革命集團」事件的牽連，但他的作品和言行，與「七月派」似乎毫無關係。所以，我與他交談便不再有所顧忌了。有一次，我和雷雯談詩的時間較長，古今中外，涉及甚廣。我說我本來不怎麼喜愛文學，而是喜愛繪畫，開始在報刊上發表的也是美術作品。後來因為畫畫報考美術學院而受到無情打擊，無奈才偷偷摸摸地學寫詩。我喜愛海涅、泰戈爾和前蘇聯詩人依薩科夫的作品。對於我國古代詩人，我喜讀歡王維、李商隱、謝靈運的作品，還有袁枚的詩，我也特別喜愛。談到袁枚，雷雯笑了起來，他說，前幾年由他編輯出版過袁枚的詩選集。我很驚喜，說我在好多新華書店裡找過，沒有他詩集。雷雯說，此書早就脫銷了，我回出版社給你寄一本來。這時，我還不知道雷雯是學繪畫的出身，與我有著共同的愛好。難怪在談到我因畫畫得罪了上級受到打擊，直至如今還為考上美術學院而未能入學而遺憾終生時，他長長地嘆息。

在我收到雷雯寄來袁枚的詩集不久，就又收到他的詩集《螢》。捧讀他的詩集，感到特別的親切，一種莫明的衝動，時刻湧上心頭。我曾經不止一次地捧讀過泰戈爾的《流螢集》，那在黑暗中閃閃爍爍的點點流光，是那樣地吸引著我，我像孩提時一樣地去追尋那迷人的螢光。同樣，雷雯的輕吟低唱，使我更為親近地感受到他心靈的傾訴，領悟到他的沉吟和思索。點點螢光，閃爍著詩人的靈感和睿智，蘊蓄著詩人深沉的情思，是詩人受盡磨難，對社會人生深切的體驗的精神產物，是詩人生命靈魂幾經磨礪心血凝成晶體。這些短章，語言明朗樸實無華，極其精粹、凝練，節奏明快。詩人盡量以最少的淺醒的語言，吟出深厚的凝縮的意蘊，富於詩意，飽含哲理——這，也許是詩人刻意追求的。同樣，也是我孜孜以求的啊。是的，在雷雯寫作《螢》的時候，我也以《露珠集》、《自然•情思》為總標題，以近似的風格寫著一些極短的短詩，在全國許多的刊物上發表。當我讀到《螢》中一首題為〈楓〉和〈橋〉的短詩時，我的心一陣激動，忍不住會心地笑了。難道雷雯與我「心有靈犀」麼？我們竟在同一時期寫出了在題材、內容和構思上相近似的作品。

雷雯在〈楓〉中寫道：

楓啊／你為什麼要紅呢／／綠的夢／綠的風／綠的安詳／綠的溫馨／／楓啊／為什麼要紅呢／／是秋陽／要你脫胎換骨的麼／是火／要你面目全非麼／／可憐的楓啊／人們說你／紅得像二月的鮮花／而我／不相信／這大落差的變化／沒有痛苦／沒有酸辛／／

我的〈紅葉之歌〉是這樣的：

從初春到深秋／一個夢比一個夢深沉／經歷了風雨、酷暑／還未曾有過倦怠的時辰／仍滿腔激情／渴望著鬱鬱青青／在不斷地光合／為著茂林更加繁盛／／並不抱怨料峭的霜風／如此緊迫逼人／祇是春夏的夢纏纏綿綿／仍然沒有做醒／／別讚美我／──霜葉紅於二月花／請聽聽／我如火如荼的歌吟／吟的仍是青春的奉獻／唱的仍是綠色的犧牲／

　　我們這一代人的經歷，多少有些相似之處，在經受了許許多多的磨難後，肉體上心靈上的傷痕還沒有癒合，而青春已逝，有的人到中年，有的人過中年，飽經風霜而呈現出苦難的血色，與秋後的楓葉何其相似啊。在口頭上，雷雯嚴嚴實實，從來沒有與我談到他所經歷的坎坎坷坷，抱怨命運於他的不公。但從他所寫的許多的詩中，我能感悟到詩人所經受人生的風風雨雨，領略到詩人思想情感，窺視到詩人的精神風貌人格和品質。
　　我與雷雯本來十分生疏，由於他有一顆樂於助人的心，使我們十分親近。不少詩歌作者也像我一樣得到他的關照。一些人的習作，通過他得以發表，有一些不知名的的作者，經他幫助而成為著名的詩人──他像一座橋。不少人通過他這座橋走上詩壇文壇。我在讀他寫的〈橋〉時，覺得就像是他在作內心表白：

橋／把河兩岸的路／連起來了／橋／成為路的一部分／／橋／是路的一部分／人們／走過來，走過去／從沒有誰／感謝它，讚美它／祇是在／需要橋而又沒有橋的地方／人們／才記起它／／橋／默默地／站在河上／從不要人感謝／從不要人讚美／／橋知道／它祇是路的一部分／

雷雯將自己當作路的一部分，任憑人們踏著他走來走去，到達各自的目的地。不要人感謝，不要人讚美。而我寫的〈橋〉，則像是有意給他做了補充：

將斷了的路／接起／於是／也成為路／然而／又獨立／既完美了路／也完美了自己／

是的，在他所從事的工作所經營事業中，雷雯不愧為路的一部分。而他的人格，他的品性，他的情操，他的詩歌，是獨立的，它在完美他的事業的同時，也完美了自己。

今日，捧讀李文熹先生給我的《雷雯詩文集》，詩人的音容笑貌，浮現在我的眼前，有許多的回憶，有許多的感慨，有許多的嘆息。故人已去，撫卷長思，心中黯然，寫下這段文字，寫下我對這位我的老師輩的詩人的敬意，寫下我對這位可親的友人的深深懷念。

2005.10.06.於南京路陋室
（管用和，詩人、作家，現居武漢市）

「再結來生未了因」
——懷念我的大哥雷雯

李文熹

　　在請朋友們為大哥的詩文集寫點文章時，朋友們都說我應寫點什麼，三哥在電話裡也這樣對我說過幾次。我一直沒有說行或是不行，因為每次說到或想到這事時，心裡就驟然一緊。大哥去世快兩年了，望著他生前的居室，被子還是那樣鋪著；書桌上還放著他看的雜誌和報紙；抽屜裡還放著朋友們的來信和他的手稿；書櫃裏的書還是那樣分兩排整齊地放著；衣櫥裏他的衣服還是那樣掛著和疊著，特別是我一直在整理、校對他的遺作，感受著他的思想、情操，兩年多來似乎沒有中斷過和他的交流，就好像他仍然住在這間屋子裡，就在我身邊，祇是出去散步隨時都會回來一樣。六十年的手足，如今相隔兩世，想起來心裡就隱隱作痛，身上有一種顫抖發冷的感覺，說不出的難受滋味！誰說的「心為什麼痛啊，是誰插上了幾根針？」歷歷往事湧上心頭，在心裡翻騰，真不知從何寫起。

一

　　1962年夏天，大哥歷經劫難從東北回到武漢。望著他憔悴的面容，我既熟悉又陌生，我們整整10年沒有見面了。1953年元月他出差湖南路過武漢時，在家裡住了幾天，那時，我還是一個未滿9歲的孩子。我祇記得他非常喜歡我，總是抱我親我，用鬍子扎我，晚上和我擠在一床被子

裡睡，家裡的伙食也比平時好一些，那是我童年記憶中最快樂的幾天，屋子裡充滿了溫馨和愉悅的氣氛。然而，我沒遮攔的一句話竟惹惱了大哥，給家裡引發了一場軒然大波，溫煦的春天被倒春寒給凍住了。事情出在我身上，但我絲毫不記得這件事，多年後父親告訴我時，我心裡一片茫然。

說是一天大哥抱著我說，長大了當兵去。我回答說不去。大哥問為什麼？我回答說怕被打死了。這一下壞了，大哥當即沉下臉來。當時解放不幾年，正是抗美援朝的時候，對於忠心耿耿滿腔熱血隨時準備為祖國為人民拋灑的大哥來說，我的怕死的回答引起了他極大的反感和憤怒。那時他在東北軍區工作，回瀋陽後，他給父親寫了一封措辭非常激烈的信，指責我之所以害怕當兵是家裡大人灌輸的反動思想，也是一種恐美思想的反映。小孩子知道什麼，責任完全在大人，是大人教的，或是大人平時就這麼說，小孩子聽進去了，小孩子在這樣的家庭中怎能成長為對國家對人民有用的人材！他大發雷霆，對父母橫加指責，他說難道站起來的中國人民害怕美帝國主義的原子彈嗎？而從父母來說，這真是天大的冤枉。後來這事是怎麼平息的，我不知道，但這件事對我的影響和打擊太大，我至今還朦朧地記得，那些天一擦黑，一些親戚就聚在我家裡，都用異樣的眼光打量我，像審訊一樣，問我這話是從哪裡來的，瑟瑟發抖的我如何說得清楚！我害怕極了，縮在牆角，一動也不敢動。

這件事我一輩子不知道回想起了多少次，隨著時間的推移，當時的一頭霧水慢慢散開，許多糾纏在一起的事情終於一一理順並清晰起來時，我理解並原諒了大哥那些過頭的話，因為大哥生就是剛正不阿、率真純樸、心口如一的性格。那時他熱忱地投身革命，不能容忍一丁點對黨不好的言行，哪怕是他最親近的人。那時的大哥是多麼虔誠啊！虔誠得現在看來像是在讀一篇小說一樣，然而這一切卻是實實在在真實的事。這就是大哥的性格，性格決定了一個人一生的選擇，而這樣的性格也註定了他的悲劇命運。

1927年12月1日（夏曆十一月初八），大哥出生於湖北省黃岡縣三河鄉三里畈鎮。5歲時，大哥以李文俊的名字在本鎮私塾發蒙，由於天資

聰穎，很快就讀到了「四書」。1935年，家族中一個接受了「五四」新文化思想的長輩從華中大學畢業回來，開辦了當地第一所新式學校，命族中孩子包括大哥帶頭進入新學校讀書。長輩又當校長又教書，常在課堂上宣揚「五四」精神，把新文化思想帶進了閉塞的山區，滋養著孩子們稚嫩的心靈。可以這樣說，早期的啟蒙教育在大哥心裡播下了自由民主思想的種子。稍長，天性正直善良的大哥對朱門酒肉臭路有凍死骨的社會不平現象異常憎恨，常常做出周濟窮人的舉動。

抗日戰爭時期，大哥進入大別山中的省二高讀書，受世交長輩殷浩生（哲學家殷海光之弟）的影響，開始大量接觸三十年代革命文學特別是魯迅的作品，而這些文學作品又都是強調自由民主與個性解放的，這使大哥關心國家前途與人民幸福的思想有了較明確的導向與歸屬，如撥雲見日，肯定和強化了他少年時代胸中湧現的悲憫情懷。在這樣的思想基礎上，他開始創作新詩，並逐漸成熟起來。1946年夏，當時武漢《大剛報》的副刊上登載了大哥創作的詩歌──《野狗的夢》，這是他的作品第一次公開發表，從此，他與詩歌結下了不解之緣。省二高的學生生活不僅培育了大哥熾熱的文學才情與自由民主的思想，還給予他真摯的友誼和純潔的初戀。

1947年，大哥考入武昌藝術專科學校西畫專業，很自然地，他向藝專的中共地下黨組織靠攏，地下黨組織也把他作為發展對象。在參加了一系列公開的和秘密的革命活動、經受了考驗以後，大哥加入了地下黨的外圍組織──新青聯。這時，大哥不再僅僅是對國民黨腐敗統治不滿，而是將自己視為無產階級戰士，把解放勞苦大眾建立自由民主平等的新中國視為己任。同時，大哥把「五四」的科學與民主思想和黨的宣傳倡導很自然地融合在一起，視為一回事。大哥說，他第一次讀到秘密傳閱的油印本毛澤東著作《新民主主義論》和《論聯合政府》時，讀得熱淚盈眶。當時他心裡的感受是：這才是從根本上為老百姓謀幸福的人民領袖。他暗自下定決心，要永遠跟著毛主席，推翻罪惡的舊社會，將革命進行到底！於是，大哥更自覺地投入到革命活動中，多次冒著極大的危險完成地下黨交給他的任務。一次黨組織要他掩護三個被國民黨通

輯的同志轉移，事情非常緊急，大哥立即趕到接頭地點，把那三個同志安排到一個同鄉家裡，大哥一直陪著他們，直到兩天後地下交通來把他們接走。還有一次，一個在武昌魯巷某寺廟內以出家人身份為掩護的同志暴露了，組織上要大哥和那位同志對換了衣服，坐在和尚房間裡，直到那位同志離開8個多小時之後，大哥才脫下和尚衣服回到學校。至於罷課遊行撒傳單、將家裡的錢送給轉移的同志作路費、到孤兒院教唱革命歌曲等等革命活動，大哥更是積極參加。1948年冬，大哥的身份暴露，上了國民黨特務的黑名單，黨組織立即安排他轉移到了鄉下。這段時期，大哥還創作並在報刊上發表了許多針砭現實歌頌革命歌唱愛情的詩歌和散文。

1949年5月武漢解放，年輕的大哥該是何等的欣喜！他以為永遠推翻了人剝削人人壓迫人的反動社會制度，他以為多災多難的祖國從此進入了一個嶄新的、從未有過的自由民主平等的新社會，他伸開青春的雙臂，擁抱著他熱愛的黨，擁抱著他認為如東昇旭日般輝煌燦爛的新中國。這時，他正式改名為雷雯，拋棄原用的姓名，以示與舊社會決裂，並中斷了大學學業，進入湖北人民革命大學學習，以期盡早投入到建設新中國的火熱鬥爭中。

不久，朝鮮戰爭爆發。全國人民在黨的領導下，掀起了轟轟烈烈的抗美援朝保家衛國運動。這時，也是我們家生活最艱難的時期。作為家庭的長子，大哥此時沒有什麼家庭觀念，他總覺得黨會管我們的，黨的政策是不容置疑的，他全身心地撲在黨的事業上，他所想到的是黨指向哪裡他就奔向哪裡，哪裡最艱險就到哪裡去。1950年底，大哥帶著他對社會主義祖國的美好憧憬、對美帝國主義的滿腔仇恨，置家庭困難於不顧，毅然參軍北上，並作好了隨時為祖國流盡最後一滴血的思想準備。

呼嘯的列車像要把寒冬穿透一樣向北飛馳。23歲的年齡、幾年來在報刊上發表了許多作品、加上一肚子錦繡文章，英姿勃勃風華正茂的大哥穿著嶄新的軍裝，心裡該是何等愜意！車窗外是茫茫雪野，大哥一定會在高亢的汽笛聲中久久凝視，凝視中他一定心潮澎湃心馳神往。此時，詩人氣質的大哥心裡會想些什麼呢？他心裡一定設計了許多與侵略

者殊死戰鬥的悲壯場景；一定會反覆設計自己英勇犧牲的壯烈場面，因為正直善良的性格，他也一定會設計出用自己的生命掩護戰友的動人畫面，他肯定還設計了許多我們今天無法猜測得到的激動人心的戰鬥經歷。然而，年輕純樸的大哥就是再怎麼發揮想像力，發揮到極致，也決不會想到，僅僅幾年的時間，他竟會被莫須有地打成「胡風反革命份子」，被整得死去活來；也決不會想到12年後，他會拖著在勞改農場被打斷的手臂和一顆滴血的心，回到武漢這個曾經送他奔向革命征程的出發地。

二

當我追溯著大哥的生命歷程並一步一步去接近它、一步一步去走進它時，我發覺大哥的思想太清純了，清純得彷彿是荷葉上的露珠，清純得彷彿是一泓清澈見底的山泉。在志願軍後勤政治部宣傳部（亦即東北軍區後勤政治部宣傳部）工作的大哥，一段時間在後勤部領導張平凱將軍身邊工作，將軍很欣賞大哥的才華和正直純樸的人品。朝鮮停戰後，部隊裁員，後勤部轉業幹部的去向由張將軍最後親自審定。許多聰明人瞄準了張將軍信任大哥這一點，走大哥的門路（當時沒有後門這個說法），他們找出許多理由請大哥向張將軍反映，要求留在大城市和分配到較好的工作單位。直心眼的大哥哪知道生活中的這些玄機，他真的替人一一辦到了。輪到安排大哥轉業的去向，張將軍特意過問，親自徵求大哥的意見，問大哥有什麼困難和要求。那時，大哥還真的有困難——我們全家包括他的未婚妻都在南方，靠政府救濟生活，作為家庭的長子，大哥是不是應該承擔照顧家庭生活的責任，要求回武漢工作呢？這要求合情合理，而且辦起來也非常簡單——張將軍的弟弟張平化曾是武漢市委（直轄市）的主要領導人，大哥出差湖南時還曾拿著張將軍的家信與其聯繫過；張將軍的父親從湖南到瀋陽去探親時，路過武漢，特地在我們家住了幾天，送給我們許多煙薰肉。如果由張將軍打個招呼，武漢市委安排個把轉業幹部的工作，豈不是小事一樁？然而，大哥時刻想到的是黨的需要，他對組織部的同志說：如果大家都考慮個人得失，

那建設社會主義不成了一句空話？他毫不猶豫地向張將軍和組織部門表示，黨需要我幹什麼就幹什麼，絕對服從組織分配。大哥以黨和國家利益為重的態度深得張將軍的贊許，他說：正好，黑龍江省新成立了一個出版社，需要編輯，你是詩人，就到那裡去工作吧。再說，邊疆需要有文化的人，黨正號召內地知識分子支援邊疆建設哩！大哥二話沒說，於1954年底轉業到了黑龍江人民出版社。

在轉業這件事上，大哥是不是書生氣太重了呢？不是的。就是今天看來，大哥也是對的，無可厚非。我們不能用世俗的得失斤斤計較這件事，更不能用時下開口閉口就是金錢就是級別就是待遇來評說這件事。這是一個人的精神，一種嚴以律己公而忘私言行一致表裡如一的精神。誠實正派是大哥做人的準則，當然也成了他終生的負累。當時新中國成立伊始，百廢待興，受了一百多年內憂外患煎熬的中國人誰不希望自己的祖國富強起來？如今解放了，受盡屈辱的中國人民終於站起來了，那個振奮的人心，那個高昂的鬥志，那個人心齊泰山移的力量，是真的，確確實實是真的。不談國內的老百姓，就連海外華僑港澳同胞也紛紛拋棄優裕的生活毅然回國投身於轟轟烈烈的社會主義建設事業中，你說那個形勢好不好？你說那個人心齊不齊？你說那個力量大不大？你說黨的威信高不高？像大哥這樣把黨的事業放在第一位在當時是極普通的事，艱苦的地方危險的工作大家都爭著去搶著幹，沒去成沒幹成還鬧情緒，認為是組織上不信任自己。可惜的是，這樣好的形勢沒有幾年，就開始大批大批的整得人死去活來，整得國家百孔千瘡，把純真的人性摧殘殆盡，把美好的憧憬毀滅一空。一切都是莫名其妙，忠奸善惡是非黑白統統都弄顛倒了。

在大哥4年的軍旅生活中，有兩件事在他的人生經歷中劃下了重重的痕跡。一件是1952年上海新文藝出版社出版了他的第一部詩集《牛車》；再一件就是結識了詩人牛漢。這出詩集的事當時算是有點轟動，25歲的小夥子才華橫溢，可謂春風得意。這結識牛漢的事本來是再平常不過的人際交往，誰料想這件事竟改變了他的人生道路，還差點死在這件事上。

大哥和牛漢的來往非常一般，詩是他們的媒介，當時牛漢已是頗有名氣的詩人，因參加抗美援朝來到瀋陽部隊。他們僅有的兩三次接觸及以後的少量通信，都是圍繞著如何創作歌頌共產黨歌頌毛主席歌頌壯麗的共產主義事業的詩歌這個當時在他們思想裡的永恆的話題。牛漢告訴他，馬雅可夫斯基的《列寧》是人類詩歌史上一座不可逾越的高峰，是我們學習的榜樣。正如大哥說的，當時牛漢在他心目中「完全是一個崇高的布爾什維克高大形象」。1955年春牛漢被作為「胡風反革命集團骨幹份子」抓起來時，牽連到了大哥。當大哥被作為「胡風份子」關押起來時，他完全懵了。誰聽他的申辯？誰聽他實事求是講述的事情經過？無休無止地批鬥，把他折磨得求生不得求死不能。當他被死死扣上「胡風份子，對黨不滿」八個字的罪名，押送北大荒阿城勞改農場勞動教養時，這世界就沒有什麼是非曲直可言了。今天，當我寫這篇懷念大哥的文章時，我思想上仍然做不到能夠無所畏懼地走進他在勞改農場那地獄般的生活中去。當我回想起大哥告訴我的那些比死還要難受的肉體折磨、那高貴的靈魂被捆綁在污穢卑賤痛苦的罪惡深淵中無力地掙扎時，我眼前就浮現出那些無法表述的恐怖情景，我的心不禁陣陣戰慄。

三

大哥在農場勞改了4年半，死裡逃生，像牲口一樣活過來了！他被開除了公職，解除勞教後在哈爾濱舉目無親，祇好帶著被打斷的左臂、渾身的傷痕和一顆破碎的心回到了故鄉。

大哥一回來，我就寫信告訴了三哥，不久，就收到三哥從昆明寫回的信。三哥在信中說，得知大哥回家，他高興得流下了眼淚。他不無自責地說，事情因他而起（牛漢是三哥介紹給大哥認識的），害得大哥受了那麼多的苦，在大哥最困難的時候，他卻無力提供幫助，心裡充滿了愧疚和悔恨。他在信中動情地說：「魯迅有兩句詩好像是專為我們兄弟寫的：『渡盡劫波兄弟在，相逢一笑泯恩仇』，現在最要緊的是安排好生活，相互扶持，度過困難的日子，生活下去。第一步要做的是兩個人的飯三個人吃，我當竭力貼補家用。」三哥信中字裡行間流露的手足深

情感動了我們，也溫暖著我們，特別是在那需要感情溫暖的歲月，彌足珍貴。

由於歷史的原因，解放後我們家的經濟來源全靠大哥、三哥和姐姐，也就是說，我們下面四個兄弟包括父母在內六口人的生活全靠他們，其中最主要的是三哥，在姐姐出嫁後大哥被教養至平反前的20年間，我們這個又大又複雜家庭的經濟重擔全落在三哥一個人肩上。

1953年部隊實行薪金制後，直到1995年母親去世為止（父親於1993年去世），三哥四十二年如一日地每月按時給家裡寄回生活費，多少呢？——他一大半工資。1953年至1956年三哥每月工資也就六七十元，1956年至1958年他工資八十八元，1958年秋他轉業到雲南，工資套級祇有七十八元。而1953年至1955年三哥是每月寄回四十元；1956年至1958年是每月寄回五十元。1959年至1962年是每月寄回四十五元。1962年後我另兩個哥哥工作了，父親叫他少寄點，他減了一點，每月寄回三十五或四十元。工資改革後，他更是一百二百地寄了，包括父母去世後的喪葬費也主要是他出的。我還清楚地記得這樣一件事：1956年4月，家裡沒有按時收到三哥的匯款，等著買米下鍋的一家人真是望斷了脖子。一天一天過去了，看看到了月底，三哥的匯款還是沒有寄來，父母猜測，是不是三哥對照顧家裡生活有什麼想法了？於是，父親給三哥寫了一封詢問的信。到了5月份，收到三哥寄來的兩個月的生活費和給父親的一封信，原來是三哥出差了。三哥出差前請一位同事到時代領一下工資並代為將家裡的生活費寄回，誰知那位同事後來也出差了，他不瞭解三哥的匯款對我們家庭的重要，沒有轉託別人，致使我們家那個月像過了劫難一樣。我還記得三哥在信中把事情解釋清楚之後，有這樣一句話：「贍養家庭，這是兒責無旁貸的義務。」這是四十二年中唯一的一次沒有按時收到三哥的匯款，而且後來還補上了。五十多年來，這件事一直在我的生命深處不時浮現，三哥高尚的品德給少年的我該是多麼大的震撼！我又是多麼幸運，在我荊棘塞途的艱難人生中，能有這樣的哥哥姐姐扶持我長大成人，此生何求！

三哥是家裡的經濟支柱，而大哥在部隊以及轉業到地方後，直到1958年元月去勞動教養，也是月月按時寄錢照顧家裡的生活。大哥1962回漢後到1979年平反前的十六年間，他在學校代課也好，幹繁重的體力勞動也好，節衣縮食，每月從微薄的工資中還擠出五元錢給父母。平反後，他工資待遇有了改善，不僅每月按時寄回給父母的生活費，還額外給父母添置了許多生活用品，直到父母去世。可以這樣說，三哥、姐姐和大哥除了贍養父母，我們幾個小一點的弟弟也是他們養大的。後來我們幾個兄弟成家立業，有的還學有所成，追本窮源，全都出自姐姐、大哥特別是三哥的恩澤。父母去世後，我們兄弟如有生病或別的什麼事，三哥都是不遺餘力地在經濟上接濟我們，包括2002年大哥回武漢，他還寄錢來為大哥修整房屋和添置生活用品，為此大哥還寫下了一首很動感情的舊體詩：「孤燈長夜冬難盡，惜老哀貧又是君。為我寒巢添春草，朔風狂嘯也溫存。」

　　現在回想起這些往事，溫暖中又使人感到害怕。幾十年間，我們家多麼像一隻在風雨中飄搖的破船，如果不是姐姐大哥特別是三哥對這隻破船的極力支撐，早沉沒了。

四

　　大哥從勞改農場回到武漢後，他一家和我們住在一起。清貧的生活中，父親和大哥有永遠談不完的話題，從詩詞歌賦到二十五史，從滿清到民國，從風土民俗到人情世故，簡直包羅萬象。他們談到高興處，爽朗的笑聲就從簡陋的房間裡傳出，從精神上看，簡直難以相信他們曾受到過巨大的打擊和摧殘。一天，父親對大哥說，他做了一副對聯的上聯——「愛竹不鋤當路筍」，問大哥怎麼對。父親說著轉身對我說：「你也對一下。」那幾天我正囫圇吞棗地在看張居正的文集，聽父親說的對聯，一下子聯想到張居正在一道奏摺中說過類似的話，於是，我不假思索地把張居正的話複述道：「就是靈芝，祇要是擋了路，也要鋤去，何況是一根筍子。」父親聽了直搖頭，大哥哈哈大笑起來。當然，我後來對了「憐荷強忍苦心蓮」，勉強交卷，但意境比上聯差遠了。

一天下午，我幫大哥整理他從東北帶回的一箱書，看到一本泰戈爾的《飛鳥集》，這是我找了好久都沒有找到的書，心頭一喜，就隨手放在桌子上。酷熱的下午沒有一絲兒風，我靜坐在桌前，一邊搖著蒲扇一邊讀起來。慢慢地，我感覺不到熱了，完全蕩漾在愛的海洋中，沉浸在睿智與空靈的詩境裡。忽然，我在「感謝上帝，我不是一個權力的輪子，而是被壓在這輪下的活人之一」的詩句下，看到用鋼筆寫的一行字──「泰戈爾，我看到了你的偉大！」是大哥的筆跡。又在「鳥兒願為一朵雲，雲兒願為一隻鳥」的詩句下，看到也是大哥寫的一行字──「生活原就是這樣荒唐」。當時，年輕的我對這些詩以及大哥的行批能有多深的理解呢？有的話，也不過是「為賦新詩強說愁」罷了。但是，這詩和大哥的行批卻已深深地刻在我的腦子裡。

雲譎波詭，在後來的歲月中，我們都或深或淺地捲入到被批鬥挨整的階級鬥爭大潮中。但是我們沒有垮下去，每逢下班後或休息時，我們互相勉勵，所以，不論在怎樣艱難的環境下，我們都沒有喪失對生活的信心；沒有放棄對美好的追求。大哥始終堅持創作，詩，是他的生命，而更多的是我們都在沉思。沉思中，泰戈爾的那兩首詩和大哥的批語不時躍入我的眼簾。當整個國家像瘋了一樣，整個社會都陷入狂濤惡浪般動亂之時，我也就更深地理解了泰戈爾的這兩首詩和大哥的批語──那就是知識分子對人類對社會的熱情關注。

沉思可以孕育出深沉的思想，每一個追求思想出路的人，在巨浪大潮中都會艱難地摸索著自己前進的道路。當外面鑼鼓震天，慶祝一個又一個「勝利」時，大哥總是默默地沉思。我知道，他內心裡在不停地反思，反思他所經歷的反胡風運動、反右運動，以及文化大革命運動。大哥以詩人敏銳的洞察力和悲憫的情懷，以知識分子的人格和氣質，對人的存在本身給予了極大的關注。大哥認為他現在的認識與他年輕時接受的「五四」思想是一脈相承的，這中間雖然有過曲折和迷誤，但他從來沒有懷疑過「五四」精神──個性解放、理性、民主、自由、博愛這些人類的永恆價值。大哥說：任何一個人都不應成為任何政府、社會組織或別人的手段。人應有人的尊嚴，人的尊嚴包含了對人的尊重和人的自

尊，從這個意義上來說，人人是平等的。平等的社會應賦予個人自由的含義，個人既享有自由，也須承擔責任。社會應尊重個人的自主性、隱私權以及自我發展的權利。同樣，自由與責任不可分，個人應對自己的行為負責，應積極主動承擔社會責任。這裡面要特別強調的是，個人自由堅決反對使別人沒有自由的「自由」，所以，個人自由不是放縱。在當時那樣嚴峻的環境下，大哥能有這樣鮮明的超前的認識，確屬難能可貴，而這其實是大哥年輕時自由民主思想的延續和昇華。當時大哥一再說到，祇有人權和法治落實，社會上每個人平等享有個人自由才會有真正的可能。

在整個「文革」階段，大哥什麼群眾組織都沒有參加。有朋友多次勸他加入「造反派」組織，他不止一次地對這些朋友說：「我不相信這是一場革命，哪有革命是在什麼之下進行的道理！」在那樣艱難的歲月，在繁重的體力勞動之下，有著豐富的、成熟的社會認識的大哥，對黑白混淆的現實充滿了憤懣，對人生、對社會充滿了關注，創作出了不少高質量的詩歌。而傾注在這些創作中的，是他的思想理念，他的道德情操，他的懷疑，他的憂傷，他的憤怒的投槍，他的赤誠的愛。遺憾的是，許多作品沒有保存下來，以致沒有公開發表。實際上，大哥仍然保持著他正直善良悲天憫人的稟性，從他少年時代起直到老年，他沒有改變他的性格，永遠是一以貫之的高尚情懷。這裡，作為代表性，特別要提到的是詩歌〈筆〉的創作。

那是一個炎熱的晚上，在煉銅的爐子前烤了8個小時的大哥，躺在床上舒展著快要散了架的身軀。朦朧中，他中學時的同學張善鈞向他走來，對他說：「我的鋼筆尖壞了，你幫我去換一下筆尖吧。」驀然間大哥醒來，四週一片漆黑，萬籟俱寂。望著窗外滿天的繁星，想到因被劃為極右派而自殺的老友，大哥心底湧出無邊的辛酸。他再也睡不著了，躺在床上心裡默念著，這首帶著血淚的詩就這樣一節一節地從心裡流出來（後來也沒有改動一個字）。在這裡，讓我們把這首悲憤的詩再讀一遍吧：

我們徘徊在那迷茫的溪畔
又好像並立在那幽暗的簷前
你說你的鋼筆壞了
要我替你換去那斷裂的筆尖

筆尖還未換好
我又回到這現實的人間
我在苦苦地思索
我在深深地懷念

你生活的那個世界是在哪裡啊
我們不見了二十多年
你對我的懷念好像化成了風
時時刻刻在我身邊旋轉

你是不是也兩眼昏花
你是不是也兩鬢斑斑
你是不是還像從前那樣純潔
你是不是還燃燒著青春的火燄

你在做些什麼啊
為什麼把鋼筆尖兒用斷
難道你一天到黑都在寫
難道你憤怒的火從心底燒到了筆尖

善鈞！不管你是怎樣用你的筆
不管你是怎樣用你的筆啊
你不會把方的畫扁
你不會把扁的畫圓

「你不會把方的畫扁，你不會把扁的畫圓！」這發自內心的呼喚，不僅是大哥在黑白顛倒的年代對自己的告誡，也是對整個社會的詰問和期待。描寫自己的夢境，是自己處在格外清醒的時候，大哥是多麼不容易啊！在那樣嚴酷的年代，他用充滿智慧的筆，以詩這種形式去領會和了悟人生，健全自己清明的理性。如果說一首有生命的詩的創作，同時必定是詩人的自我人格的完善，那麼，這首詩就是當時大哥人格的最完美的自我表現。

五

1979年春，大哥的冤案得到平反昭雪，回到黑龍江人民出版社，依然做詩歌編輯。24年的冤屈，24年的寶貴光陰——地獄般的勞改折磨、社會的岐視、在生命的邊緣沉浮、在社會最底層的拼命掙扎、肉體與心靈所受到的無可癒合的創傷——被「撤銷原胡風份子結論」一筆帶過，連一句道歉都沒有。

重回故地，當年的英俊青年而今成了年過半百的老人，這感慨該是何等沉重！細想一下，一個人的生命是多麼寶貴，寶貴到不可能有一天的重複，每一天都像流水一樣消逝，所以，珍惜自己的生命和尊重、關愛別人的生命是同等重要的事，這是做人的基本道德。

在紛紜的世事中，在商品經濟條件下，大哥依然保持著知識分子的人格和氣質，保持著自己的道德情操、理想和價值，特別是對兩千年浸透骨髓的奴性，是中華民族多災多難的根源這一點上，大哥有很深刻的認識。大哥始終拒絕加入任何作家協會，也從不寫那些幫忙幫閒的作品。這段時期，大哥不僅殫精竭慮地做好編輯工作，編輯出版了一批高質量的文學作品，還長期保持著旺盛的詩歌創作熱情，同時，他還把更多的關注放到正在成長的家中下一代身上。

由於工作的原因，1979年以後，大哥基本上就住在哈爾濱。父母在世時，他每年都要回家探親，父母去世後，他就一直在外，但他無時不在關心家中孩子們的成長，針對各人的特點和需要注意的地方，傾注

大量心血，總是語重心長不厭其煩地寫信回來，幫助孩子們健康成長。其間他在一封給我的信中談到：「（對上大學的孩子）現在是建立你們之間的友誼的時候，除了是非問題，別的就不要糾纏。人長大了需要尊重，父子也要相互尊重，沒有尊重就沒有友誼。如果祇有道義上的父子關係而沒有友誼，那是非常不幸的。父子的友誼非常重要，有這友誼才產生牽掛。總是彆彆扭扭，那牽掛也就沒有了，甚至會產生離遠一點的心態。要尊重孩子的愛好，習慣，祇要不是大錯。……」淺近親切的語言，把他幾十年對人生的感悟通過闡述父子之間的尊重和友誼表達出來。

大哥多次在給孩子們的信中強調，再聰明的人如果不刻苦，那祇能是浮光掠影式的應付學習和工作，終究一事無成。古今中外祇要是有所作為有所成就的人，沒有一個不是刻苦的。確實，大哥不僅這樣教導孩子們，他自己身體力行，創作出了大量高質量的文學作品，除早年出版的詩集《牛車》外，平反復出後20多年間，先後出版了4部詩集，以及大量未發表的作品。在他病重期間，還堅持整理回憶錄《往事非煙》，直到生命的最後一息。

大哥一輩子有許多朋友，他到哪裡工作，與人總是坦誠相見，總會交上幾個知心朋友。他與中學時的同學，勞改農場的難友，代課時認識的教師，工廠裡的工人，都保持著終生不渝的友誼。大哥經常說，友誼是沒有等級的，朋友不是誇耀的商品，更不是交易。特別是重新回到哈爾濱後，他和幾個年輕人建立起來的真摯友誼，情同父子、父女，他的詩中寫的「兒子」「女兒」，全是指的那幾個年輕人，如馬合省、李琦夫婦。2002年11月他從哈爾濱回武漢，是李琦像女兒一樣專程護送而來。雖然他們夫婦差不多每天都要打來電話詢問病情，但還是不放心，於是在2003年4月，馬合省專程來武漢看望他，看到他洗澡不方便，又為他添置電熱水器。那時大哥病已沉重，人消瘦得厲害，在隔壁房裡，馬合省和我談及大哥的病情，難過得流下了眼淚。大哥去世後的第一個清明節，馬合省又專程從哈爾濱來大別山給他掃墓。還有一個孩子譚敦實，原在哈爾濱，後調昆明工作，2004年6月也千里迢迢從昆明來給他掃墓。

大哥是2002年11月9日從哈爾濱回武漢治病的。在這之前一年中，他逐漸消瘦，直到回武漢前一週，才到醫院去檢查，初步結論是嚴重貧血。我們到車站去接他時，發現他人都病脫形了。11月15日住進協和醫院，經多種儀器檢查，包括骨穿，最後結論是「骨髓增生異常綜合症」。這個病，過去叫「白血病前期」，因這種叫法不準確，改成現名。醫生說，造血功能壞了，骨髓造血的三條線，他壞了兩條，目前對此病尚無有效的治療方法，祇有輸紅細胞一條路，維持生命。

　　這個病的病因雖然不明，但有毒物質的侵害可以造成這個病卻是世界所公認的。我們回想起，1962年夏，大哥從東北回到武漢，生活無著，託親友介紹，1963年到一所中學代課，1967年「文革」中被趕出學校，經街道分配，進武漢冶煉廠煉銅車間當工人達11年之久。那是個癌症高發區的單位，工人大都是為生活所迫或有這樣那樣「問題」的人，勞動保護極差，長期呼吸有毒的空氣，埋下了最後致大哥於死命的絕症。醫學上說有毒物質的潛伏期可達數十年之久。我們的父母都是九十多歲去世的，家族中也從無人得這方面的病。所以，大哥如果不是在工廠裏超強度勞動那麼久，那麼累（三班倒），那樣長期呼吸有毒的氣體，是不會得這種絕症的。

　　在大哥治病期間，我們多方打聽，包括在美國、日本的侄子找醫生諮詢，西醫的治療方法祇能這樣。後一美國醫生建議找中醫試試，我們又從網上找到幾篇中醫治療此病的文章，吃了近百副中藥，亦無效。這樣，在血色素低於40時，就住院輸血，血色素達到80以上就出院，反反覆覆。那次是2003年9月24日出院，10月10日下午，他發高燒，送醫院急救，上了許多藥，11日上午病情加重，到了晚上9時30分就離開了人世。

　　2003年10月13日遺體火化，18日，遵照大哥生前囑託，我將他的骨灰送到故鄉大別山一片幽靜的松林中安葬。蒼松翠柏，明月清風，與詩魂同在。大哥的安葬自始至終得到世交好友殷永秀女士一家人的鼎力幫助，使我們深為感動。

　　在這篇文章行將結束時，我陷入深深的悲慟之中，久久不能提筆把文章收住。大哥的精神世界，人格氣質，道德情操，一輩子始終如一，

沒有改變。由此，我想到我們這個民族兩千多年來有多少混賬事，真是無法清算。當年大哥在給我的一封信中說：「半年來，我常常希望自己是在夢中，因為我常常做惡夢，一驚醒，心裡又一陣輕鬆，啊，好了，原來是個夢呀！我曾在雲崗抬頭望不盡的大佛下默禱；曾望著茫茫的渤海，心裡想，我要是在夢中多好啊！人生本來是個夢，然而又確確實實有這一段腳踏實地的現實。這一腳一腳的現實，我踩到的痛苦是這樣的多！」

　　人生的痛苦是多，但人生也有令人溫暖和眷戀的地方。即使無情的現實粉碎了美好的憧憬，但至少我們還擁有真摯的友誼和深切的親情，使我們在悲欣交集的時候不再流淚。「與君世世為兄弟，再結來生未了因。」九百多年前，當因詩獲罪、身陷囹圄的蘇軾在梳理自己的人生軌跡時，最讓他思念不已和難以割捨的是生死與共的兄弟之情，從而從他的血淚裡迸出了這兩句深摯感人而又淒切哀婉的千古絕唱！仁慈的造物主啊，如果人真的有來生，我願與我的大哥世世為兄弟，綿延那不盡的手足之情⋯⋯

2005年4月初稿

2010年6月改定

（李文熹，雷雯胞弟，自由撰稿人，現居武漢市）

一位歌唱銀河的詩人
——雷雯和他的詩

徐魯

　　紫宮蕭蕭，太微闃闃；星團茫茫，銀河蕩蕩。一位曾經以畢生的才華和深情歌唱過美麗的銀河的詩人，如今，他純淨的生命和靈魂，也化為一團茫茫的星宿，飛昇到了穹窿之上的虛空的天街，在那裡，在冥冥之中，繼續他那形而上的思索。

　　詩人雷雯，湖北省黃岡縣人，生於1927年，解放前就讀於武昌藝術專科學校。1947年夏初在當時的《華中日報》副刊發表了第一篇散文，同年秋天在《星報》發表了第一首詩，從此走上了艱辛曲折的文學道路。1950年，才華初露的青年詩人投筆從戎，離開學校參加了中國人民解放軍，在東北軍區後勤部政治部做宣傳工作。在這期間，詩人在上海出版了他的第一本詩集《牛車》。1954年，雷雯轉業到黑龍江人民出版社任文藝編輯。然而不久，一場殘酷的政治運動——所謂「胡風反革命集團」案——使詩人的命運從此進入了坎坷和苦難的旅程。

　　這段噩夢般的旅程不是幾天、幾個月或者幾年，而是漫長的二十三年！

　　「……長白山的大雪／凍僵過我的翅膀／北大荒的寒風／改變了我的容顏……」1979年，當無辜的詩人得以平反昭雪，從一個被遺忘的角落重新回到人間，回到文壇的時候，他最好的青年和壯年時光已經被無情地摧折一空了！就像他在詩中所寫的，「風／掠光了／樹的葉子」；

「幾十年渾濁的沉浮／美好的青春像敗葉飄散／而今，蓋滿一頭霜雪／那顆甜心也變成了苦膽」。

這不僅僅是詩人一個人的悲劇。這是揹負著歷史無盡的苦難，忍受著靈魂的救贖與自救的煎熬，一步步跋涉過來的一代文苑英華的悲劇。當歷史蒙塵、國家蒙羞、人民蒙難的時候，一個正直和善良的詩人，又怎能去祈望個人會有什麼更好的命運。

所幸的是，詩人依憑著自己對於人生、對於人性、對於祖國和世界的強大的信念，從嚴寒的日子裡，從非人的、屈辱的生活中，從漫長的孤獨與苦難裡，咬緊牙關挺了過來，活了下來。

「冬天／想把一切都凍死／其實／一切都活著」。他是這樣堅信，「風／掠光了／樹的葉子／可風看不見／樹／又增加一圈／堅實的年輪」。也因此，詩人在歷經滄桑、劫波渡盡之後，能夠如是寫道：「我決不／計較個人恩怨／也決不／隨著別人／把白說成藍」。他說，「我是一條春蠶／有自己的經緯」。

如果說，二十世紀五十年代初期是詩人雷雯創作的第一個高峰，那麼，從1979年他作為「歸來的一代」中的一員重新開始歌唱，到整個八十年代的「新時期」，直到九十年代中期，這期間十多年的時間，該是雷雯詩歌創作的又一個高峰期。

這個時期的作品，已經結集出版的有詩集《雁》（1986）、《螢》（1990）和《春天在等著我》（2003）。此外就是散見於一些文學刊物上的，以《銀河集》為總題的大量的無標題短詩。雷雯作為一位詩人，在中國當代詩壇上最引人注目、最具影響力、也最具個人風格的作品，應該就是這些以《銀河集》為總題的無標題短詩了。

我曾以〈山河之戀〉和〈心靈中的螢火〉為題，先後寫過兩篇短文，分別談論過《雁》和《螢》這兩本詩集（後來以《雷雯二書》為題收入拙著《黃葉村讀書記》，陝西師範大學出版社1998年版）。現在我要談論的主要是詩集《春天在等著我》和寫在《銀河集》名下的那些無標題短詩（這些作品已由詩人的胞弟李文熹先生悉心整理和編輯，收入包括雷雯所有遺詩和佚文在內的《雷雯詩文集》之中）。

那位畢生思考著人類生存的秘密和世界終極意義的哲學家康德，有過一個偉大的命題。他說，「有兩種東西，我們對之思考越是深沉和持久，它們所喚起的讚歎和敬畏就越會充滿我們的心靈。」這兩種東西就是人們內心的「道德律令」和我們「頭上的星空」。

　　雷雯是一位仰慕星空、歌唱銀河的浪漫主義詩人，也是一位關注民生、有著深沉的人間悲憫情懷的人道主義者。在苦難和蒙昧的歲月裡，在無邊的黑夜和絕望的冬天裡，他堅守著自己內心的「道德律令」，向那些被侮辱與被損害的，善良、正直、美麗而弱小的生命，以及生命的尊嚴與堅韌，獻上了他的最大的敬意與悲憫之心。

　　他歌唱過那些小小的紅菱：「菱／沒有自己的泥土／因此／它用那帶刺的果實／保衛／艱辛的生活」。

　　在孤獨的黑夜裡，在寂寞的夢魘裡，一朵小小的茉莉盛開了。它給詩人帶來了生命的信念和安慰：「……夜是黑的／無邊無際的深黑／夜沒有／染黑這小小的茉莉」。

　　而面對肅殺的秋風裡的一朵野菊花，他想像著，「寒風裡的微笑／是鐵骨支撐」。

　　沒有哭過長夜的人，不足以語人生。詩人雷雯是一個經歷過人生的大苦難和大痛苦的詩人。

　　在漫長的數十年黑白顛倒、人妖不分的歲月裡，他被放逐到了遠離親人和故鄉，連最起碼的人性、人權與生命的尊嚴都被任意地踐踏的地方。他在無數個孤獨和痛苦的長夜裡，感受到和體會過人生的苦難與艱辛。他所經受的那些非人的待遇和折磨，我們從他的那本回憶錄性質的散文集《往事非煙》裡可以看到。我在這裡實在不忍心重述那些苦難的故事。

　　就是這樣一位哭過長夜的詩人，當他從人生的地獄和精神的煉獄裡重返人間之後，他才能比一般人更深地體會到生命的尊嚴與價值，體會到幸福與歡樂對於那些弱小者的珍貴與不易。也因此，我們讀到了他這些看似簡約、而背後卻深隱著真切和沉痛的人生經歷與精神體驗的詩句：「為了／開放這些小花朵／茉莉的根／在人們看不見的盆土裡／艱辛而又痛苦地扭曲著自己」。

「一隻小飛蛾／死在油燈下／它很幸福／因為／來自黑暗中」。

「是誰／點燃了／黎明前的那顆星／啊／是飛去的螢火／它最懂得／夜的深沉」。

「一滴小露珠／掛在草葉上／不要藐視它的存在／它有自己晶瑩的歷史」。

詩人羅伯特‧佩恩‧沃倫有一個觀點：「幾乎所有的詩都是詩人自傳的片段」；另一位美國詩人勃萊則認為，「所有的詩篇都是經歷」。雷雯的這些詩句，就來自他生命和靈魂的經歷與體驗，有如在孤獨和痛苦的長夜裡凝結和磨礪而成的精神的珠貝。

哈姆雷特在靈魂的煎熬中這樣說過：「我的命運在高聲呼喊，使我全身的每一根細小的血管都像銅絲一樣堅硬。」雷雯的感受也來自生命的逆境與靈魂的煎熬：「雪／把樹壓得嚴嚴的／冰／把樹裹得緊緊的／冰和雪／不知道／樹幹和樹枝裡／有著／堅強的生命」。

他看見過被囚禁在籠中的老虎：「老虎／在鐵籠裡／匆匆忙忙地走／無休無止地走」，他想像著，「老虎啊／不是在覓食／而是／執著地／走著回家的路」。

他看見過冬日的樹林裡那憂傷的月亮：「……我懂得它的目光／淚往心裡流／心／是自己的海洋」。

記得多年前，詩人曾卓曾經用「純淨的詩人」的評語表達過他對雷雯詩歌的看法。我理解，他那不必說出的意思就是：一個純淨生命的獲得，必定是「在烈火裡燒過三次，在沸水裡煮過三次，在血水裡洗過三次」。雷雯和曾卓都是有著相似經歷和共同命運的詩人，他們幾十年的蒙難歲月，也正是因為所謂「胡風反革命集團」案的牽連，他們的生命和靈魂，也像一朵經歷過苦難風霜的「白色花」，剛直不阿，潔白無瑕。或如雷雯曾經歌唱過的那支白玫瑰：

「是誰／奪去了你的顏色／啊／搶不走的／是那一股馨香／仍然深深地／藏在你的心上」。

雷雯向那些美麗的生命和善良的靈魂獻上過自己的敬意和同情之

心，唱過頌歌，同時，對那些卑劣和醜陋的靈魂，對那些製造人間苦難和悲劇的黑手與惡行，他也發出了一個正直不屈的詩人的抗議與詛咒，並且獻上了他嚴正的反思與拷問。就像面對一座破敗的教堂，他堅信：「虛偽的東西／你打扮得再莊嚴／無情的歷史／總要恢復它本來的模樣」。

　　「為了爭奪一塊很小的水域／海象們／用可怕的牙齒／拼殺得你死我活／賦予世間生物／如此卑劣的心態／上帝／你不羞愧嗎」。豈止是海象們，我們不也是從這樣充滿蒙昧的爭鬥和拼殺的年月裡走過來的嗎？

　　因為盲目的崇拜，向日葵一輩子都低著自己的頭，那是因為「它從來沒有過／自己的方向」；當天空陰沈了，他提醒世人：「又是哪個神仙／把太陽／掛在／他擺家宴的大廳裡」。

　　經歷了多少世態炎涼，他懂得了「狗／總是聞了人的氣味／才決定它吠叫的聲音」；「有毒的蛇／花紋更俏麗」。

　　還有那些被人愚弄和聽憑人們使喚的磨房裡的驢子，「蒙上眼睛／它以為／走過了很多長橋／翻過了很多大山」，祇有當遮住眼睛的布拿下之後，「它才知道／是在原地走圈」。我們不是也都曾有過這樣的時候麼！

　　一粒貝死在海灘上了，他想到的是更多隨波逐流的生命。而那些卑劣的東西，例如蒼蠅，也會有知道羞愧的時候嗎？他寫到過自己看過的一幕：「什麼時候／知道羞愧／一隻蒼蠅／在屋角上吊／老眼昏花／那是／失足的蒼蠅／撞上了蜘蛛網」。真是活該啊！

　　還有一次：「濃煙滾滾／我關上門窗／……原來是燒毀了／一座舊樓房／陳年的灰垢／破銅爛鐵／還有關上門的勾當／全都燒了／難怪／煙／那樣黑／那樣髒」。

　　因為愛之深，所以恨之切。詩人的心裡不僅僅祇有愛的光芒、美的顏色，還有嫉惡如仇的箭鏃和針芒。其也源於他對世界和人類，對那些美麗、善良和正直的生命的關懷與熱愛。「詩人」這兩個字所蘊涵的，從來就不僅僅是個寫作的問題，而是一個有關世道人心和良心的問題。

也因此，當雷雯路過採石磯——據說是詩人李白因醉酒而在此捉月而死的地方時，他不能不如此追問：「……一個嚴肅的生命／怎能結束得這樣荒唐／當年／李白／即使醉爛如泥／他也／決不會／把那縹緲而破碎的月影／當作／真實的／純潔而又光明的月亮」。

同樣是出自對世道人心的關懷，在曲阜顏回廟院內，面對那口已成千年古跡的「陋巷井」，他首先想到的是，「永遠記著別人的饑渴／才能有／最真實的生命」。而到了成都杜甫草堂，他首先要尋找的，是曾經出現在老杜苦難的詩篇裡的那棵棗樹，這是因為，「我們永遠不能忘記啊／杜甫自己饑腸轆轆的時候／還在周濟別人的貧困」。

「菜花黃了／兒子／把簷下的紅辣椒／收藏起來吧／免得／燕子歸來的時候／擔心是火」。

「……海爾·波普／你要走了／宇宙空洞／是不是星球修理站／你捎個訊吧／這個叫你『海爾·波普』的星球／該修理了／不能讓它／把血和水流在一起／不能讓它／在光天化日之下／自己把自己欺騙」。

「窗外／一隻小麻雀／見到我／撲地飛了／麻雀啊／怎樣才能使你知道／我沒有槍」。

正是因為有了這樣一些詩歌，我們才說，雷雯是一位有著沉重的憂患意識的人道主義者，是一位有著廣闊的人間關懷情味的善良的詩人。

詩人雷雯雖然因為和所謂「胡風集團」裡的詩人有過交往而「獲罪」，但是在他前後兩個時期所創作的全部詩歌作品裡，幾乎看不到任何「七月派」詩人在藝術風格上對他的影響。實際上，除了「七月派」詩人們的那種憂患意識和悲憫情懷他是認同並且接受的外，對他們在藝術上的主張，他並不認同和接受。

雷雯的詩歌風格是特立獨行的。

因為家學淵源的影響，他有著深厚的中國傳統文化的根底。就縱的傳承來看，在詩歌藝術上他或許更受王維、謝靈運的山水詩和以袁枚為代表的「性靈派」的影響。在他二十世紀八十年代裡所從事的編輯經歷中，曾用力編輯出版過《袁枚詩選》，就可佐證。

而在橫的借鑒方面，他或許接受過泰戈爾的那些流螢般的「小詩」的影響，接受過美國詩人龐德的「意象派」的影響。龐德們所提倡的「意象主義」詩歌，有一些美學原則如「不用多餘的詞，尤其拒絕使用那些不能揭示什麼的形容詞」、「不贊成抽象」、「不用裝飾」等等，似乎在雷霙的詩歌——尤其是他在《銀河集》名下的這些無標題小詩裡可以得到印證。

　　雷霙幾乎全部的詩歌作品都是刪繁就簡，在語言上力避宣敘、以少勝多，在詩的意象上追求單純、明朗、集中和鮮明的效果，獨標一種空靈、想像和簡約之美。

　　當然，從這些小詩裡，我們也不難看到中國古典詩詞裡的小令、絕句的影響。如果一定要在中國當代詩人裡尋找一位可以與雷霙詩歌的藝術風格做一番比較、甚至稍有相仿的人，那麼，或許已故山水詩人孔孚的詩，可拿來一比。祇不過，孔孚的作品裡有著更多的中國傳統文化裡的「道」與「空」的精神，而雷霙詩歌則顯示著一種割捨不斷的人間牽念和揮之不去的悲憫情懷。

　　然而，詩人席勒有言：「詩人在人間沒有立足之地，宙斯請他到天上居住。」如今，雷霙這位嘗盡了人間痛苦和艱辛滋味的善良詩人，也在去年（2003年）離開了他為之憂慮和為之眷戀過的冷暖人間，「到天上居住」去了。

　　人間天上，寂兮寥兮。在孤獨的歲月裡，他曾經想像過，「天河的水／也是污濁的／我看到／那些明亮的星／從不／跳進天河裡」。那麼現在，他在那裡可以真切地感知，他曾以最真摯的情感無數次地歌唱過的銀河和星空，和這個令他失望的人間相比，該是一番什麼樣子了。

　　我相信，他善良的靈魂仍然會在那裡注視著人間，矚望著他所熱愛的親人、故鄉和祖國。這是他的靈魂牽念。且讓我們記著他那殷切的叮嚀：

　　「孤燈守著自己的靈魂／夜黑，不能讓心也黑／如果明天還是大雨／燈盞裡沒有了油／就燃燒自己的血」。

2004年春

　　（徐魯，詩人、作家，現居武漢市）

淮北的枳
——《雷雯詩文集》讀後

石舒清

一

從朋友手裡有幸得到一本《雷雯詩文集》，出於對朋友的信任，即刻讀了。讀後立刻翻至版權頁，想看看這書印數多少。但是令人驚異的是，此書雖有出版社，卻沒有版權頁，難道是自費出版的麼？記得看過一篇文章，說劉少奇看到《歐陽海之歌》時，問印了多少冊，答說十五萬冊，劉說，這樣的好書，印1500萬冊也不多，於是就印到了3000萬冊。我讀過雷雯先生的書後，也覺得這樣的書該有客觀的印數的。但是看情況，桃李鼓呼，親舊奔走，這部書的印量是可以料及的吧。然而這也沒有什麼不好。3000萬冊也未必能盛傳至今，親朋傳抄倒可能涓涓無竭。而且這樣的一個面世方式，大概正是合於雷先生的性情和風格的，須知雷先生任編輯時，即使很認真地給作者寫了回信，也衹落款「詩歌組」，當作者知道這個「詩歌組」就是雷雯先生時，倒使他甚感遺憾了：「如果你不知道我的姓名，我們就這樣通信下去，那多好啊！」因此雷先生的書，倒真的不必像發行鈔票那樣越多就越好的。

十年辛苦不尋常，字字讀來都是血。這是曹雪芹先生的自況語，拿來形容雷雯先生及其著作，好像也並無甚麼不妥的。

二

先是讀了女詩人李琦寫雷先生的紀念文章。這文章是一字一淚寫

出來的。我真是感慨並羨慕，除了血親關係，竟還有如此的人間情誼！我想，李琦這樣的文章若是有上兩三篇，雷雯先生便是可以得到告慰的了。「當我坐在電腦前要寫這一篇文章時，我以為時間已經讓心頭的悲傷有所化解。可是，心還是這麼刀剜一樣難過，淚水無法控制地流過我的臉。這是我寫的最難的一篇文章，每次都是因為淚眼模糊心太難受而無法進行。我這才知道，去寫與自己生命相關的人，是這麼難！」「雷老師，此刻，你雖然已經遠去天國，可是我能感覺到，你能看見我，你能感覺到你的孩子的悲痛！」「我們相知太深，你肯定知道，失去你以後，我和合省（按：李琦丈夫、詩人馬合省）經歷了此生最重的傷痛！」「就是今天，我也不能和合省多談論你」，「你病危之際，他食寢難安，一說話聲音就哽咽。」——雷雯先生究竟是一個什麼樣的人，竟使和他非親非故的人紀懷至此？在雷先生的墓地上，寫著幾個字，在說明著他的身份，這身份是：詩人雷雯之墓。對於這樣的一個身份認定和評價，李琦在她的紀念文章裡認為：「這簡潔樸素的碑文對雷老師是再合適不過了。」

三

關於雷雯先生的經歷，應該說是一代知識分子的共同遭際和縮影，雷先生在自己的著作裡也有「往事非煙」的專題回憶，不必在這裡細說了。祇是1955年莫名得禍，1979年才予平反。得禍時28歲，脫出囹圄時，已是年過半百的老頭。最好的年華在苦水裡浸泡，求生不能，求死不成，這其中的感慨，真是要多深有多深。痛定思痛，痛尤劇焉。因此我們也要感謝樓適夷先生，正是他的一再催迫，才使我們有幸看到這部難得的《往事非煙》。關於這部書，雷先生自己評價說：「我記錄的這些往事，是草民的呼吸和掙扎」。

草民的呼吸和掙扎——沒有比這個更準確的概括了。

因呼吸不暢而掙扎，因艱於呼吸而掙扎，因近乎窒息而掙扎，這該是什麼樣子的掙扎呢？草民的掙扎會是什麼樣的掙扎呢？草民因咽喉被死死扼住而掙扎時，真正的施暴者在哪裡呢？施暴的源頭在哪裡呢？

上天不仁，以萬物為芻狗。

當百姓已然被視作芻狗時，他們的掙扎是更其令人絕望和辛酸的吧！我們的百姓，積怨滿懷，受苦不過，對上天偶爾是敢抱怨兩句的：「天也，你錯勘賢愚枉為天」，敢這樣指著寂寥的天空罵幾聲，但是對「天子」卻是不敢說的。君權神授，萬壽無疆，萬歲萬歲萬萬歲，等等等等。就把個天子慣上了頭，性情乖張，恣意妄為——你無意中見了一個人說你見錯了，你無意中說了一句什麼說你說錯了，你並沒有怎麼呢也上來扣你一個帽子，帽子上寫著什麼你就是什麼了。

有委屈老老實實受著，比你更委屈的人還多著呢。要靈魂深處鬧革命。要批評與自我批評。要認識到自己的罪大惡極罪不容赦罪有應得。要自己造自己的反自己打自己的嘴巴。莫想翻天，不要申辯。膽敢申辯，罪加一等。雷雯先生就是覺得有冤需申，逞著年輕氣盛，申辯了一下，就把自己從資料室申辯到勞改隊去了。想要申辯的一個妄念害得自己近三十年不見天日。

草民的呼吸和掙扎。這確實是很耐人尋味的話。其實落難的那二十多年，雷先生呼吸困難是不用說的，但是掙扎倒未必有。羊在狼群裡掙扎個什麼呢？雷先生的所謂掙扎，倒真是在重獲自由後，以他的文章表示了他的掙扎。

這掙扎無疑是可貴的必要的。

時至今日，令人困惑又不安地看到，越來越多的莫名其妙的人，呼號著要回到雷先生受苦的那個時代去呢！

所謂呼吸尚未自由，掙扎還得繼續。

看著雷先生的書，總是一再地聯想起另外的幾本書來，像《夾邊溝紀事》、《往事並不如煙》等等。

都說往事如煙。但是有人偏要較這個真，近乎宣告地說：往事並不如煙。雷雯先生也說：往事非煙。這樣的話，好像都是針對著往事如煙的論調來說的。

是的，相對於那些劫波歸來，傷痕累累的人，輕描淡寫的說什麼往事如煙，不是懵懂無知，就是居心叵測了。

雷雯先生認定往事非煙，因而他近乎刻石立碑那樣把一段不該忘卻的歷史記錄了下來。

四

說來是令人傷感並悵然的。看雷先生的性格情調，他可以說是一個敦厚溫良的人，這樣的人寫作，應該更擅於表達人性和生活的諸般美好和可意之處。他的性情使他好像做不了魯迅先生那樣的寫作者。比較來說，他似乎更近於豐子愷許地山一路。即使歷盡磨難歸來，看他的畫，依然滿紙生意；看他的字，依然溫厚恬靜。從他喜歡泰戈爾的詩也可以看出端倪來。他最習慣的寫詩的形式，也好像是從泰戈爾借鑒而來，但是比較於這位印度大詩人的神秘玄遠，雷先生的短詩已經面貌大變，小巧的形式裡承載著無量的怨懟和嘶啞的吶喊：

其一

孤燈守著自己的靈魂
夜黑，不能讓心也黑
如果明天還是大雨
燈盞裡沒有了油
就燃燒自己的血

其二

冬天
想把一切都凍死

其實
一切都活著

詩無疑是好詩。但是讀著這樣的詩句，卻是滋味紛雜。好像為勢所迫，逼得一條魚在樹上像鳥似的鳴叫一樣。

在「往事非煙」的第一節，雷先生就用了一個匪夷所思的名字，叫「淮北的枳」，看完整節，與枳無關。很自然就能因此想到「橘枳之變」的典故。看來雷先生也承認自己是被改變了。由橘而枳，脫胎換骨，這樣的變，結合雷先生變的過程，真是驚心動魄的。我就想起魯迅先生對幽默作家馬克‧吐溫的感慨來，說馬克‧吐溫原是一個幽默作家，後來卻幽默不出，轉而成了一個十分悲觀厭世的作家了。魯迅先生若知曉雷雯先生的橘枳之變，憑先生的激烈和深刻，感慨一定會更多更深的吧。

2013年3月4日

附劄記與通信二則

一、

看小聞轉來的一位叫雷雯的詩人的著作合集。斯人已逝，文字猶存。他的文字其實是對他一生足蹟的撿拾。

雷雯先生實為有才之人。但是就在他三十歲的時候，被打成了胡風集團的一員。之所以成為這一集體的一分子，是因為他曾拿他的詩給詩人牛漢看過，牛漢還贈予他一張二寸照片，還有一些通信。口說無憑，正是這些通信使他有案可查，難脫干係。實際上雷雯先生並不認識胡風的，但牛漢被打成胡風集團成員，牛漢與雷雯又有通信，雷先生便因此被牽連進胡風集團裡去了。讓雷先生交待罪行時，雷實在交待不出什麼。一個姓張的同事揭發說：雷雯曾說過，寫作不一定是寫自己親身經歷的事情，還可以寫自己不曾經歷的，這不正是和胡風所說的處處都有生活如出一轍麼？不是給胡風之說張目麼？這成了一條重要的罪行。還有牛漢那張照片，說說是什麼來歷。反正就是這樣的一些罪行罪證。雷先生因此被撤職降級，從編輯的位置上被弄到資料室去了。後來當他聽說帶累他的牛漢本人處罰也沒有他重，就去申訴。不申訴倒好，這一申說冤屈，他就被扣上翻案的帽子，弄到勞改隊去了。勞教四年半。

往事非煙
272

這期間的一切聞見經歷均是非人的，由此感到不幸生在那個時代的人，真是生不逢時。始作俑者要被清算，總有此時。不然多少冤魂會在地下鬧騰，攪擾生者的生活。

　　惡事惡人不說了，寫寫那個非人的時代裡幾樁使詩人難忘的事吧。一是詩人多次寫到一個叫（陳）效方的難友，二人其實也並無甚麼特別的交情，祇不過同為難友，而效方又屬良心未泯之人吧。一次雷雯病了，病得很重，拉痢疾，難友們都說他已經在墓地裡排上號了。就是在這樣的情況下，是效方每天把飯食端到他跟前，鼓勵他吃。在每天祇能睡兩三個小時的農忙時節，效方犧牲這寶貴的睡眠時間，把他揹到醫務室去治療。醫務室的大夫和效方在收容所時曾同在一個班，因此二人關係不錯。但醫務室空有其名，並無甚麼醫病設施，大夫就用針灸的辦法給雷先生醫病。難中的人，總是命硬，就是用這樣的辦法，竟然把將死之人從死亡線上拉了回來。當時那大夫見效方跑前跑後地侍候雷先生，感覺奇怪，在那樣人人自危的年代裡，這樣的人際關係是很少見的，於是問「你們是老鄉嗎？」效方照實答來，說「我們相隔得可遠啦」。在雷先生病情好轉時，效方又鼓勵他要走路，不然會癱瘓掉。效方蹲在前面，像鼓勵牙牙學語的孩子開步學走路那樣鼓勵著雷先生開步走，但雷先生祇邁了一步就倒了，效方搶上來一把將他抱住。此情此景，雷先生這樣寫道：「當他抱著我上炕的時候，我簡直忘了這是勞改的地方。」

　　為了使虛弱的雷先生得到好一點的飲食，早日康復，效方致信他的父親坐車倒車，幾經週折從老家送來雞蛋蝦米等，他把大一點的蝦米都給了雷先生，自己碗裡都是小蝦米。一天夜裡，雷先生已經睡了，聽到人們說話的聲音，這時候忽然一隻大手把一個什麼塞入他的被窩裡，原來是效方，把一小包肉塞給了他。雷先生這樣寫道：「我簡直來不及品味就嚥下去了。手上的油也不覺得髒，我都抹在頭上了。」

　　還有一個叫張恩倫的難友，他是因為餓得沒辦法偷豆腐吃，被送來勞改的。讓他交待時，為了過關，他主動誇大了自己的偷盜量，把他表哥送他的一支破鋼筆也說是偷來的，這才讓審訊者滿意，簽字畫押後，把他送來做雷先生的難友了。勞改隊更是容易挨餓的地方，張恩倫就還

是偷。已經到勞改隊了，還能把他送到哪裡去呢？在勞改隊，他和雷先生緊挨著睡在一起。一天深夜，雷先生快要睡著了，忽然手裡被塞入一根結冰的水蘿蔔。原來是張恩倫偷來給他的，結冰的水蘿蔔在手裡融化著，張恩倫貼緊雷先生的耳朵，低聲說「把頭鉤在被窩裡吃」，快要入睡的人一下子醒過來，食物的誘惑是巨大的，是不能讓人再可能有絲毫的睡意的，「我一點一點咬，捨不得狼吞虎嚥」，「一個小蘿蔔，我完全飽了」，「吃完了，我把手伸到他的被窩裡，把他的粗糙的瘦手爪使勁握了一下」，世間的水蘿蔔，還有這樣子被吃掉的麼？還有帶著那麼多的複雜的滋味被吃掉的水蘿蔔麼？詩人的生存能力總還是有些弱的，因此張恩倫偷得東西，「總要塞給我一份」，不僅如此，就是勞動的時候，二人抬土，張恩倫也總記著「把筐拉向他那一邊」。作者寫張恩倫的文章是這樣結束的：「幾十年過去了，每當懷念張恩倫的時候，耳邊總會響起他那決不是強盜的溫和的聲音。」

是啊，絕非強盜，卻被視作強盜糟踐著。讓雷先生念念繫之的人，除了這樣有名有姓者外，還有一個擦肩而過的莫知其姓甚名誰的人。一天，雷先生因腿上生出了一個大瘡，實在無法參加勞動時，被管教員格外開恩，准予回去休息。他一步一步艱難的回返著時，後面過來一輛拉高粱的大車，大車在雷先生身邊停下了，雷先生還以為自己擋了大車的道，正在惶惑不安時，一個被「風霜刻了一臉深溝的老農」看著他，沒有說他什麼，二人始終沒有說什麼，但是那個老農卻把一個「長長的大餅子，準準地扔在我的懷中，嚇我一跳」。並不相識的人給了雷先生一個大餅子，就趕著他的馬車離去了。他眼神裡的善意讓雷先生沒齒難忘。對於得到大餅子一事，雷先生百感交集，「平生得到一個陌生人的憐憫和施捨，我是一個乞丐了！」──這是一個大的感慨！但更大的感慨卻是「在這狹窄的人世間，在這糧食比生命還要貴重的時刻」，還能平白無故的得到一個大餅子，因此不得不「感到一種無限珍貴的安慰。」

正是類似這樣一些援助和安慰，使雷先生活過了那煉獄似的一段日子吧。再想到舒蕪那樣的告密者致禍者，百千的厲鬼必圍困著他，要向他討一個說法吧。其實舒蕪祇是品性不良而已，他並沒有給數千人直接

帶來噩運的地位和能夠的呢！究竟舒蕪從哪裡借了力來塗炭生靈，這個才是需要搞清楚的。

<h2 style="text-align:center">二、</h2>

小聞好！

李琦寫雷雯先生的文章看過了。看來這是她和馬合省此生難以忘卻的一個人了。人生難得是知己，他們之間已經有那麼多難忘的歲月，應屬幸事一樁了。一個人能被人如此深記追念，也是可以安眠九泉了。我看了雷先生的《往事非煙》，心裡特別不好受。看《往事非煙》時，我總是想起楊顯惠先生的《夾邊溝紀事》來，我覺得這樣的文字，實際上都帶有祭文和檄文的性質，祭奠那不可計數的冤魂，討伐那至今仍被尊崇膜拜的元兇。《夾邊溝紀事》不知你看過沒有，實在是值得一看之書。記得好幾年前聽張賢亮說過，說他那段時間最感興趣的就是《上海文學》連載的《夾邊溝紀事》系列。當時並沒有引起我的注意，後來讀了，才覺得這樣的書是不應該錯過的。正像雷雯先生的《往事非煙》也不應該被錯過一樣。說來得佩服《上海文學》的膽識和眼光，聽說所有關於文革方面的題材都被設為禁區不允許觸碰的。當然辦刊物也還是要掌握好一個邊界，不然，弄到封刊關門，是誰都不願看到的。《上海文學》所以敢發，也一定是討得了一個什麼尚方寶劍吧。畢竟高層裡對那段歷史深加反省的人，也不是一個也沒有。

雷雯先生本非惡人，也非強人，祇是一個有原則有操守有才華的良善之人，愈是這樣的人受苦，愈是令人心痛。

雷先生的七弟李文熹先生說《雷雯詩文集》是有版權頁的。書後有條形碼，這個我是看到了的，但沒有看到出版日期印數等，即以為是自費出版了。這個其實是不重要的。重要的是讓雷先生的這些文字面世。魯迅先生好像說過「抉心自食」的話，像雷雯先生這樣的人，其寫作的過程，實際上也是一個抉心自食的過程。沒有比他們的心更苦的東西了吧。

（石舒清，作家，現居銀川市）

話說當編輯

李琦

　　不久前的一天，一位來自省內山區的業餘作者走進了編輯部。在拿出了作為投稿的一些作品後，他又給我們看了他多年來珍藏的一個本子，那上面是他發表過的作品，顯然，他珍惜這些。在翻看這本子時，我看到這本子的最前面是被他貼得平平整整的幾封信。作者顯然是極珍視這幾封信，「這是當年編輯老師給我的回信……」我一下認出了那端正秀雅的筆跡，雖然幾封信署名祇落個「詩歌組」。許多年前當我剛走上創作道路時，也是這字跡端正的師長給了我無私的扶掖和鼓勵，這字跡讓我想起了一個與它有關的故事——

　　當詩人龐壯國還是一個年輕的業餘作者時，他給當地的文學刊物《北疆》投稿。尚沒有今日之名氣的他，總是能收到一位編輯字跡端正秀雅的回信。熱情的鼓勵，中肯的批評，認真的修改，嚴肅而真摯。這些亦師亦友的信，對於當時年輕的詩人，是多麼溫暖的理解和鼓勵，壯國受到了深深的感動。當他打聽到這位署名「詩歌組」的編輯就是令人尊敬的詩人雷雯老師時，年輕的詩人滿懷感激地寫了封信。回信來了，信上說，孩子，你從哪裡打聽到我？如果你不知道我的姓名，我們就這樣通信下去，那多好啊……

　　這簡直像是一則經過加工的故事，它又的確真實地發生在生活中，壯國在多少年後說到這件事時，依舊是眼睛潮濕。如今我們都已是人近中年，也都做了編輯。應當說，無論是從人格上還是創作上，我們都不

會忘記當年那給過我們深切鼓勵的「詩歌組」。像雷老師那樣的編輯，為自己也為編輯這個稱號贏得了恒久的尊重，並使我們懂得了，同樣是一個職業，有的人可以平庸，有的人可以出色，有的人或許是對工作的玷污，而有的人則能創造出一種境界。

我一直認為，編輯是一個高尚而美好的職業。那些滋養我們的靈魂、淨化我們的情操、提高我們的學識、擴大我們眼界的一本本好書，那些在我們心靈的土地上播灑雨露陽光的美的文字，無不是經過了編輯們的辛勤勞動。深夜燈下，當我們用手指翻著那些散發精神芳香的好書時，當我們情不自禁地為那無可挑剔的文采華章喝彩時，我們常常自心底深處，湧出對編輯的感謝和敬重。人們或許記不住那些編輯的具體姓名，但卻記住了一位文明傳遞者的形象。就像那位山區的作者，他或許不能成為一位有影響的作家，但是，許多年前一位陌不相識的編輯給予他的精神滋養，對於他的整個生活，都有了一種悠遠的、良好的影響。

在物慾橫流、喧囂浮躁、令人眼花繚亂的今天，靜下心來甘於淡泊，做一個心平氣靜、不左顧右盼的編輯，好像已不是一件輕鬆的事情了。但也正是在這個時候，編輯的人格素質、學識器量、全面的修養，變得更為貴重了。

編輯與作者，這理應最有君子風範的關係，如今已被一些人弄得蒙上了灰塵。當我從書攤走過，看到那些亂七八糟的書時，心裡真是有一種難過。那些用自己手中的權利作交易的編輯，說到底是一種自我輕視。他不僅沒有從這獨具魅力的工作中施展才華，反而又拱手交出了自己的社會良知。明明有一份潔淨的職業，反倒成了滿面塵垢的人。

作為一個文學編輯，面對著那些虔誠的、甚至帶著一些羞澀和惶恐的年輕作者，讀著那些從四面八方飛到我桌上、可能粗糙也可能幼稚的來稿，我常常想起「詩歌組」那端正秀雅的字跡，我懂得了一個勤謹敬業的編輯對於一個作者、一篇稿子、一本書那種迴圈的影響和作用。我懂得了一個好編輯應當首先對自己的工作懷有熱忱。所謂慧眼識珠，所謂誨人不倦，所謂春風化雨，一切都要從這裡開始。否則，縱然滿腹才

華，豐富淵博到如何了不得，如果沒有對自己工作意義的理解，沒有對他人勞動的體諒，冷漠而倦怠，也絕不會使工作變得和諧起來，更談不上使編輯生涯獨具那份特殊魅力。

工作是美麗的，尤其當我們選擇了一份容易展示個性、理解他人、體現良知的工作。一個優秀出色的編輯，能把自己的創造精神，個人風格，灌注在平凡普通的工作中，祇有這樣的人，才能從容地面對榮辱浮沉，才能坦然親切地、面對著那些從心裡尊敬自己的人說：如果你不知道我的姓名，我們就這樣通信下去，那多好啊……

原載1995年第1期《出版之友》

懷雷雯老師

2002年10月，雷雯老師回武漢治病，留給我的是無盡的思念。

我常常坐在畫案前，遙望南天，悵然若失。「紅霞舊夢已成塵，天阻音書信是真。唯有相知情未了，更深常做不眠人。」「一宵風過覺花稀，燕子聲聲草漸齊。誰解書窗思萬縷？陌頭垂柳綠煙低。」這兩首詩就是產生在深深的思念中。

在焦急的期盼和深深的思念中，幾個月過去了，雷老師既沒來電話，也沒來信，我心裡漸漸產生了一種不祥的預感。不幸的是，這種預感在2003年5月間被證實了。詩人馬合省告知了雷老師的病情，他竟然患的是白血病！我如遭雷擊，腦子裡一片空白。雖然恢復了同雷老師的聯繫，也瞭解到病情，卻無法幫助他戰勝疾病，我痛苦地體會到在無情的疾病面前，人是多麼的無能與無助。「夜靜蛙聲響，風輕柳絮低。南天空役目，月色沁人衣」。「飛絮老，飄盡一年春。小圃日長花影重，陂塘水滿綠波深，憂心繫遠人。」這兩首詩詞，就是我當時的心境。我唯有默默地祈求上蒼創造奇跡，祝願雷老師吉人天相，能夠驅走病魔，早日康復。

2003年的10月，是我傷心的10月。陣陣秋風，帶來的是雷老師去世的噩耗。我感到心像在被撕裂，我把自己關在屋子裡哀聲痛哭！

雷老師的去世，我們全家都很難過。回想1990年我的女兒一歲時，雷老師特地從哈爾濱趕來雙城看孩子，那時曾說以後還會再來！

附錄　懷念與思索
279

可現在這一切都不復存在了。雷老師的去世，使我永遠失去了一位慈父和恩師！

樹葉綠了又黃，秋天又到了。可任憑季節更迭，光陰流逝，都無法沖淡我心中的哀傷！雷老師那慈祥的笑容，親切的話語，已深深地印在我的心中。二十多年的相處，像一幕幕電影，歷歷在目。

那還是1979年，我考入哈爾濱師範大學美術系之後，去拜望父親的一位學生——黑龍江省人民出版社的美編姜錄先生。就在那間不大的辦公室裡，我幸運地結識了雷老師。從那時起，我們就結下了不解之緣。二十多年來，雷老師不僅以他的言行在做人、做事、做學問諸多方面給了我深刻的影響和教益，同時也給了我父親般的關愛。

每次去雷老師家，他總是讓我坐在小書桌前，一邊喝茶，一邊讀詩，而他則親自下廚忙著做可口的飯菜。雷老師的手藝很好，尤其善於做麵食。而笨手笨腳的我，祇會找些洗菜、端盤、涮碗之類的簡單事做。到了飯時，放上小飯桌，我和雷老師相對而坐，邊吃邊談，其樂融融。雷老師能喝點酒，但從不過量。他家不遠處，紅霞街口就有一個小賣店，那是我們常去購物的地方。雷老師常說我瘦，所以每次做菜都要放些肉。有一次他聽說吃兔肉能增強體力，特地買回一隻凍兔做給我吃。

1983年我大學畢業，被分回雙城當中學教師。因為覺得畢業分配不公，自己前途渺茫，終日鬱鬱不樂，得了一場病。雷老師知道後，十分擔心，一邊給我推薦偏方和藥物，一邊還在信中以司馬遷、蘇軾等人為例，開導我說：「前輩藝術家們是何等的胸懷！是何等令人敬仰的德操！如果他們老是在個人得失的圈子裡憂傷和歡樂，怎麼能創造出千古不朽的精神財富？他們的光輝至今還照耀著我們的生活道路！望你常常走出個人的天地，讓自己的思想是一片明淨的藍天！望你一心一意撲在藝術上，把你純潔的感情溶解在你的顏色裡，流動在你的線條上。祇有這樣，你才能成為一個真正的藝術家。」在雷老師的呵護下，我不僅身體得到康復，也從思想上得到解脫。而雷老師的諄諄教導，則使我終身受益。

雷老師非常珍惜時間。平時在家裡寫詩，有時一連幾天房門都不開。可知道我有一段時間心臟不舒服，卻抽出大半天時間親自帶我去哈醫大一院去做檢查。雷老師常呼我為「傻兒子」，而我在他的身邊時時感受到家庭的溫暖。記得我結婚後，雷老師高興地約我和妻子到他家裡玩，到了晚上，就住在他那一居室的小屋裡。我和妻子打地鋪，雷老師睡在小床上。熄燈後，他關心地說：「小濟、小多，你們先睡，我打鼾，怕你們睡不著。」可半夜裡，我和妻子還是被雷老師那雷鳴般的鼾聲震醒。那情景，至今還深深地留在我的記憶中。多少年了，雷老師，我多麼希望還能聽到那樣的鼾聲啊！

　　那時，在雷老師家常能遇見的有青年詩人馬合省、李琦夫婦，還有譚敦寰兄。雷老師把我們都看做他的孩子，可令我感到愧疚的是，我遠在雙城，未能像馬合省李琦夫婦及譚敦寰那樣經常地陪伴、照料他老人家。

　　雷老師心地善良，生活中是一位慈祥的老人，可在工作中他卻是一位不講情面、責任心很強的編輯。他要的是稿件的質量，他鄙視那些附庸風雅、利慾薰心、俗不可耐的鑽營者。對於那些提出非分要求的人，不管他們是什麼地位，有什麼背景，雷老師都毫不客氣地予以回絕；而對於真正有才華、有潛力的作者，他總是不遺餘力地培養和扶持。

　　作為詩人，雷老師的心純淨得就像一泓清澈的山泉，沒有一點泥沙。他淡泊名利，隨遇而安。與他交談，如登靈山，得到的是靈魂的洗滌和淨化。他一身正氣，嫉惡如仇，即使受到不公正的待遇，損害了自身利益，也決不肯低下高貴的頭。雷老師在給我的信中寫道：「吃虧是可以的，為個人私利降低人格是堅決不行的。我們痛恨鄙視那些以權謀私的人。」

　　對於詩歌創作，雷老師是一位虔誠的探索者，他把自己的一生都交給了詩。雖然他已經很有成就，可他還是謙虛地說：「我的詩還是很平庸的，常常因為不能把心裡那最深的感受表達出來而苦惱。」雷老師不僅新詩寫得好，古體詩也很出色。如：「竟日沉沉夢漢江，菜花畦上蝶輕狂。燕子歸來春水滿，小舟近岸賣魚娘」「卅年未飲巴河水，鬢上頻

添劫後霜。為問孤舟何處是，胡笳嬌好總淒涼。」「一抹斜陽一樹風，天長水遠轉孤篷。縱然不被風吹去，野火燒荒處處同。」都寫得清新流暢、感情真摯，抒發了詩人飽經憂患和飄泊他鄉的無限感慨，同時也蘊含著對故鄉的眷戀之情。這些詩，無論從語言的錘煉還是在感情表達的深度方面來看，都可謂是當今古體詩歌中的優秀之作。

對於晚輩後學，雷老師總是循循善誘，有了進步，及時肯定，看到不足，耐心剖析。一次，我帶了十餘首新創作的古體詩給他看，他邊讀邊說：「傻兒子，一年多沒見，詩寫得這麼好！像畫一樣啊！」之後，我又帶去幾首新詩和古體詩，他看後給我回信說：「你這幾首新詩寫得很好，像〈枕頭〉有點情趣，但在詩的深遠上還欠點功夫。古體詩〈說項伯〉就不如你上次帶來的那些古體詩了，原因是直白介紹，沒有詩的表達。」又說：「不管古體詩還是新詩，最重要的還是詩的內涵深淺。這種感情的探索是說不清楚的，也是無止境的，既然同詩打上交道，就是迷茫中也不要忘了探索！」遺憾的是，那些年我把主要精力用在書畫創作上，雖然也寫了些新詩和古體詩，但功夫下得很不夠。如今，對於詩詞創作，真正到了癡迷程度，一年多就創作近三百首，也頗有一些得意之作。而在我更加迫切地需要雷老師對我指點、教益的時候，他老人家卻離我遠去了。

當年，雷老師親手為我女兒製做的布娃娃依舊坐在我的書櫥裡。二十多年的相知相聚，恍如昨日。可追憶中，又發覺這一切已是那樣的遙遠。過去的無法挽留，面對的永遠是無情的現實。今世塵緣已斷，相見無期，怎不令人痛斷肝腸！親愛的雷老師，在您遠行週年之際，您的孩子、學生謹以一首五律奉獻於您的靈前：

　　廿載同一夢，傷心怕月圓。
　　耽詩多麗句，卻病少靈丹。
　　候鳥隨春去，江潮灑淚還。
　　蒼天如有意，來世再結緣。

2004年12月

（張濟，畫家，現居黑龍江省雙城市）

憶雷雯

徐山皕

　　我和雷雯相交時間不長，那還是在1966年初，我和他在同一所中學代課，都是教語文課，而且是教同一年級，在同一個教研室，一起備課，一起討論教材，接觸比較多。他是一個典型的「白面書生」，斯文，謙和，敦厚，比我年長好多歲，真像一位兄長。而且我們家居相距不遠，下班後有時公交車不好搭，就一路步行回家，邊走邊聊，也就漸漸稔熟了。

　　一個星期天，我忽然動念去雷雯家探訪，看他在家做什麼。沒料到他家是這樣清寒。坐不一會，進來一個清瘦的老人，衣著十分寒素，後面還有一位中年婦女，也是清瘦而寒素。我想這一定是老伯和大嫂了，連忙站起來。老人家看了看我，沒說話，點點頭就進別屋去了，女人也沒說話，跟著進去了。好像是有意迴避客人，但也沒有任何失禮的地方。雷雯祇在一旁坐著，既不介紹，也不引見。我在他家裡感到似乎有一種悲涼壓抑的氣氛，和一般的家庭不同。但也說不出所以然，祇是心裡有點怪怪的。

　　過了不久，學校領導找我談話，告訴我學校決定留用我，雷雯則不再續聘。我聽了心裡很不安，覺得這樣安排不合適，便請校方重新考慮。我說雷雯家有父母妻兒要負擔，生活很困難，我孤身一人，沒有家庭負擔，而我家的經濟條件比較好，一時沒有工作生活也不至於困難，請留用雷雯，讓我離開學校。教務主任告訴我，這是上面決定了的，不

能改變。你祇要教好書，這些事不由你考慮。儘管我無能為力，但對雷雯我總覺歉疚，不知怎麼對他說好。

　　過了兩天，放學後我們同行回家。路上，雷雯告訴我，學校領導已經通知他了，月底他將離校。他也知道我對校方的建議，說那完全是多此一舉，不會有任何作用。他反倒勸我，不必介懷，更不要心存歉疚，好好幹工作，過些時他再去看我。我心裡很難過，卻無話可說。

　　過了些時，在一個星期天，他果然來家裡看我。落座後，他看到我書架上有一本《志願軍詩選》，就問我讀過這書嗎？我說這是妹妹買的。我認為戰士們寫的詩，雖有激情，但文字較粗糙，祇隨手翻了翻，沒有細讀。有些詩較有水平，一般來說不過是應時之作，為政治教育讀物，興趣不大。他說，這集子中有他一首詩。我有點吃驚，問他當過「志願軍」嗎？他說是。那時他在軍中搞文字工作，也作編輯，也搞創作；詩集中署名「雷雯」的就是他。我這時才知道他曾是一位專業作家，在學校他一直用原名「李文俊」，我祇知道李老師，老李，這是第一次知道他的筆名。

　　我問他怎麼被劃成「右派」的。他說他不是「右派分子」，而是更嚴重的「胡風分子」，這在當時就是「反革命分子」了。這是當事人生活中慘痛的經歷，探問這無異於揭人的傷疤。我不再問詢與此有關的任何事，他卻主動告訴我一些情況，我從中約略知道他遭際的坎坷。他還談到他父親的事，說他父親尚在「管制」之中，所以謝絕一切交往，既為別人不受牽連，也為自己不受傷害。他對我初訪時的冷落表示歉意。（過了好多年以後，我才知道乃翁遭受到的是一場最荒唐的冤案，把一個在鄉里德高望重的無辜長者逮捕判刑，家屬都受牽連，毀了多少人的生活。所謂的「管制」也是一種最冷酷、最沒道理的刑罰，刑滿之後仍然沒有自由，隨時都受到監視，得經常向公安部門報告自己的行止和思想，實際上就是被當做政治賤民。）對於學校解聘他的不公平，他倒並無怨尤，至少我沒有聽到他一句怨懟的話。這也難怪，1966年春季，文革雖未正式開展，社會上已是一片山雨欲來的景象。報紙上批判《海瑞罷官》，《燕山夜話》……等等，政治氣候十分嚴峻。誰都知道一場大

的政治運動就要開始了，不禁人人自危，特別是當領導的。使用雷雯這樣的「問題人物」就是一大把柄，很容易被指責為違背黨的階級路線，並加以「招降納叛」，重用「牛鬼蛇神」等罪名，誰能擔當得起。就這樣，雷雯被領導像甩包袱、清垃圾一樣解聘了。朋友們都為他抱屈，為他擔心。但是，我們還是且慢為他傷心落淚吧，正如古人說的，塞翁失馬焉知非福，事態的發展往往會出人的意外。雷雯被解聘反倒讓他躲過了這一場劫難，置身於文教圈子之外，落得個清閒，成了世外之人，看別人去瞎折騰，自己卻逍遙自在。

「文革」開始後，由於在文教圈裡，連我這微不足道的普通教員也不能幸免，受的種種磨難大家都經歷過，就不必細說了。我在生活上也發生了變化，被趕出了我那個「資產階級」的家，倒不是「階級鬥爭」的問題，而是一個「人民警察」看中了我們家的房子，便指使房管所逼我們退房搬家。最後，在外邊給了我一間六七平方米的小房，在底樓，隔壁是公用廚房。雖是陋室，地處偏僻，鄰居都很友善，對我卻是個安樂窩。我發現一個有趣的現象，在單位裡，工農兵出身的幹部特別難纏。他們對出身不好的知識分子既仇視又歧視，平時趾高氣揚，運動來時整起人來真是心狠手辣，冷酷無情。倒是大多數的工人農民對知識分子還是滿懷敬意的。我的兩個近鄰都是長航局的工人，平時對我頗多關照，態度親切又尊敬，連帶他們的妻室孩子。我不用擔心會被出賣，感到這兒很安全，不需心理設防。這在當年就是很優越的條件了。

我這新居知道的人不多，不知雷雯怎麼打聽到的。在一個冬夜，他找上門來了。從外表看，似乎身體和情緒都比在學校時好得多。由於長時間都夾著尾巴做人，他遇事退讓低調，說話輕言細語，現在卻頗為灑脫，甚至有點豪放了。他告訴我，他現在在武漢冶煉廠當工人，幹的是重體力勞動活，很辛苦，但還吃得消。最使他滿意的是跳出了知識分子的圈子，擺脫了文革的煩惱。當時工廠還沒有捲入「文革」的漩渦，還沒有發展到「停產鬧革命」，互相武鬥的地步。工友們對他並不見外，沒人把他當「臭老九」（當時還沒有這個名目）看待，祇要你吃得苦，能幹活，大家便把你視若同儕，沒有歧視，沒有勾鬥。這使他精神上得

到解脫，他甚至還哂笑我們這些還留在文教圈子中人，在運動中遭受的種種磨難。（後來我才知道，冶煉廠的勞動，其艱苦出乎我們想像之外。我有一位同學，大學生，學工的，在中學教物理。由於出身不好，父親被「鎮壓」，就是處決了。他後來在一次運動中，被加以莫須有的罪名，被整得死去活來，最後開除了教職。之後，他去了鍋廠當工人，幹最苦的爐前工，鑄造生鐵鍋。他告訴我，每當出鐵時，冬天都得打赤膊，夏天爐前簡直就是活地獄。小廠勞保設施差，半個多小時就得換班，不然人就會倒在爐前。一出來立刻猛喝鹽汽水，補充汗水的損耗。下班後廠方供給一大碗肉湯，不管你多麼沒胃口也得吃下去，不然人很快就會拖垮。）

在冶煉廠雖然躲過了一場劫難，但在工人弟兄中缺乏共同語言，沒有一個聊天的夥伴，滿腔的憤懣和憧憬都無處宣洩，他感到寂寞。我那小小的蝸居便成了一處不錯的避風港。有時晚上他會悄然而來，來後把鞋一脫，靠臥床上天南地北的聊起來。他畢竟是一個文人，半輩子搞文藝，卻在文藝上栽了跟頭，吃足了文藝的苦。和許多類似的文人一樣，也曾痛下決心和文字一刀兩斷，發誓永不沾邊，絕口不談文藝。可是，又和那些沒出息的男人一樣，吃足了女人的苦，發惡誓要徹底忘卻，到頭來還是割不斷情緣，難捨難分。稍一安定，便積習難改，對文藝的眷戀又萌生了。我不知他此時是否還寫詩不輟，但在我這兒詩歌是一個常談話題。我不是一個有心人，這些話隨聽隨忘，過後便了無痕跡。他卻談得很投入，有時會情不自禁地吟誦他喜愛的詩句。有一次談到蘇曼殊，我便信口雌黃起來，說蘇的作品無非纏綿悱惻，兒女情長，小巧而已。他問我讀過蘇詩沒有，我說沒有。他便念出蘇詩「海天龍戰血玄黃，披髮長歌覽大荒。易水蕭蕭人去也，一天明月白如霜。」說蘇詩也有豪邁的，並非都是纏綿悱惻的。他還談到了《隨園詩話》中一首詩：「剪髮接韁牽戰馬，拆袍抽線補旌旗。胸中多少英雄淚，灑上雲藍總不知！」寫一位將軍，在戰鬥的間歇拆袍補旗、斷髮續韁的壯烈情景，寫出了軍人在戰場上不屈不撓的堅硬形象和孤獨蒼涼悲壯的心情，多麼傳神，真可和范仲淹的《漁家傲》媲美。我為我的孤陋寡聞和率爾唐突感

到後悔，也感到自己一知半解便妄加評論的淺薄可笑。

　　寫詩的人都是富有激情的，但此刻的雷雯卻是循良退讓的，對人對事從不持任何激烈的態度。真看不出他早年也是滿懷激情、富有羅曼蒂克氣質的青年。1947年，他在武昌美術專科學校求學時，就參加了學運活動，這是他第一次和共產黨有了聯繫，是所謂「進步學生」，從事民主運動。他還談到有一次，他們一群大學生從校外歸來，有人提議，大家都是美的愛好者，追求者，敢不敢當眾展示自己年輕健美的身體？怎麼不敢？大家說幹就幹，於是就在大街上脫光了衣服，唱著笑著跑回了學校。有時他也談到自己的文學生涯，看得出他蘊藏在心裡的複雜情緒，既不堪回首，又流連神往。有一天他說，什麼時候能和幾個志同道合的朋友，共同辦一份文藝刊物，祇登載我們所喜愛的文字，說我們想說的話，不受任何人的控制，不受約束壓迫，那該多好！看得出他是真心熱愛文藝的，顛沛流離，歷盡坎坷，雖九死其猶未悔。

　　當然，我們之間的話題，也少不了他在興安嶺伐木場勞改的苦難歷程。伐木的工作其實是非常艱苦的，尤其是在冬天，在興安嶺這種苦寒之地。但幹這行的也真有一種豪邁的感覺，這是真正男子漢的工作，他一介文士居然也承擔下來了，而且和其他伐木工人一樣。他經常是給運木滑道注水，這要求比別的伐木工更早進山，天不亮就提著兩大壺開水上山，趁水尚未結冰前澆注在滑道裡。當大段的木材在滑道裡飛速下滑，直到山下木材場，那氣勢真有點驚心動魄。勞改隊裡有許多奇特的事，還有有關女囚的種種傳說，永遠都是男囚們關注的話題。這真是我聞所未聞、匪夷所思的事，引起我很大的好奇心，便要他多講一些。他卻沉默了，過了一會，他說，你認為這些很有趣嗎？可當事的人卻是非常懊惱痛苦的事。我不禁對自己不恰當的好奇心感到慚愧，就不再問這些事了。過了一會，他又說，其實勞改隊裡並不都是冷酷悲慘的，也有令人感動的事。有一次，他從山上收工回來，身上的棉襖已被樹木的枝椏撕得體無完膚。剛進門，就遇見一位老隊長，看到他這份狼狽像，就對他說，「兄弟，把你的棉襖脫下來，讓你嫂子給縫一縫，山上風大，扛不住的。」一聲「兄弟」，一聲「你嫂子」，讓雷雯忍不住流下淚來。

隨著「文革」的不斷深入擴大，社會上越來越亂，暴力批鬥愈演愈烈，人們變得越來越兇殘邪惡。這時候鬥爭的對象已是「走資派」，目的是「奪權」，當官的日子都不好過了，我們這些「黑五類」和「死老虎」不再被人關注。文革中他最反感的是對人性的侮辱和摧殘。那些高官名流，平時何等威風，不可一世，在批鬥時卻嚇得屎尿橫流，低頭，彎腰，下跪，請罪認罪，辱罵自己，攀扯他人。雷雯十分驚訝，難以理解，人怎麼可以這樣！施暴者固然兇殘邪惡，受施者為什麼就不能拿出一點人格的尊嚴？他說他寧可死也不能接受這種侮辱！許多年後，我才知道，他由於和牛漢交往才被牽連進胡風一案，結果被開除公職，判刑勞改，而牛漢反倒沒有事。就因為他強項，不肯認罪，還據理力爭。真看不出平素溫文謙退的他竟有這般的骨氣。有一次，也是在我家，談到所謂政治運動，談著談著，他忽然沉默了，兩眼盯著牆上的毛澤東肖像（這是每家必須有的，否則就是對偉大領袖的不忠，並招來橫禍），好一會後像是自言自語，又像是對我說道：「這老頭為什麼這樣狠？」我無言以對。

　　但是，好景不長，這樣逍遙自在的日子結束了。「文革」已介入工廠，甚至街道居民之中，大規模的武鬥開始了。社會混亂，人心浮動，惶惑不安。我們也逐漸減少了往來，終於停止了聯繫。不久，我也被發配到農場勞動改造，一去就是十年，直到1978年才回到武漢，才又重執教鞭。聽說雷雯也已經平反昭雪，回到了哈爾濱，在黑龍江出版社重操舊業，當上了編輯。知道了他的下落，我迫不及待地去信聯繫，告知我現在的行止。我在信末，活剝黃庭堅謫後歸來的一首七絕，把末兩句改為「又到江南先一笑，黃鶴樓上望龜山」（黃原詩為「未到江南先一笑，岳陽樓上望君山」）。表達我重回故鄉時愉快的心情。很快就接到雷雯的回信，並寄來他編輯出版的書，歷盡苦難，故舊重逢，真有一種重獲新生的感覺。此後，各自都忙各自的生活，偶有書信往來，但都很簡單，似乎也沒有什麼可談的，無復當年在蝸居時那種暢述情懷的感覺了。這大概就是「相忘於江湖」終究強於「相濡於涸轍」的緣故吧。

幾年之後，我在哈爾濱成了家，卻和家人分居兩地，每年的夏天我都去哈市過暑假，這才和雷雯相聚。他父母妻兒都留在武漢，獨自一人在哈。我去看他，他帶我去他的華居，也就一間房。那時來了客人還不興下館子，餐館也不多，還不那麼「腐敗」，兩條黃瓜，兩根紅腸，一包花生米，幾瓶啤酒就足以讓我們把酒暢談了。平心而論，出版社早先對他確實太過殘酷，無中生有硬是把他打成「胡風分子」，毀了他一生。現在平反昭雪了，讓他從事文藝編輯工作，而且是頗有文權的「編審」。在生活上也待他「不薄」，在當時仍很困難的情況下，優先分給他一間不錯的住房。這些措施不知是否出於對前愆的救贖補償。對一般人來說也就該滿足了，有的人甚至還會「感激涕零」，讚頌「母親」的「偉大」。更不堪的還會藉機鑽營謀求更多的利益，如名分，待遇，官職等等。雷雯總有那麼一點「名士派」，從不言祿。照說他還原了清白，又得以從事他所喜愛的文藝編輯工作，應該是輕鬆愉快開始新的生活了，然而我發覺他生活工作得並不愉快，甚至情緒還有些消沉。毛澤東走了，鄧小平上臺，推行改革開放，人們生活好了一些，社會環境也比較寬鬆，可是十多年的禍亂導致社會道德淪喪，人性泯滅。特別是文網依然嚴密，禁忌仍然繁多，根本容不得言論和創作的自由。雖然他重又拿起了筆桿子，但並不能選擇自己喜歡的文章出版，不能說自己想說的話。至於辦「同仁刊物」，那更是絕無可能的妄想。我有時也提到這個話題，他都默然無語，再也沒有當年那種豪情。他也編輯出版了幾本書，也出了自己的詩集，但他自己也不滿意。平心而論，經他手出版的這些東西，也確實成績平平，價值不大。他仍不過是給同一個老闆打工，不是幹自己的事業。終於，他退休了，離開了他曾那樣熱愛的文藝工作，回到了自己的故鄉湖北，是遺憾，也是無奈。

　　當雷雯離開哈爾濱回到武漢時，我卻去了哈爾濱，並在那兒定居下來，我和雷雯的交往正應了一句古話，「緣止此耳」。大家還是天各一方，逐漸疏遠，淡漠，終於完全斷絕了音訊，他的生病去世我一點也不知道。直到好多年後，他的七弟李文熹好不容易才聯繫上我，告知這一消息，我仍然感到震驚，不覺淚水濕了眼眶。

雷雯去世已經十年了，如煙的往事也漸漸淡漠，但我仍然不能淡忘。前不久南周事件震動了中國，也震動了世界，我隱約感覺到這也許是一個信號，是一個轉機。意識形態的專制，扼殺人性的文網，終究會有打破的一天。於是我又想起了雷雯說的：「什麼時候能和幾個志同道合的朋友，共同辦一份文藝刊物，祇登載我們所喜愛的文字，說我們想說的話，不受任何人的控制，不受約束壓迫，那該多好！」也許我看不到那一天，但我確信該來的一定會來。

2013.02.19

　　（徐山嵒，教師，現居哈爾濱市）

《雷雯詩文集》序

姜弘

　　雷雯詩文集即將出版，書前需有一篇序文。最適合於寫這篇序文的應該是著名左翼作家樓適夷，因為他幾十年來一直關懷著雷雯，對他瞭解最深，樓老的夫人黃煒女士曾說雷雯是「我們家的真正朋友」，「可以無話不談」。可是，樓老已經去世，在雷雯七弟李文熹的要求下，由我來寫幾段文字，忝列卷首以為序。

　　這裡收集的是雷雯生前已經發表和尚未發表的全部作品，有新詩和舊體詩詞，有散文和文藝短論，還有一段回憶錄。雷雯原名李文俊，湖北黃岡人，生於1927年。因為家庭環境關係，他從小就喜愛文學，很早就和兄弟及親友中有同好者一起學寫舊體詩詞，中學階段轉而寫新詩並在報紙上發表，1947年進入武昌藝專學繪畫。1950年參軍後，在樓適夷領導下工作，並結識了七月派詩人牛漢。1952年雷雯出版了第一本詩集《牛車》。1954年底雷雯轉業到黑龍江人民出版社，不久，在1955年的反胡風運動中，他受到了牽連，以致坎坷流離二十餘年，直到1979年，才獲得平反並重返文壇。此後的二十年，就是一般所說的「知天命」到「古稀」的暮年階段，可是在雷雯這裡，卻成為重新燃燒的第二度青春。他把積蓄了二十多年的熱情才智，全部獻給了詩——詩歌編輯和詩歌創作。在這裡，「獻給」一詞可不是套話，而是實指。像二十多年前一樣，他把編輯和培養新人的工作放在首位，看作本職工作和首要任務。他自己寫詩，是出於情不可遏，出於對詩的熱愛和追求，而不是想藉詩以揚名謀利。這本詩文集一共收新、舊體詩兩千五百餘

首，其中未發表過的一千七百餘首，遠超過已發表的。一百多首舊體詩詞全都沒有發表過。這些詩全都工整地繕寫在本子上，他從未說過要發表或出版的話，就是在生命的最後階段，也沒有作任何交代。由此可見，對於雷雯來說，寫詩，重在寫──追求、探索、抒發、創造，而不在此外的其他目的，如馬克思所說，「詩一旦變為詩人的手段，詩人就不成其為詩人了。」──由此可見，雷雯正是胡風所說的那種「真正的詩人」。

雷雯與胡風毫無關係，他受牽連純係無妄之災，因為他和牛漢的相識完全是因為詩──編詩和寫詩。他不喜歡也不讀胡風那艱澀的理論，談不上什麼思想影響。然而我卻從他的身上和他的詩裡，看到了與胡風的主張相通的東西。當我提筆寫這篇序文的時候，立即想到了胡風的話：「有志於做詩人者必須得同時有志於做一個真正的人。無愧於是一個人的人，才有可能在人字上面加上『詩』這一形容性的字。一個真正的詩人，絕不可能有『輕佻地』走進詩的事情」。

雷雯正是這樣的人，這樣的詩人，無論是生活還是詩，他都沒有輕佻地對待過。他的一生是不幸的，多難的，從愛情婚姻上所受的挫折，到政治上事業上受到的摧殘，他都嚴肅地堅強地承受下來了，不怨天，不尤人，卻又嚴守自己一向的做人準則。對此，我曾在〈哭雷雯兼談他的詩〉一文裡，借用魯迅評價柔石的話來說明──「無論從舊道德，從新道德，祇要是損己利人的，他就挑選上，自己揹起來。」

雷雯一生歷盡坎坷，然而，誣陷殘害也好，窮困艱辛也好，在他的心裡激起的不是仇恨和報復，而是在對苦難的深刻體驗中所產生的對生活、對人的更深沉的愛，一種真正的「無緣無故的愛」──無私的愛。他的全部詩文，特別是那些抒情短詩，就是這種愛的感情的自然流淌。

這種對人生、對大自然的愛，以及表達這種感情的方式，看來與印度詩人泰戈爾及中國新詩先驅者冰心有些關係。雷雯並不諱言這一點，他多次談到他喜愛這兩位詩人，接受了他們的影響。不過這影響主要是在思想感情方面，而不是語言形式上的刻意模仿。有那樣的人道主義精神，有那樣的仁愛的胸懷，才會在人生和藝術的實踐中抱著那樣的感情態度，一往情深地關注大自然和人間世，才會進入那種一草一木總關情的真正的審美境界。這在泰

戈爾和冰心那裡，一般都歸之於「泛神論」。在雷雯這裡卻不同，而是另有所自——家學淵源，在家裡所受中國傳統文化和五四新文化的教育和影響。

雷雯的中小學階段是在家鄉——湖北黃岡度過的。他的家是一個舊式大家庭，與後來在台灣成為著名學者的殷海光家是四代世交，有通家之好，他父親和殷海光的父親既是忘年至交也是經常唱和的詩友。雷雯的父親還請了一位精通詩律的前清秀才何佑鑄老先生（張之洞派往日本的首批留學生之一）做家塾先生，教雷雯兄弟們誦讀經史，做詩填詞。所以，雷雯的舊學根底很紮實，舊體詩和詞都寫得好，是很自然的事。這裡收有他的舊體詩和詞一百餘首，全都沒有發表過，也全都是發自內心的「緣情」、「言志」之作。他接受五四新文學，是在少年時代，先是進家族中的長輩辦的新式學校中讀書，稍長，在殷海光的胞弟殷浩生的引領下，雷雯終於走進了新文學領地。殷浩生是個多才多藝的青年，能詩善畫還寫得一手好文章，在抗日軍隊中從事宣傳工作，雷雯在他的影響下開始寫新詩。抗日戰爭勝利後，雷雯的新詩逐漸成熟，開始在武漢的報紙上發表。殷浩生在1957年被劃為極右派，「文革」中自殺，雷雯有詩悼念這位新詩的蒙師、長輩和摯友。

雷雯一生很少寫散文，更少論文，但從他留下的這些僅存的文稿來看，真可謂有一篇是一篇，篇篇俱佳，特別是那幾篇文藝短論。其中有兩點很值得注意，一是他贊同李贄的「童心說」和公安三袁及隨園老人的「性靈說」；聯繫他的全部詩文，可以看出，他對魏晉以來的「言志派」浪漫主義精神情有獨鍾。二是他特別欽佩嵇康的人格，讚美他那敢於「非湯武而薄周孔」、「越名教而任自然」，敢於「師心使氣」以為文的氣概。他讚美嵇康那種維護個人自由和尊嚴的勇氣，並把這解釋為可貴的、不損害別人的「自私」。——這不就是在肯定嚴格意義上的個人主義和個性解放嗎？以上這兩點：文學上的浪漫主義、思想上的個性解放，正是五四傳統的核心所在。

外在的惡劣環境和內在的精神資源——古代和現代的文化傳統，共同造就了雷雯其人其詩。其人其詩的最奇特之處，還在於他幾十年來一貫的清醒和清白：從上世紀六十年代到本世紀初，他沒有一篇趨時跟風之作，不是沒有留下，而是根本沒有寫過。他終生拒絕加入任何級別的作家協會。「文革」中他寧可去煉銅廠從事極繁重又危害健康的體力勞動，也不願留在學校

宣揚那種紅色的名教禮法，——雷霆的煉銅與嵇康的鍛鐵，沒有精神上的聯繫嗎？還有，新時期文藝再度繁榮，他的工作和創作也取得了成就，然而，文壇也在急劇變化——從政治鬥爭的戰車上剛剛下來就滑向了市場經濟的名利場，但他淡泊自守，自覺邊緣化，遠離熙熙攘攘你爭我奪的文壇中心，在東北那塊黑土地上默默地耕耘。

　　——從不輕佻地對待人生和藝術，一貫地保持清醒和清白，這就是我所認識的雷霆。寫下以上文字，是想讓後人知道，在政治和經濟也就是官場和市場如此熱絡的年代，還有這樣一個從不「幫忙」也不「幫閒」，自處邊緣而把一切獻給詩的真正的詩人。

　　　　　　　　2005年「七七事變」六十八週年紀念日於武昌東湖

雷雯的詩與人

如箏

一

在一位老詩人的案頭，看見一本厚厚的書，封面上印著《雷雯詩文集》幾個端正的黑字，由北方文藝出版社2005年7月出版。隨手拿起來翻看幾頁，很快就被吸引住了。

詩文集中俯拾即是的一串串晶瑩小詩，就像一顆顆閃著陽光的露珠。比如：

純潔的小雪朵／你是從哪兒來的／／你／喜歡這奇妙的世界／才背著媽媽／輕輕飄來／／你／又想家了／要太陽爺爺／把你悄悄帶走

小草／睡了一冬／春／拽著它的小耳朵／醒來了／／小草／睜著朦朧的眼睛／說／樹啊／我比你醒得早

在溪畔／喝水的小獐子啊／你張望些什麼／／你還不／快快回去／媽媽站在山腰／心裡／像燒著一團火

多麼可愛的童心啊！詩人的心就像是透明的水晶。繼續讀下去：

春／是無私的／它把溫暖／給花朵／也給小草／給森林／也給
葦叢

滿山的葉兒／紅了／／我知道／秋風／是酒

燕子啊／你快要飛回南方／／飛過長江的時候／你告訴它／我
日日夜夜／在想念著自己的家鄉

　　字字句句流露出詩人對大自然，對故鄉，對一切善良生命的熱愛。
下面的詩句似乎是寫給戀人的：

默默地／背一首詩／這詩裡有你／／輕輕地／唱一支歌／這
歌裡有你／／啊，我／是你的眼淚／你／是我的血液
晾的衣服／多麼乾淨／我想／是你洗的／／碗裡的菜／多麼香
／我想／是你做的／／是啊／是啊／本來／我就是你

　　然而詩人並非生活在溫柔富貴之鄉，相反卻經歷過長久的人生煉
獄，令人驚異的是煉獄在他身上卻造就出一顆大愛之心。雷雯的詩文感
情十分真摯，無意中讀到這首小詩：

兒子／站在風雨的坡前／不要／躲在大樹的後面／／讓自己／
經受風雨的洗禮吧／生活的道路／決不祇是日麗花鮮

　　小詩中那一顆拳拳父愛之心體現得十分真切。另見一首〈雲啊〉
的詩：

靜夜／我懷念／白天／那一朵低飛的雲／／雲啊／你此刻在哪
裡／漆黑的夜空怎能飛行／你化作一絲細雨吧／輕輕地落在田
裡／靜靜地灑向山林

足見詩人將自然景觀也視作生命，從而表現了他與大自然合而為一的生命存在形式。

雷霎的詩文充滿了良善，這是詩人悲心的自然流露，如同傳統文化中那些大慈大悲的菩薩，常懷有以人之苦為己之苦的濟世之心：

你／是一隻／飢渴的小鹿／／讓我／是你的青草和溪流吧

小毛驢／腦門上有紅纓／脖子上有銅鈴／／誰也沒有看見／小毛驢／毛裡有汗跡／蹄下有血痕

雷／又在發怒了／這宇宙／總不安寧／／不管你去幹什麼／不管你有多大的脾氣／雷啊／你要一步一留心／記住吧／那些窮人的屋頂／都沒有避雷針

從這些詩句可以品味出，詩人自少年時代起就具有的悲憫情懷。

善與惡是相比較而存在的，要淨化社會，必須在揚善的同時止惡。詩人雷霎也有一雙犀利的眼睛，他看見「邪惡的果／是在／私心的土壤裡長出來的」；他看見有人「把別人的血／當作胭脂／抹在自己臉上」；他揭露「無恥／可以放在水晶盒子裡／再點頭微笑／說它是透明的、發光的」；他請求「風啊／不要從樹梢經過／／你怎能忍受／那虛偽的點頭哈腰／那無恥的嘩嘩作響」。一個愛之深、恨之切的透明詩人活脫脫地呈現在讀者的眼前。

在昆明仰望藍色天空時，詩人這樣寫道：「黎明時，我站在陽臺上，看到啟明星四週的藍天，藍得水汪汪的，藍得那樣嫩，藍得那樣純，藍得那樣空靈，藍得沒有了世俗的濃與淡……」使人想到：從詩人的眼睛可以透視出他的內心，他的那顆心不正是與藍天一樣清澈和美好嗎？他的詩文所洋溢的那種超凡脫俗的空靈美，不正是他那顆純淨的心的折射嗎？

細細閱讀這本《雷雯詩文集》，可以發現真、發現善、發現美，而且真善美在詩中有一種恰倒好處的結合。很多小詩像格言一樣，句句是從心田裡流淌出來，不僅感情真，而且立意深，讀起來親切自然，朗誦起來聲情並茂。雷雯寫的詩題材很廣泛，據說留下來的就有2500餘首。除了小詩，他還寫有長詩；除了詩，還有文，那文讀起來像是另一種形式的詩。

二

雷雯是湖北籍詩人，1927年生於黃岡。原名李文俊，「雷雯」是後來改的名。少年時代接受過中國傳統文化和「五四」新文化的雙重教育，有良好的文化根基；但比文化更寶貴的應該是他自己利用客觀環境造就的人生境界，是「他少年時代胸中湧現的悲憫情懷」（見《雷雯詩文集》773頁）。

1946年，19歲，他就跨進了詩壇。用他自己的話說：「是泰戈爾的詩把我引入人生、大自然的感情世界，這世界裡的一切是那樣優美，是那樣和諧，是那樣使人深深眷戀！」詩人在開始邁步時，心中就擁有美好的感情。他還說：「我常常寫些小詩傾吐自己對人生的熱愛，對光明的追求，對醜惡的東西也無情地鞭笞。」

可是世事無常，年輕的詩人和他美好的詩歌在一個不經意的時候，被推入極不美好的險惡境界。1955年當全國刮起一股政治旋風時，他在黑龍江省被一群愚昧的人強行貼上「胡風分子、對黨不滿」的標籤，給送進了勞改農場，在飢餓、勞累和精神高壓的折磨下艱難地維持著生命。數年後他僥幸離開，卻成為一個無處收留的人。為了生存，他去過一個煉銅廠，幹了11個年頭，留下了日後白血病的種子。在《雷雯詩文集》裡有一部《往事非煙》的專輯，是詩人人生最黑暗階段的回憶錄。與一般回憶錄不同的是，詩人在這裡沒有作系統詳盡的敘述，祇留下一個一個片段的文字。這可能是詩人後來的精力更多地放在寫詩上了，也可能是往事不堪回首，從記憶中返回到當年的惡劣環境裡，對於人無論在精神上還是肉體上，都是一種痛苦的折磨。

過了24年非人的生活，詩人有幸迎來了新時期的光明。他又回到了當年的文化工作中，繼續編詩、寫詩、培養新一代的詩人。經過苦難的人常常不容易走出苦難的陰影，但是雷雯卻是一個特殊的人。他不忘苦難而又不沉溺於苦難，他的愛心不僅沒有消退，反而變得更加濃烈。他愛山、愛水、愛花、愛樹、愛小動物，尤其愛人，愛那些像他一樣善良純粹的人們。年輕的詩人和愛詩者，在他眼裡如同他親生的孩子，他在詩中多次深情地呼喚他們。他的這些非血緣的孩子們，也給予了他同樣的愛的回報。收入《雷雯詩文集》附錄中的幾篇文章，也是很感人的，篇篇都讀得出寫作者與詩人雷雯之間的一往情深。

　　雷雯的詩與雷雯的愛都是從他內心流出來的，他的心曾經受到巨大的傷害，如他自己所說：「我的歌聲／是帶著血的／／因為／殘酷的繩子／扣裂過／我的心」。當他面對石林的時候，他看到的是人類千萬年的苦難史：

　　　　我不相信／這一群群／這一堆堆／曾經是石頭／／它們／緊緊地相依／艱難地相扶／痛苦地相扭／分明是／一群堅毅的生命／突然凝固了噴血的怒吼。

　　將個人融入歷史長河後的詩人會產生永恆的能量。他曾是一名軍人，戰士的情懷長久地在他胸中湧動，在深夜他能聽到「戰馬的嘶鳴」，他「心的原野」會呼嘯著「痛苦的風雨聲」。所以他這樣唱到：

　　　　我想變成一棵樹／鷹啊，飛下來／抓住我的肩膀／抖落身上的雨水／不要膽怯／不要心驚／記著啊／風雨後／有美麗的彩虹／有明淨的藍天／有悠閒的白雲。

　　相信歷史的辯證法，熱愛人類，熱愛一切生命，這就是雷雯的精神特質和文化意識。

　　這位心地善良、思想獨立、為人正直、感情細膩的詩人，讀過很

多書，走過很多路，一直在苦難中求真，在寂寞中思索。就像大海的貝類，用自己生命的痛苦，孕育出晶瑩瑰麗的珍珠一樣，他在自己76年的生命歷程中，以心之甘露不斷灌溉著詩的禾苗：他雖不是一顆走紅的詩星，卻是一個罕見的真正的詩人。如今，他長眠在家鄉大別山的松林裡，他的愛心和他的美麗詩篇將永遠留在人間澤被後人。

—2006年

（如箏，綠原女兒，作家，現居北京市）

凝縮著情理的晶瑩一粒

──評雷霆的抒情短詩及其他

陳國屏

　　近年來，詩壇變得異常熱鬧，使人有眼花繚亂之感。前幾年「蕭索」的氣氛改變了，各種流派和風格紛呈競秀，從單一轉為多層次，從封閉轉為開放，而且詩歌藝術的嬗變週期顯著縮短了，不久前人們還在為「迷途的蒲公英」而朦朧，為猜不透的「遠和近」而爭執，今天談論起來便覺得不新鮮，有人又在推崇「流動」的語感，鼓吹「非文化」的境界了。在這繁多的理論和詩派主張中，使人似乎感到有一股絕對以自我感覺為中心的浪潮衝擊著詩，因為有人曾用非常明確的語言表述說：「任何理性的介入都必然在某種程度上損害文學審美的純潔性。」這是在倡導寫純感性文學，確也代表著詩歌界一部分人的看法。我正在為此大惑不解時，雷霆同志將他新出版的詩集《雁》寄給我，我饒有興味地讀完並找出他的其他作品來看，感到他寫詩時並沒有將理性的人變為非理性的人，雖常用純真的童心思索自然景物，卻意在探求大千世界的萬斛珍珠，用來凝聚成筆端含有詩情哲理的晶瑩一粒，以表達對社會人生的嚴肅思考。

　　詩當然要寫出富於感覺的形象，但純感覺畢竟有較大的隨意性和局限性，所以詩「不應僅滿足於捕捉感覺，因為感覺被還原為感覺，剩下來的豈不衹是感覺嗎？」（艾青：《詩論》）嚴肅的詩人衹將感覺當做認識的鑰匙，能巧妙地將讀者由詩意的感覺領往意識縱深之處。對客

觀事物感覺異常敏銳是雷雯寫詩的重要特點，他不少詩都是源於對事物的特殊感覺。但他的感覺不僅總是和知覺結合著，而且對社會人生的思考好像是他心靈深層中的積澱物，並經常化合為一種「直覺智境」潛在地發揮著作用，因此無論俯覽山嶽或吟詠古跡，仰觀煙雲或描摹花鳥，他都不滿足於將瞬間感覺投射到客體上，而力求使其成為包含著理性內容的感覺形象。如：在天上飄的煙啊／飄向雲裡／就沒了自己（《銀河集》）

這類作品在雷雯筆下較多，大都寫得輕靈而精銳，顯示出他感知事物的兩個重要特點：其一，他好像一隻飛鳥般敏銳感覺著週圍的事物，一旦從生活之樹上攝取到一片碎屑，便停下來聚精會神地咀嚼；其二，在咀嚼中溶進感（感覺）知（認識）情（情感）斷（審美判斷）諸種精神因素，最後冶煉和組合為意象，使其成為多元思維的載體。所以他的詩不僅是筆端淌出的一粒，更是情理交融的一粒，能使讀者透過這一粒聯想到紛紜世象。

雷雯的詩，應該說既是感性的又是理性的，富有詩意而又飽含哲理的，這可以說是他的詩的另一特點。近年來有人不斷倡導文學非理性化傾向，但他們忘了情感和理智是人類精神的兩翼，富有哲理從來就被視為詩歌寶貴的品質。聞一多說：「文學要和哲學不分彼此，才莊嚴，才偉大。哲學的起點便是文學的核心。祇有淺薄的、庸瑣的、渺小的文學，才專門注意花葉的美茂，而忘掉了最原始的，最寶貴的類似哲學的仁子」。（《莊子》）當然這種人生哲理意味融進詩歌藝術肌體之內，應該如鹽溶解在水中，無痕而有味。即要以情達理，詩中情景宜「顯」而欲言之理宜「隱」，善於使讀者透過若即若離的圖像領悟到內在的哲理意蘊，使詩不言理而理在形中。在雷雯詩集《雁》中，較好之作大都有這個特點。如：「虎丘／有一株紫藤／它望著那高高的院牆／它看著那粗大的樹／它又想著那特製的木架／時時刻刻／它在精心尋覓自己的依靠／因此／它東張西望／歪歪扭扭生長了二百年／也沒有長出自己的幹。」（〈紫藤〉）

它所顯之「象」不似而似，而所論之「理」不論而論，在這「似」

而「論」中更引人沉吟思索其內涵，使人自然想到那種總想尋找「依靠」的卑劣人生，但又並不僅限於此，還促使人產生從人生到藝術的許多領悟，但並非哲學語錄的翻版，乃是作者將潛心的領悟凝聚成可感的一粒，具有以己之「悟」促使人「悟」的性質，因而便令人覺得韻味悠長。

當前有些新詩令人望而生畏，語言艱澀而情思平庸，以誰都難懂的語言表達誰都懂得的一點意思。有人說這是故意「扭斷文法的脖子」，追求在某種殘破的、詰屈聱牙的句子中表現語言的力度。我們固然不能總用傳統的眼光看待各種審美新探索，尤其是詩更有理由打破日常語言平板無趣的搭配，善於活用詞語以獲得靈動機趣，或採取反常組合以激發讀者心理張力，但這些終究不能違背基本語法和人們思維的規律性，應該是貌似反常卻正常，看似無理而有理。較成功的語言探索總是生熟相濟的，過熟則滑，過生則澀，故貴在通過普通文字的巧妙安排，以取得淡中見濃、平中見奇的效果。雷霆詩歌的語言力避艱澀，質樸而不簡陋、精緻而不雕琢，具體表現為兩點：其一是不翹首弄姿，追求內在本色之美。他愛用日常口語，平淡的語言外殼包裹著肺腑之物，要咀嚼才能辨清其中之味。如寫泰山上的望人松：「望人松啊／你不能／什麼人都望／當有的人／走過來的時候／你就／閉上眼睛吧」（〈望人松・之二〉）

幾句話平常之至，但頗耐咀嚼，褒貶感慨盡在其中。其二是並非不重修飾，僅是淡掃娥眉而已。他注重的是天然樣，淡梳妝，祇在緊要處精心點染。如寫夜裡夢見自己變成鷹在藍天翱翔，「醒來／我看著自己的雙手／深深留戀著／夢裡的翅膀」（〈翅膀〉）在這關鍵處點染化之，惋惜耶抑或渴望耶，於是全詩境界頓出。這些語言特色都與他詩歌內容相適應，不像某些詩喜用奇裝異服掩蓋瘦瘠的軀體，而是以質樸的語言外殼包裹著堅實的精神內核，在簡約中求深遠，在暢達中求豐實，雖意蘊含蓄而務求達意為目的。

不論詩人和評論家們論爭如何紛雜，詩歌畢竟應是一種結晶物，是詩人對真善美的感受「收入筆端祇須想像的一粒，」意蘊越朝內凝縮而形態越晶瑩誘人，則越能使讀者見之動心而味之無極。

雷霆是以己之筆寫己之心的，既不專瞅評論家臉色也不趨時髦潮流，靠自身觀察和感受，以求將情思濃縮為一粒——被蒸發水氣後晶瑩的一粒——使主客觀都獲得折射。我認為這些在當前活躍的詩壇上都是很難得的，因為詩畢竟不僅是詩人手中玩弄的一隻鳥，它既屬於詩人更屬於社會。

原載1987年8月5日《黑龍江日報》

　　（陳國屏，文藝評論家，已故）

山河之戀

徐魯

　　我常常記起一首題為〈翅膀〉的小詩：「昨夜／我夢見自己／變成一隻鷹／在遼闊的藍天翱翔／醒來／我看著自己的雙手／深深地留戀著／夢裡的翅膀」。

　　作者是以眾多的哲理詩和山水詩享譽詩壇的老詩人雷雯同志。他的山水詩選集《雁》最近在湖南作為《山河戀詩叢》之一種出版了。捧讀這本詩畫並茂的精美的詩集，我們完全可以說，它具有了從歷史的、美學的高度上來使我們認識偉大祖國的無限江山，激發我們熱愛祖國大地和燦爛的文化歷史的高尚情感的雙重價值，從而也使我們昇發崇高向上的思想境界和欣賞自然之美與生活之美的健康深邃的審美能力。我彷彿也看見了滿頭華髮的老詩人正獨自徘徊在北國晚秋那金色的白樺林中，深情地目送著長空中那一行行大雁呼喚著向祖國的南方飛去……

　　江南岸，那也是詩人的故鄉，是他的青春、理想、愛情，甚至整個藝術生命的起點啊！

　　詩人是湖北黃岡縣人，解放前曾就讀於武昌藝術專科學校，1947年初夏在當時的《華中日報》副刊發表了第一篇散文，同年秋在《星報》發表了第一首詩，從此他開始走上文學創作道路。1950年雷雯離開學校參加人民解放軍，到東北軍區後勤部政治部做宣傳工作，這期間詩人出版了他的第一本詩集《牛車》。1954年，他轉業到黑龍江後不久，一場政治運動，使詩人的命運進入了坎坷而艱辛的旅程。正如詩人在〈漢江

行〉中所敘：「長白山的大雪／凍僵過我的翅膀／北大荒的寒風／改變了我的容顏……」而當春天再來的時候，詩人卻不再年輕了，故鄉也離他很遙遠了。年老的詩人在黑龍江北方文藝出版社默默地擔負起了寂寞而繁重的編輯工作。

但他並沒有停止歌唱。他像一隻穿越過風雪的大雁重歸遼闊明淨的長空，我們所聽到的是他那更加深沉、深情、真摯的生命之歌。幾年來，為了組編書稿，老詩人風塵僕僕又興致勃勃地走過了許多地方。祖國壯麗秀美的大自然，沐浴著幾千年民族歷史文化光輝的山山水水，常常牽引起老詩人溫暖的情思，使他傾注更大的熱情來為之吟哦謳歌。無論是齊魯大地，秦漢古陵，還是黃河風雲，長江煙雨……詩人足跡所至，便情之所至，詩之所至。除了以《銀河集》為題發表的許多哲理詩外，老詩人奉獻給我們更多的是一些吟詠江河山川和歷史文化遺跡，抒發真摯而高尚情志的山水詩。淡筆濃墨，寫自然之絕美，輕歌曼吟，具人性的善良與思辨。誠如詩人賀敬之在序中所言，「不僅使人們看到了詩人賦予它們以生命的水光山色，而且使人們看到了水光山色之中詩人自己的生命。」讀著這些純淨而又凝重的山水詩作，我想起湖北的另一位老詩人，也是雷雯同志的老友曾卓同志的一句話：「祇有通過感情的真，去探索生活中的善，才有可能達到藝術的美。」

老詩人今年60歲了。但是，對於一個熱愛著大自然、熱戀著生活與詩歌的老人來說，不是意味著他將更加一往情深麼？

原載1987年7月8日《中國文化報》

大道純粹
——寫在雷雯老師逝世十週年

張濟

　　雷雯老師去世十年了！捧起他那厚厚的詩文集，便好像又看到了哈爾濱紅霞街那間灑滿陽光的小屋，看到雷老師伏案寫作的熟悉身影。

　　十年了，重新品讀他用心血澆灌的詩篇，愈覺意味深遠，醇厚感人。

　　十年了，這世界發生了怎樣的變化！正如一首流行歌裡唱的那樣：「外面的世界很精彩，外面的世界很無奈……」經濟在快速發展，人們的生活節奏在不斷加快，文化藝術已步入速食時代。

　　本來，由不能談錢到理直氣壯地賺錢，這是一個進步。但凡事皆有度。近乎瘋狂的拜金主義導致了文化的缺失和墮落。有些人為了金錢甚至喪失了起碼的道德底線。在追名逐利的洪流中，人們已無心放慢腳步，無暇靜下心去思考、去品賞藝術，以至於有人說，在展覽會上，有哪幅畫能吸引觀者停留一分鐘，就是好畫了。對於有形有色的畫尚且如此，更不用說讀詩、品詩了。這是詩人的悲哀，也是文化的悲哀。

　　中華民族的詩歌藝術有著悠久的傳統，那些流傳下來的優秀詩篇以獨特的魅力感染著一代又一代的人。然而，自上世紀五十年代以來，一句舊體詩不宜在青年中提倡的斷言，使舊體詩創作成了少數人的專利。而新詩雖然得到了較大的發展，卻因為頻繁的政治運動，使其成了被任意扭曲的工具和附庸。許多詩人或迫於壓力，或出於自保，或接受了洗腦，自覺或不自覺地給自己的詩篇貼上了政治的標籤。這樣的例子不

勝枚舉。大詩人郭小川明明是被送到「五七」幹校接受改造，可他卻豪情滿懷地寫道：「面對大好形勢／一片光明／而不放聲歌頌／這樣的人／即使有一萬個／也少於零……不是讓我虛度年華／而是要我參加偉大的鬥爭……不是讓我享受清福／而是要我堅持繼續革命／磨快刀刃吧／要向修正主義營壘勇敢衝鋒……」就連大名鼎鼎的佛教人士趙樸初，也寫詩極力貶低韓愈，配合了「文革」中那場「尊法批儒」的政治運動和學術鬧劇。雖然，那個時代的人做事常常由不得自己，我們不能苛求詩人，但也由此可見，要能夠獨立思考，頂住壓力，守住做人的底線是多麼的不易，多麼的難得，又是多麼的可貴！

當我們回顧那段歷史，瞭解到雷老師的苦難經歷，品讀他留給我們的這些純潔的、意味雋永的詩篇，我們就更加敬重和懷念這位具有偉大、高尚人格的純粹的詩人。

在他橫遭迫害，被莫須有的罪名開除公職，在勞改農場熬過四年多煉獄般的生活，又遭遇文化大革命，承受著巨大的政治壓力和生存壓力時，他守住了人的尊嚴和詩的尊嚴。他堅持用自己的眼光、自己的頭腦去觀察、去思考。他絕不用自己的詩迎合某種政治需要。

在他冤屈得到平反、工作恢復後，經濟大潮撲面而來。一些人把追逐的目光轉向金錢的時候，他不為所動，安於清貧，依然虔心於他的詩歌創作。他說：「如果你想把詩當做翅膀，讓你飛黃騰達，那就沒有詩了。如果你想把詩當做金橋，當做你通向黃金的路，那就沒有詩了。」

在一些詩人因耐不住寂寞想譁眾取寵，標新立異，吸引人注意而大搞一些所謂新形式時，他不改初衷，堅持自己對詩歌本質的理解與追求。有位詩人朋友動搖了，在給雷老師信中訴說他在詩歌創作中的苦惱：「老想寫出新東西，老想走到前邊去。」雷老師看了詼諧地笑著說：「寫自己的詩嘛！為什麼要走到前邊去？」雷老師寫道：「詩是什麼？是勞動時的汗珠，是傷心時的淚滴，是歡樂時的大笑……詩是最平凡、最新奇、最純淨、最真實的人的性靈。」

大學者王國維把詩人劃分成兩類：一類是客觀詩人；一類是主觀詩人。他認為客觀詩人不可不多閱世，閱世愈深則材料愈豐富、愈變化。

而主觀詩人不必多閱世，閱世愈淺，則性情愈真。而雷老師的可貴之處，正在於既有深廣的生活閱歷，又保持著「不受塵埃半點侵」的赤子之心，具備了客觀詩人和主觀詩人的雙重品質。

我常這樣想，就雷老師詩歌創作的題材而論，若比之於畫家，他就是一位人物、山水、花鳥畫兼長的大家。在他的詩裡，山水、花鳥題材佔了很大的比重。這些詩如浩瀚的銀河一樣星光燦爛。

他的一些具有代表性的詩作，已有詩人和評論家多次提及，不需重述。在這裡，就隨意拈出幾首山水、花鳥題材的小詩吧。「一片羽毛／飄落下來／厭倦了飛翔／還有／閃爍的夢麼」。「你說／山泉在歡笑／山泉是在驚慌地呼叫／它走著一條／多麼不平坦的道」。「秋草黃了／天邊有一行雁／不是所有的翅膀／都能追趕春天」。這幾首詩與其說是描寫山水、花鳥，不如說就是寫人。詩裡透出大自然的溫馨與寧靜，也蘊含著詩人的感悟、思索和寄託。如〈一片羽毛〉這首詩，對一片飄落的羽毛不能繼續追逐自己的理想，表達了失望與惋惜之情。〈秋草黃了〉這首詩則對南飛的大雁為實現理想而不懈努力的執著精神發出了由衷的讚嘆。〈山泉〉這首詩以全新的視角描寫山泉，擬人手法的運用尤其出色。一句「山泉是在驚慌地呼叫」，把山泉的流動狀態描繪得有聲有色。在這裡，山泉是人，人也是山泉，詩人以形象的筆墨把山泉完全寫活了，使人產生了身臨其境的感覺和莫名的激動。而詩的結尾兩句「它走著一條／多麼不平坦的道」，又使詩的意義得到進一步的延伸。還有：「滿山的葉兒／紅了／我知道／秋風／是酒」。「扁豆／開花了／它在／那簡陋的籬笆上／抹一片／燦爛的紅霞」。這簡直就是兩幅引人遐想的、美麗的圖畫。秋風是酒，多麼豐富的想像，多麼奇特的比喻！那秋風，已不再是淒涼蕭瑟的秋風，而是酒。它沉醉的，不僅是滿山的葉兒，也醉了詩人和讀者的心。扁豆，平凡的植物，生長在不起眼的地方，然而，它卻默默地用自己的花，為大自然增添一片亮麗的光彩，也為我們見證了什麼是寓平凡於偉大的哲理。詩人還有一首與〈扁豆〉堪稱是姊妹篇的〈牡丹〉：「牡丹啊／米蘭／花朵雖然渺小／照樣香飄十里」。這首詩虛寫牡丹，實寫米蘭。米蘭，一種常見的植物。它

沒有美麗的花朵，但它有一身的芳香。如果說扁豆之美在於花紅，那麼米蘭的魅力卻在於香遠。因為它們都具有自己的特質，所以，這兩種普通的植物同樣受到詩人的讚賞。再如：「墮落的孔雀／被關進籠子裡／還／得意洋洋地開屏／」。「風／在樹葉上／是圓的／在柳條上／是長的／鑽進窗來／又是方的／風啊／到底／什麼是你的形狀」。「大江／流著／渾濁的波浪／江／什麼都收容／所以／失去了清清的形象」。這幾首詩，以花鳥為媒介，表現了詩人對人世間醜惡現象的鄙視與不屑。尤其是〈墮落的孔雀〉，多麼辛辣的諷刺！在詩裡，我們分明看到了專制社會中某些賣身文人的影子。而另一首〈風〉則更形象的刻畫出善於見風使舵的「變色龍」的嘴臉。這和〈墮落的孔雀〉有著異曲同工之妙。再看〈大江〉。江，歷來被作為清潔和容納的象徵，而詩人卻以新的著眼點挖掘出新的內涵，借大江失去了清清形象，對原本美好的事物的蛻變和不該有的結局表示深深的惋惜和憾恨。通過這幾首詩，我們不僅清楚地看到了一位愛憎分明的詩人形象，也看到了一位正直詩人的人生觀和價值觀。

雷老師存世的的詩有二千五百多首（其中舊體詩詞約一百多首），以上幾首小詩不過是略舉一二。在他的詩文集裡，我們看不到浮躁的流行詩風影響，看不到標新立異的新奇形式。但我們讀到了詩人寬廣的心胸，悲天憫人的情懷；讀到了詩人的一身正氣和錚錚鐵骨，讀到了對生活、對祖國的熱愛，對美的追求；讀到了詩人站在人生和歷史的高度上對於人類社會種種現象深深的思考。

朋友們，愛詩吧。靜下來，讀一讀雷老師的作品吧。相信你一定能從詩中得到美的享受和人生的啟迪。

願生活中多一些美感，願生活中多一些浪漫，願生活中多一些真誠，願生活中多一些仁愛吧！而這正是雷雯老師一生所追求和期待的。

2013年3月2日於黑龍江

心靈中的螢火
——讀雷雯的詩集《螢》

徐魯

　　老泰戈爾在他的《流螢集》的開篇寫道：「我的幻想是螢火——點點流光，在黑暗中閃閃爍爍」；「道旁的三色堇並不吸引漫不經心的眼睛，它以這些散句斷章柔聲低吟。」

　　四年前，老詩人雷雯從遙遠的北國寄給我他的山水詩集《雁》，至今令我留戀不已。現在，一本美麗的小書《螢》，又翻開在我的面前了。我的心兒跳動在這「點點流光」和「散句斷章」的低吟之中，三輯共一百三十三首小詩，構成了一個美與善的世界，一個純淨的愛的世界，一個充滿了良知和正義感的世界。

　　他把他博大的愛心投向這個冷暖人間的一切小小的美麗的生靈。他用他的詩護衛著善與美：「菜花黃了／兒子／把簷下的紅辣椒／收藏起來吧／免得／燕子歸來的時候／擔心是火」（〈菜花黃了〉）；「窗外／一隻小麻雀／看見我／撲地飛了／麻雀呵／怎樣才能使你知道／我沒有槍」（〈給麻雀〉）；他告訴那空中嚴正的霹靂：「你要一步一留心／記住呵／那些窮人的屋頂／都沒有避雷針」（〈給雷〉）。

　　善良如此，愛心如此。而對這人世間的醜惡與卑鄙，他也嚴正地獻上他的嘲笑與詛咒：「天陰了／又是哪位神仙／把太陽／掛在／他擺家宴的大廳裡了」（〈天陰了〉）；「濃煙滾滾／我關上門窗／……原來是燒毀了／一座舊樓房／陳年的灰垢／破銅爛鐵／還有／關上門的勾當

／全都燒了／難怪／煙／那樣黑／那樣髒」（〈燒〉）。

他因此而格外景仰那在善與惡、真與假、美與醜的搏鬥中展示出來的生命的頑強、正義和尊嚴。他這樣來看那失去了泥土的紅菱：「它用帶刺的果實／保衛／艱辛的生活／（〈菱〉）；他理解大海：風／把雲／撕成碎片／風撕海的時候／卻遭到猛烈的回擊」（〈海〉）。

從詩集的第二輯小詩中，我依稀看到了老詩人情感世界的另一角，那是他的戀歌，他的愛的蹤跡。好比一株經歷了風風雨雨的晚秋的紅楓樹，從每一片紅得令人傷痛的葉子上，我們看到了那帶著痛苦和酸辛的愛的脈絡。他寫道：「夜啊／你怎麼這樣長／像一根抽不完的線／夜對我說／它是短的／抽不完的／是我對另一個人的思念」（〈長夜〉）在多少個這樣的長夜裡，他凝望著星空，與月亮對語：「我是多麼擔心她在瞭望／寒風會把她吹傷／我又多麼害怕她不在瞭望／我怕她慢慢地把我遺忘」（〈月亮啊，告訴我〉）；愛，是不能忘記的。對於善良的、鍾情的詩人來說，這種剪不斷、理還亂的「心戀」，是珍貴和永遠的。有如沙漠上的駝鈴，苦夏裡的微風和夜路上的一盞不滅的風燈……

雷雯的老友曾卓有一句話：「我們這種人活到了今天，可以說什麼技巧都沒有了，剩下的祇有人本身。」我讀雷雯的詩，極其自然地想到了曾卓的話。詩為心聲，詩如其人。無須從雷雯的詩裡尋找什麼技巧和裝飾，透過一首首樸素、自然、純淨的小詩，你看到的祇有一顆同樣樸素和純淨的心，一顆充滿大愛的嫻靜的心，亦即人本身。正如一滴透明的露珠，一株綠得明淨的水仙，它們的美，祇因為它們本身來自朗朗的陽光和明澈的清水，別無其他。

沒有錯，重要的不是什麼圓熟的技巧、肖小的琢飾和粉墨與華彩的塗抹，詩人的坦蕩的情懷自有心中不滅的螢火來照亮。螢是寂寞的，但螢火也是嚴正的。它嚮往著光明，它也更懂得夜的深沉。

願螢火永不消逝，常被人們記憶。

原載1991年8月14日《武漢晚報》

致雷老師的信

李琦

雷老師，你好麼？

按說應該稱呼「你」為「您」，給長輩寫信用敬語是常識。從前我們通信時，我也是那樣做的。但一想到是在跟你說一些心裡話，很自然的，就想稱呼為「你」。就像你活著時，我們彼此說話時那樣自然。我想起當年合省有時還會說：你這老頭兒！彼時，你總會開心地大笑，連說：看我的傻兒子！

現在是2013年的2月，哈爾濱銀裝素裹，整個城市都披上了厚厚的白雪大氅。今年雪多，一場又一場。老天就像是要把什麼給遮蓋一樣。一如你的詩句「雪／用自己的純潔／掩蓋著／地上的骯髒」。種種雜亂、不堪和破綻，在大雪的覆蓋下，都一片潔白。尤其入夜，燈光和月色下的城市，皎潔晶瑩，雪無聲地飄落，靜謐猶如童話的世界。我知道你喜歡冬天下雪的時光。你這個南方人，已經完全習慣了北方的冬天。我們曾在寒冬一起去松花江邊看雪，也曾一起在冬夜去看冰燈。如果你還在，肯定用那種我們最熟悉的聲音和語氣讚歎：好大的雪！真漂亮！

2003—2013，多快的時光。你離開我們已經十年了。

十年，曾讓我以為是漫長的時間。「十年生死兩茫茫」，這是從前我們多次吟詠感慨過的詩句。我們都喜歡蘇東坡。多少個夜晚，老少三個寫詩的人，在一起談論這位讓人心曠神怡的大詩人。你、合省、我，常會輪流背誦蘇東坡的千古詞章。他的波瀾壯闊，他的灑脫放達，他的纏綿悱

惻，都不由讓我們擊節讚歎。這首〈江城子〉，我們都格外傾心。其意境的蒼茫和悲愴，讓我們無數次唏噓。如今，我對這首詞的理解和體味可以說更為真切入骨——人間真情，又豈止於伴侶或者血緣！那些在你生命中，曾給予你巨大溫暖和能量的人，那些在人生旅途中引領過你的人，會和你的生命交融在一起。那漫長歲月裡積蓄起來的深情厚誼，一如我們和雷老師這種師生之情、父子之情，已經讓我早已在心靈深處，把他當成最重要的親人。真真是：不思量，自難忘。

這些年來，道裏區那條最熟悉的、多少年曾是每週必去的小街，我已經整整十年沒再去過。我甚至會下意識地多繞一些路，避免從那裡經過。原因簡單，雷老師不住在那裡了。我不願觸景生情，輕易掀動往日的記憶。有一次，從與那條街交叉的另一條街路過，我情不自禁向那個熟悉的樓口張望。連我自己都沒有意識到，淚水不由自主地流了下來。同行的同事知道我的心事，她說：這麼多年了，你還是不能忘記？是啊，有些人，有些事，是永遠不會忘記的。雷老師，你離開後空下的那個位置，又有誰能夠代替呢！

雷老師，我和你真是有緣。我的少年時代，由於學習成績算優異，被挑選出來跳級讀書。本來上學就早，從小學二年級又直升到四年級，以至於我從此在所有同學中都是年齡最小的。父母原本期待我的「早慧」，會讓我早點有所出息。誰會想到有一場風暴叫文化大革命！當我中學畢業，作為年齡最小的知識青年上山下鄉時，我尚未滿十五歲。而我下鄉的那個地方，恰恰就是當年你作為胡風分子改造的勞改農場。當然，這一切是後來才知道的。我相信，在《往事非煙》的讀者中，我必是為數極為稀少的、在你勞改過的農場勞動過、生活過的人。

我們老少兩代，在不同的時空，在一塊土地上留下過汗水。你在那裡經過的，是非人的、苦難屈辱的歲月。而我在那裡揮灑的，是懵懂茫然的青春。以我們當年所受的教育和認知，尚不知那裡曾是多少人間悲劇的上演之地。那是我們「心懷五洲、放眼世界、戰天鬥地、大有作為」的地方。

記得當年挖地時，時不時就會挖到一些從前勞改犯的物品。有衣物碎片，也有用過的一些器具，甚至還挖出過曾草草掩埋的遺骨。年少輕狂，加上階級鬥爭的灌輸，知青們對這些「壞人」的遺存，當然不以為然、甚至會有厭惡和鄙視。我記得一個男孩子刨出過一副帶著金牙的假牙，他先是嚇了一跳，而後便和一群男孩子拿樹枝挑起，爭相笑鬧，最後擲向遠處。那副假牙，給一群從事枯燥體力勞動的青少年，帶來了一陣興奮和熱鬧。沒有誰去想過這假牙主人的生前悲歡。如今，經過世事，方知心酸。當年的那些嬉鬧聲，對於那些活著時飽受折磨、死去也難以安寧的逝者，是多人的不敬和輕慢。那些不幸死去的人，真是入土也難安。但願那些逝者，能夠寬宥原諒那些當初吃了狼奶的孩子。

　　雷老師，這十年中，我常常會翻讀你的《雷雯詩文集》。（真是感謝七叔，作為胞弟，他做了太多的事情，包括出版這本文集）我在我自己的詩中寫過：

　　　　漫長的、非人的歲月／把毒素留在你的血液裡／找不到誰，為這一切負責／祇是說，那是一場劫難／我相信這世上有神／同時，也有神也無法顧及的事情／最好的人，在受最大的苦／一個詩人的一生，變成了／厚重苦澀的書，每當風翻動書頁／都會讓人看到，那些悲愴殘酷的內容。

　　在你去世前的那些年中，我們夫婦，幾乎是你每一首新作最早的讀者。常常，你寫完詩，我們去了，你就說，「看看吧，新寫的」。我們一定會如實說出讀後感。你或者自謙地一笑，或者哈哈大笑，或者沉思不語，或者有一些解釋或說明。重讀這些文字，總有一些畫面在相繼呈現——你小書桌前的燈光，牆上那幅拜倫的畫像，你藍色搪瓷茶杯上面的裊裊熱氣，窗臺上盛開著的茉莉，（你是最會養花的人）。甚至，從廚房爐灶上傳來的、新煲好的排骨蓮藕的香氣，也會全息地出現。這些詩文帶著當年的氣息和溫度，一次又一次，讓我陷入回憶和冥想。

秋草黃了／天邊有一行雁／不是所有的翅膀／都能追趕春天。

我從柳蔭下走過／柳絲／飄搖著／柳絲啊／沒有重量的生命／就得受風的搖擺

這些詩的起筆之處，常常是微小的。一道彩虹，一隻小鳥，一株小草，一滴水珠，一朵雲，一盞燈……你總是自然的，去注視觀察這些平常微小的事物，從中體味抒發一些生命的感觸。因為你自己，就有草芥一樣的生命體驗。這些詩來自一個詩人寬闊的襟懷和柔軟的心腸。一個人，經過最粗糙的人生，曾經像牲口那樣活過來，而心事仍舊豐盈和柔軟，在這粗糙生硬的世道，這是一種多麼珍貴的高級。

窗外／一隻麻雀／見到我／撲地飛了／麻雀啊／怎樣才能使你知道／我沒有槍

菜花黃了／兒子／把簷下的紅辣椒／收藏起來吧／免得燕子歸來的時候／擔心是火／

如果瞭解了詩人的身世，再看這些詩句，得多硬的心，才能不為之感動。一個在動盪歲月裡受過深深傷害的人，他的筆觸竟是這麼柔軟、溫暖！那是一個詩人對世界的體恤和愛。從一隻小鳥，到天下蒼生，他的牽掛和疼惜，是因為他懂得疼惜和關懷，對於生命，具有多麼重要的意義。

冰／在慢慢消融／江啊／凍透了的心／也能／燃燒

一片烏雲／把太陽吞下去了／別驚慌／這黑暗／不會長久

這些詩句並不洪鐘大呂，卻輕中含重。珍珠一樣的小詩裡，包含的是人生的經驗也是心頭的期盼。看上去雲淡風輕的句子，吐露的是一個詩人的風骨和良知，雷老師，你的詩歌從來不屈從時髦，跟隨潮流。你

祇是老老實實，用你自己的筆，記錄你的內心。目光所及，大地風物，你都能從中獲得感悟和詩情，你始終如啼血的杜鵑，傾吐著一個詩人對真善美的召喚和追求。你的詩，情深意切，帶著明顯的個人印痕，一如你的字跡一樣，清雅端方，飄逸靈動。如果以花做比的話，你的詩不是那種習慣參加比賽、收穫讚許與追捧、早有官方認定的牡丹，也不是因曇那之間綻放而名貴驕人的曇花。你的詩更像北方偏遠的原野裡，那些星星點點盡情盛開的野花。它們承受了日精月華，在遼闊的天地間，帶著頑強的生命力，倔強地綻放，以其獨有的姿態和不染塵俗的清香，散發著打動人心的魅力。

　　雷老師，在你離去的這十年，和你相關的事情，總是讓人感到這人間的溫暖。你在世時，年年春天，老家親友都會給你寄來大別山的茶。你自己探親回去的時候，也曾去山裡買茶。每次，你都會分給我一半，我也習以為常。我們都喜歡山裡人家自製的茶。那些茶農厚道樸實，尚不知怎樣造假。你進山買茶時，見到過茶農們拮据的日子，從不和他們討價還價。我們常常是一邊喝茶，一邊感嘆民間的辛酸和清苦。你長別後，我心中想：從此，再喝不到大別山的茶了！哪裡想到，春天來臨，收到從武漢寄來的包裹，竟然又是那熟悉的清茶。七叔的話讓我動容：「雷老師走了，可我不想讓你們喝不到大別山的茶」。一時無語凝噎。深情厚誼，又豈止是一句「謝謝」所能涵蓋的。雷老師，因為你，我們和七叔又續上了緣分。我們經常聯繫，不久前，合省和七叔還在北京見了面。你家中最小的弟弟、你常常稱之為「心高氣傲的老七」，如今也是一位老人了。當我想到七叔走過蜿蜒的山路，去山裡買茶，又返回城中到郵局寄茶，真是不安。我何德何能，竟能有這樣的福報！

　　常常，我會洗淨杯盞，泡上大別山的清茶。這茶包裝樸素，毫無招搖，沖泡下去，卻茶湯清冽，清香瀰漫。我看著翠綠的芽葉在杯中舞蹈，輕輕啜飲，口有回甘。我喝著茶，眼前有如飄過蒙太奇鏡頭——從當年紅霞街我們傾心相談的小屋，到大別山茶農家的屋簷，從你的笑聲，到七叔走在山路上的身影……想著這些與茶相關的前塵往事，想著我這些年來領受的綿延恩義，真是百感交集，心事浩茫。

雷老師，你早說過，我們是你的孩子。我們也早在內心深處，把你當成父親。如今，你長眠在大別山某處的山谷裡。你的墓碑，可能是這世上最素樸的。「詩人雷霆之墓」。這就是你一生最簡潔也最準確的概括。一個傷痕累累的詩人，安睡在故鄉的土地裡，猶如一個嬰兒最初睡在母親的懷抱中。我相信，即便安睡在家鄉的土地裡，你生命中依然有許多難以磨滅的記憶，是在遙遠的塞外，是天高地闊的黑龍江，是你生命留下重要印痕的哈爾濱，是夏日楊柳依依、冬天白雪皚皚的松花江畔⋯⋯

　　和你初識時，我還是幼稚的中文系女生。如今，我已經過了知天命的年齡。就如同當年你為友人寫下的「世上誰人驕似我，滿頭白髮有嚴師」的詩句，我與合省，也是驕傲和幸福的。世上誰人驕似我，在僅有一次的生命裡，我們有過這樣的師長，擁有過如此結實豐盈的師生之誼、父子之情。在世態炎涼的滾滾紅塵裡，這已經是多麼幸運的事情。

　　下一個十年還會到來，生死契闊。雷老師，對於我來說，生死或者時空，都不能算作阻隔。這個世界，或許就真有我們此刻無法抵達的深處。而你，就在那裡，以另外的一種形式，依舊懷有一顆安寧之心並具有了神奇的延伸之力。你和你的詩文，你始終不渝對真善美的追求，你對朗朗乾坤的期待，你的音容笑貌，永在！

您的孩子小琦

2013年2月20日～3月7日

紀念碑
——寫在編後

翁月卯

　　雷雯先生的遺作《往事非煙》擺在這裡，猶如矗立在人世間的一座殉道者的紀念碑，白紙黑字記載著人類曾有過的巨大災難！由此，我想到他寫的兩首詩——〈紀念碑〉和〈黃河〉。在他留下的2500餘首詩作中，這兩首詩的技巧可能不算是最好的，但它們的思想性，它們揭示問題的深度和力度，郤是震撼人心的。

　　紀念碑

　　莫斯科
　　新豎了一座紀念碑
　　它不是紀念一次革命的成功
　　它不是紀念一次戰爭的勝利
　　它沒有劃時代的歷史功勳
　　它沒有值得驕傲的光輝業績

　　紀念碑
　　紀念一群群屈死的冤魂
　　紀念一幫幫錯殺的野鬼

紀念碑啊
你是一根恥辱的柱子
人類的文明
曾經在這裡大倒退
原子和圖騰
在這裡齊飛
解放了的奴隸
鐐銬換成一雙
不能飛翔的沉重羽翼

紀念碑
在那陰風慘慘的深夜
有多少孤魂野鬼聚在這裡
有的痛悼毀滅在血泊中的青春
有的默念偉大的共產主義
有的尋覓未了結的愛情
有的呼嚎流落了的愛子嬌妻
他們都有未走完的生活道路
誰能相信
這些未走完的美好的道路
卻是殘暴地毀滅在一個人手裡

紀念碑啊
你像一根巨大的釘子
釘在這古老的地球上
你能永遠釘住
那無止境的貪心麼
你能永遠釘住
那瘋狂的暴政麼

在我們心頭，都矗立著一座這樣的紀念碑。什麼時候它能矗立在祖國的土地上，中華民族就把恥辱、把深重的苦難釘住在了過去，就開始奔向人類的共同目標。

這是一個完全依靠暴力和謊言維持的國家。幾十年的歷程，每一步都是斑斑血跡。不僅是對生命的蔑視，對文化的摧毀和對文明的踐踏，更是使這個國家充滿恐懼，使這個民族充滿奴性，充滿深入骨髓的奴性、屈辱和墮落。據不完全統計，那些年一共製造了八千三百萬冤魂、三千萬件冤案、三億多人受到殘酷批鬥，超過了中國歷史上所有暴君惡行的總和。國際社會普遍將希特勒、史達林視為人類歷史上暴君的代表——希特勒造成了六百萬猶太人的死亡，史達林則造成二千萬蘇聯人的死亡——但他們所犯下的反人類罪和我們那個時代相比，不過是小巫見大巫。

那些罪孽深深烙印在這片古老的土地上，對歷史、文化、文物古蹟的破壞遍佈神州；對人民的愚弄摧殘亙古無匹！血腥建立的專制政權至今還在禍國殃民。歷史相去不遠，億萬親歷者尚在，試圖為那段歷史招魂，是反人類的罪惡行為；而任何抹去那段歷史的謊言和恐嚇也都是徒勞可笑的，祇要發生過的事，就不會湮滅。人類追求普世價值的過程將徹底還原歷史，將那段歷史釘在歷史的恥辱柱上！

然而，實現這樣簡單明白的道理，為什麼到現在都還遙遙無期呢？讓我們來讀一讀〈黃河〉。

黃河
——在飛機上，我看到了黃河

一
黃河
我知道
你來自天上

黃河

我知道

你遠上白雲

黃河

我知道

你下游的河床

高過了屋頂

黃河

我不知道

什麼時候

才能看到你明亮的波濤

難道

一定要等到出一位聖人？

二

黃河兩岸

生活著

樸實、勇敢、勤勞的

黃帝的子孫

這裡金黃的麥浪曾遠瀉到天邊

這裡的棗林曾傳來動人的歌聲

這裡的人們最先丟掉粗糙的石片

這裡的人們最先用弓箭射下天上的飛禽

這裡的人們最先分清了東西南北

這裡的人們最先把山岩炸變了原形

黃帝的子孫

他們在這裡開闢了荒涼的原野

他們在這裡創造了人類的文明
然而
是誰奪走了他們的歡樂
是誰毀滅了他們的勞動結晶
為什麼
勤勞勇敢的民族
日子越過越窮
災難越來越深

三
在幾千公尺的高空
我看到了黃河
它像一條蛇
（人世間找不到這樣瘋狂的蛇）
它像一頭獸
（人世間找不到這樣恐怖的獸）
黃河
從天邊奔來
猛地一拐
又回了頭
忽而斜斜閃閃地剌向遠方
又忽而橫過來
把一排荒山殺透

黃河
像喝了烈性的酒
完全失去了理性地流
流、流、流
奔騰地流

迴旋地流
隨心所欲地流
想怎樣流就怎樣流

黃河
喝了烈性的酒
它想怎樣流就怎樣流
黃河
是一條私慾永遠也填不滿的毒蛇
它決不走那光明正直的道路
多麼慘痛啊
罪惡的波濤
沖走了莊稼
沖走了房屋
沖走了家禽家畜
沖走了正在談情說愛的青年男女
至死也不讓他們手拉著手
沖走了白髮奶奶
她的裝著野菜的破籃
也被罪惡的波濤漂走

四
黃河兩岸
善良、勇敢、勤勞的民族
經受著誰都難以忍受的
無窮無盡、無休無止的災難
原來是黃河
失去理性地流
隨心所欲地流

不顧一切

想怎樣流就怎樣流

　　黃河，失去理性地流，隨心所欲地流，所以黃河兩岸的民族，至今還經受著無窮無盡、無休無止的災難。

　　早在一百年前，梁啟超先生就沉痛地寫下這樣一段話：人世間最可恥的，莫過於服從強權（邏輯），數千年來國人恰恰有這樣的惡性，這是中國長期處於專制政治之下而不能自拔的重要原因。如果這一惡性不除，直到地老天荒，恐怕中國也不可能出現什麼好政治。祇要這服從強權（邏輯）的惡性不除，中國將在暴君政治、暴民政治之間循環不已。

　　一百年過去了，我們重溫梁先生這段話，感到羞恥！

2013年癸巳新春

　　（翁月卿，女，書法家，祖父翁同爵，叔祖父翁同龢。著述甚豐。現居武漢市）

Do文學001　PG1060

往事非煙

作　　者／雷　雯
責任編輯／廖妘甄
圖文排版／詹凱倫
封面設計／秦禎翊

出版策劃／獨立作家
發 行 人／宋政坤
法律顧問／毛國樑　律師
製作發行／秀威資訊科技股份有限公司
　　　　　地址：114 台北市內湖區瑞光路76巷65號1樓
　　　　　電話：+886-2-2796-3638　傳真：+886-2-2796-1377
　　　　　服務信箱：service@showwe.com.tw
展售門市／國家書店【松江門市】
　　　　　地址：104 台北市中山區松江路209號1樓
　　　　　電話：+886-2-2518-0207　傳真：+886-2-2518-0778
網路訂購／秀威網路書店：https://store.showwe.tw
　　　　　國家網路書店：https://www.govbooks.com.tw

出版日期／2013年9月　BOD一版　定價／440元

|獨立|作家|
Independent Author

寫自己的故事，唱自己的歌

往事非煙 / 雷雯著 -- 一版. -- 臺北市：獨
　立作家, 2013.09
　　面；　公分
　BOD版
　ISBN　978-986-89761-9-1 (平裝)

855　　　　　　　　　　102015834

國家圖書館出版品預行編目

讀者回函卡

感謝您購買本書，為提升服務品質，請填妥以下資料，將讀者回函卡直接寄回或傳真本公司，收到您的寶貴意見後，我們會收藏記錄及檢討，謝謝！如您需要了解本公司最新出版書目、購書優惠或企劃活動，歡迎您上網查詢或下載相關資料：http:// www.showwe.com.tw

您購買的書名：＿＿＿＿＿＿＿＿＿＿＿＿＿＿＿＿＿＿＿＿＿＿

出生日期：＿＿＿＿＿年＿＿＿＿＿月＿＿＿＿＿日

學歷：□高中 (含) 以下　　□大專　　□研究所 (含) 以上

職業：□製造業　□金融業　□資訊業　□軍警　□傳播業　□自由業
　　　□服務業　□公務員　□教職　　□學生　□家管　　□其它＿＿＿＿＿

購書地點：□網路書店　□實體書店　□書展　□郵購　□贈閱　□其他

您從何得知本書的消息？

　□網路書店　□實體書店　□網路搜尋　□電子報　□書訊　□雜誌

　□傳播媒體　□親友推薦　□網站推薦　□部落格　□其他＿＿＿＿＿＿＿

您對本書的評價：（請填代號　1.非常滿意　2.滿意　3.尚可　4.再改進）

　封面設計＿＿＿　版面編排＿＿＿　內容＿＿＿　文／譯筆＿＿＿　價格＿＿＿

讀完書後您覺得：

　□很有收穫　□有收穫　□收穫不多　□沒收穫

對我們的建議：＿＿＿＿＿＿＿＿＿＿＿＿＿＿＿＿＿＿＿＿＿＿＿

＿＿＿＿＿＿＿＿＿＿＿＿＿＿＿＿＿＿＿＿＿＿＿＿＿＿＿＿＿＿＿

＿＿＿＿＿＿＿＿＿＿＿＿＿＿＿＿＿＿＿＿＿＿＿＿＿＿＿＿＿＿＿

＿＿＿＿＿＿＿＿＿＿＿＿＿＿＿＿＿＿＿＿＿＿＿＿＿＿＿＿＿＿＿

11466
台北市內湖區瑞光路 76 巷 65 號 1 樓
獨立作家讀者服務部　　　　收

....

（請沿線對折寄回，謝謝！）

姓　　名：＿＿＿＿＿＿＿＿＿　年齡：＿＿＿＿　性別：□女　□男

郵遞區號：□□□□□

地　　址：＿＿＿＿＿＿＿＿＿＿＿＿＿＿＿＿＿＿＿＿＿＿＿

聯絡電話：(日) ＿＿＿＿＿＿＿＿＿　(夜) ＿＿＿＿＿＿＿＿＿＿

E-mail：＿＿＿＿＿＿＿＿＿＿＿＿＿＿＿＿＿＿＿＿＿＿＿